Rosa und Thorsten Wirtz
Die Kunst der letzten Stunde

Ebenso wie ihre beiden Hauptfiguren, die Poschens, leben **Rosa und Thorsten Wirtz** in Nettersheim, in einem rund 300 Jahre alten Fachwerkhaus. Es gibt einen Sohn (wie bei den Poschens) und eine Katze (wie bei den Poschens), aber keinen Hund!

Rosa (Jahrgang '74) stammt aus Euskirchen und hat im Buchhandel ihre Berufung gefunden. Sie ist (natürlich auch berufsbedingt) eine absolute Vielleserin, kommt im Jahr auf mindestens 50 Romane, ein Großteil davon Krimis. Das Schreiben ist für sie neu.

Thorsten (Jahrgang '71) ist in Mechernich-Vussem aufgewachsen. Seit 1993 journalistisch tätig, aktuell Redakteur beim »Wochenspiegel« in der schönen Vulkaneifel. Fiktional ist der Roman (neben einigen unveröffentlichten Kurzgeschichten und einem Krimi-Hörspiel) auch für ihn ein absoluter »Erstling«.

Rosa und Thorsten Wirtz

Die Kunst der letzten Stunde

KBV

Originalausgabe

www.kbv-verlag.de
E-Mail: info@kbv-verlag.de
Telefon: 0 65 93 - 998 96-0
Fax: 0 65 93 - 998 96-20
Umschlagillustration: Ralf Kramp
Druck: Aalexx Buchproduktion GmbH, Großburgwedel
Printed in Germany
ISBN 978-3-942446-68-6

»Heimat ist da, wo die anderen einen irrtümlich
gut zu kennen glauben.«
Gregor Brand

»Von dem Moment an, als ich Ihr Buch in die Hand nahm,
bis zu dem Augenblick, als ich es niederlegte,
habe ich mich vor Lachen gekrümmt.
Ich habe vor, es eines Tages auch zu lesen.«
Groucho Marx in einem Brief an Leo Rosten

TEIL 1

Sonntag, 30. Januar

Auf der Hochfläche zwischen Linkem und Nettersheim

In der Nacht hatte es geregnet, der Weg durch das Wäldchen war ein bisschen matschiger als in den vergangenen Tagen. Die letzten Meter bergauf musste er sich quälen, die kühle Luft brannte in seiner Lunge. Oben blieb er stehen, um ein wenig zu verschnaufen, und ließ sich die von einem wolkenlosen, blassblauen Januarhimmel strahlende Wintersonne ins verschwitzte Gesicht scheinen. Zur Tarnung begann er mit ein paar Dehnübungen und ließ den Blick über die baum- und fast strauchlose Hochfläche schweifen: Kein Mensch unterwegs, trotz des tollen Wetters. Eigentlich viel zu mild für einen Januar in der Eifel.

Als er gerade weiterlaufen wollte, wurde er auf ein hochfrequentes Summen aufmerksam. Er hob seinen Blick zum Himmel und entdeckte dort ein Modellflugzeug, das gerade eine Serie von Loopings flog. Er atmete noch einmal durch und setzte sich langsam wieder in Bewegung. Nur noch sechs Kilometer bis Linkem, wenn er die Abkürzung über Nettersheim nahm. Er bog auf den Feldweg in Richtung Urfttal ein und lief jetzt direkt an dem Acker vorbei, über dem das Modellflugzeug tanzte.

Der Pilot war ein echter Könner, er flog seine Manöver sehr kontrolliert, sehr ruhig, keine Spur von Hektik zu erkennen. Das Flugzeug beschrieb einen weiten Bogen über dem Acker, ging bis auf etwa drei Meter über dem Boden herunter und kam – so schien es – mit wachsender Geschwindigkeit auf ihn zu. Das Summen des Motors wurde lauter, als sich das Flugzeug näherte, und er meinte einen Luftzug zu spüren, als der Flieger über ihn hinwegzog. Verärgert blieb er stehen, stemmte die Fäuste in die Seite und blickte sich auf der Suche nach dem Piloten um. Aber da war niemand zu sehen.

Hinter ihm wendete das Flugzeug, um erneut Kurs auf ihn zu nehmen. Kein Zweifel, das Ding steuerte wieder genau auf ihn zu!

»Hey!«, schrie er. »Was soll das? Wer ist da?«

Niemand antwortete, stattdessen sah er mit Schrecken, dass das Ding jetzt ein bedeutendes Stück tiefer flog: Direkt auf Brusthöhe kam das rot lackierte Flugzeugmodell auf ihn zu. Als es nur noch etwa zehn Meter von ihm entfernt war und der Pilot immer noch keine Anstalten machte, den Kurs zu ändern, warf sich der Mann auf den Boden. Diesmal spürte er den Luftzug tatsächlich, als das Modell wie ein Pfeil über ihn hinwegschoss. Das war richtig gefährlich, das war lebensgefährlich!

Er rappelte sich wieder auf, blickte sich panisch um. Verdammt, irgendwo musste der Pilot doch sein! Aber es war niemand zu sehen. Sein Blick blieb an einer kleinen Feldscheune hängen, die in etwa zweihundert Metern Entfernung ihr windschiefes Dach in den Himmel streckte – da könnte er sich verstecken, da wäre er sicher. Als das Modellflugzeug gerade die nächste Kehre flog, sprintete er los.

Es war gar nicht so einfach, auf dem umgepflügten Acker voranzukommen. Nach wenigen Metern fühlten sich die Joggingschuhe an seinen Füßen wie schwere Bergstiefel an, zentimeterdick klebte die nasse Erde unter den Sohlen. Er blickte sich um und sah das Flugzeug wieder auf sich zukommen. Mist, es war schon viel näher, als er geglaubt hatte. Er rannte weiter vorwärts, so gut es ging, zog unwillkürlich den Kopf ein und nahm schützend die Arme hoch. In der fast gebückten Haltung kam er ins Straucheln.

Dann merkte er, dass er fiel: Mit dem rechten Fuß war er an einem Feldstein hängen geblieben. Ohne sich mit den Händen abstützen zu können, ging er zu Boden und prallte mit der Schläfe gegen einen weiteren Stein.

Sein Schädel dröhnte, als er wieder zu sich kam. Er hob den Kopf leicht an und merkte, dass ihm Blut in den rechten Augenwinkel lief. Mühsam stützte er sich auf seine Hände. Was war das? Was sollte das hier? Zu dem Brummen in seinem Kopf gesellte sich ein unangenehmes Summen, das sehr schnell immer lauter wurde.

Er hatte sich gerade aufgerichtet, als das Modellflugzeug ihn frontal mit voller Wucht erwischte.

Malu

Trollbekka. Trollbekka! Das hier sah eindeutig nach Trollbekkas Werk aus. Niemand sonst in diesem Haus war zu so einer Verwüstung imstande.

Ich blickte zu Gandhi, Gandhi blickte zu mir, wir blickten im Türrahmen stehend auf das, was einmal mein Arbeitszimmer gewesen war. Mein sich stets korrekt verhaltender Beagle-Mischling machte einen betretenen bis peinlich berührten Eindruck hinsichtlich dieser sinnlosen Raserei.

Trollbekka hatte unsere morgendliche Abwesenheit genutzt, um mir mal richtig zu zeigen, wo der Frosch die Locken hat. Ich hatte nicht übel Lust, sie mit sofortiger Wirkung wieder dorthin zu verbannen, wo sie herkam – nach Trollbekka nämlich. Nur bezweifelte ich, dass man sie dort zurück haben wollte – geschweige denn vermisst hätte. Trollbekka aus Trollbekka war eine norwegische Waldkatze und ein halbes Jahr zuvor illegal in die Eifel eingereist. Freunde von uns, die alljährlich zu einer mehrwöchigen Sommerfrische in das verträumte, norwegische Dörfchen Trollbekka aufbrachen, hatten das Höllenvieh dort gefunden (»Sie war ganz allein!«), angefüttert (»Sie war ganz ausgehungert!«) und schließlich am Ende des Urlaubs mit ins Auto gepackt (»Sie guckte so traurig!«). Ich vermutete insgeheim, dass es auf dieser endlos langen Rückfahrt schon zu tumultartigen Szenen im familienfreundlichen Volvo-Kombi gekommen sein musste. Aber da die Eltern ihren beiden Sprösslingen natürlich nicht zumuten konnten, Trollbekka direkt am nächsten Rastplatz wieder auszusetzen, wurde das Projekt »Catnapping« stoisch durchgezogen und Trollbekka in die Eifel überführt. Schon nach wenigen Tagen in der neuen Heimat wurde sie jedoch gleich ein zweites Mal entwurzelt – wegen einer angeblich plötzlich aufgetretenen Katzenhaarallergie beim kleinen Finn-Ole.

Kurz und gut – Trollbekka landete schließlich bei uns und tyrannisierte seitdem mich und meine Familie mit diversen Verhaltensstörungen, die ihren klinischen Ausdruck in einer Mischung aus Katzen-Tourette und Chorea Huntington fanden. Einzig und allein unser guter Gandhi schien sowohl unbeeinträchtigt als auch unbeeindruckt von seiner neuen Mitbewohnerin zu sein. Ich vermutete, dass das an seiner jahrelangen Meditationserfahrung lag, durch die er sich eine Art innere wie äußere Lotusbeschichtung zugelegt hatte, an der einfach jeglicher Unbill abperlte.

Dank dieser entspannt-gelassenen Grundeinstellung wendete Gandhi nun seinen Blick vom Trümmerfeld ab und trottete zu seinem Korb im Flur direkt neben dem Ofen. Etwas umständlich machte er es sich darin gemütlich und schaute mich danach mit einem Ausdruck von »Nun komm in die Puschen, Mädel« an. Ich seufzte, streifte meine Laufschuhe von den Füßen und stellte mit einem Blick auf die Uhr fest, dass ich noch ungefähr zwanzig Minuten hatte, bis mein

Mann Markus verschwitzt und schnaufend mit seinen Stöcken und einer Tüte Croissants unterm Arm auf der Matte stehen würde. Die abtrainierten Kalorien mussten natürlich schnellstmöglich wieder zugeführt werden – man(n) wollte ja nicht ausgemergelt wirken …

Mein leicht zur Korpulenz neigender Gatte hatte nämlich just an Neujahr den Vorsatz gefasst, der um ihn greifenden Verfettung Einhalt zu gebieten und Nordic-Walker zu werden. Trotz meiner Versuche, ihm stattdessen Männer-Zumba schmackhaft zu machen, hielt er die ungewohnte Bewegung nun schon fast den ganzen Januar durch. Als ausgesprochener Morgenmuffel musste ich nun mit ansehen, wie Markus sich mindestens dreimal die Woche in eine gewagte Kombination aus Fitness- und Survival-Outfit aus der neuesten Aldi-Kollektion zwängte und munter pfeifend hinter mir und Gandhi herstöckelte, während wir vorneweg joggten.

Den durch unser unterschiedliches Fortbewegungstempo bedingten zeitlichen Vorsprung musste ich heute nutzen, um die Spuren der Verwüstung zu beseitigen. Markus durfte das alles nämlich nicht zu sehen bekommen.

Als passionierte Tatort-Seherin und als Teil des krimischreibenden Erfolgsautoren-Duos Poschen & Poschen wusste ich natürlich, dass der Tatort bis zum Eintreffen des Erkennungsdienstes nicht verändert werden durfte. In diesem Fall würde ich aber von dem kriminalistischen Grundsatz Abstand nehmen, denn der Täter stand ja zweifelsfrei fest. Ich hatte nur keine Lust, an einem einzigen Sonntagmorgen sowohl Opfer von Katzen-Vandalismus, als auch von Spott und Häme zu werden, die Markus kübelweise über mir ausschütten würde. Schließlich hatte Trollbekka schätzungsweise einen halben Liter kalten Kaffee über mein am Vortag fertig gestelltes Kapitel gekippt. Und das, wo Markus schon seit Jahren auf mich einredete, ich solle endlich direkt in »Word« schreiben. Aber ich war nun mal oldschool, und mein Formulierungsvermögen kam nur in Fluss, wenn ich haptischen Kontakt zu Bleistift und Papier hatte. Außerdem: Als ob Trollbekka Hemmungen gehabt hätte, Kaffee über eine Computer-Tastatur zu kippen!

Ich ließ die Blätter abtropfen, versenkte sie im Papierkorb (zwei Tage Arbeit für die Tonne!) und schob die braune Plörre auf meiner Tischplatte mit der Handkante so zusammen, dass ich sie direkt in den leeren Kaffeebecher fließen lassen konnte. Den verdächtigen Papierkorb leerte ich sofort in den Tiefen der Restmülltonne aus (da guckte Markus nie so genau rein) und füllte auf dem Rückweg einen kleinen Putzeimer mit Wasser, Spüli und einem Lappen. Damit wischte ich gründlich über den Tisch und sah, dass auch der Teppich eine Ladung Kaffee abbekommen hatte. Provisorisch wischte ich daran herum und entdeckte dabei etwas, was ich erst nach genauem Hinsehen als rudimentäre Überreste einer Topfpflanze identifizieren konnte. Erschüttert überlegte ich, ob es so was wie Antiaggressionstraining auch für Katzen gab. Dann sammelte ich die Topfscherben ein und saugte die Blumenerdekrümel auf. Als ich mich danach umblickte, fiel mir der ramponierte Fenstervorhang auf, der nur noch an vereinzelten Ösen hing. Der konnte so nicht bleiben. Also holte ich noch die kleine Trittleiter aus der Rumpelkammer, friemelte den Vorhang aus dem kläglichen Rest intakter Ösen und beschloss, dass der sowieso mal gewaschen werden musste. Ich verfrachtete ihn sofort in die Waschmaschine, schielte dabei auf die Küchenuhr und sah, dass ich gut in der Zeit lag.

Zurück im Arbeitszimmer war ich vollauf zufrieden mit meiner Schadensbegrenzung und beschloss, erst mal duschen zu gehen. Sicherheitshalber machte ich die Tür des

Arbeitszimmers fest hinter mir zu – zum Schutz vor neugierigen Ehemännern und tollwütigen Katzen.

Apropos Katzen: Trollbekka hatte sich bisher nicht wieder blicken lassen. Es tat ihr wahrscheinlich also nicht einmal leid.

Ich stieg hinauf in den ersten Stock, lauschte dabei kurz an der Tür unseres 17-jährigen Sohnes Jimi, nur um festzustellen, dass es nichts zu lauschen gab. Ich ging weiter in unser Schlafzimmer, entledigte mich dabei schon mal meines Laufshirts, guckte kurz in den Spiegel, sah im Spiegel unser Bett und auf meinem Kopfkissen ... Trollbekka! Ich fuhr herum, schmiss mein Shirt in die Ecke und transferierte das Mistvieh schwungvoll von meinem auf Markus' Kissen. Sie hatte sich wohl bei ihrer Tollwut-Attacke so verausgabt, dass sie sofort in einen komatösen Schlaf gefallen war, in dem selbst eine abrupte Lageänderung sie nicht weiter tangierte.

Ich ging ins Bad, zog mich weiter aus und duschte bei 45 Grad.

Markus

Verdammte Hacke – ich hatte wirklich nicht gedacht, dass das mit diesen blöden Stöcken so anstrengend sein würde. Der Entschluss, die Abkürzung Richtung Urfttal zu nehmen, war mir also wirklich nicht schwer gefallen. Es war schon ganz gut, dass Malu und Gandhi so viel Vorsprung hatten, das würde mir spätere Diskussionen über die Ernsthaftigkeit meines Trainingsprogramms ersparen. War sowieso eine Schnapsidee gewesen. Nordic Walking. Ich! Aber aus der Nummer kam ich jetzt nicht mehr so leicht raus – Malu wollte mich ja lieber zum Männer-Zumba überreden, aber auf so ein blödes Gehoppse hatte ich nun wirklich keine Lust.

Zum Glück gab es schon direkt am Tag nach Neujahr das ganze Walking-Outfit beim Aldi. Mit Stöcken, Softshelljacke und allem Drum und Dran. Ich also gleich um acht Uhr nach Bad Münstereifel, um mir den ganzen Kram zu besorgen. Natürlich war ich der einzige Kerl, der sich mit den anderen personifizierten guten Vorsätzen fürs neue Jahr um die Klamotten kloppen musste. Nur Frauen am Start, auch bei den Männer-Klamotten. Nicht zu fassen, was sich da für Szenen am Wühltisch abgespielt hatten. Aber ich war erfolgreich: Hose, Jacke, Stöcke, Fleece-Mütze und natürlich auch die passende Funktionsunterwäsche. Seit drei Wochen war ich jetzt fast jeden Morgen draußen in meiner neuen Montur – vor dem Frühstück! Also zu einer Dauereinrichtung durfte das hier echt nicht werden. Ich würde mir wahrscheinlich schon bald eine ernsthafte Sportverletzung zulegen müssen.

Trainingserfolge? Nun ja: Den Anstieg zur Hochfläche schaffte ich tatsächlich schon besser als am Anfang, da musste ich jetzt nur noch einmal zwischendrin pausieren. Aber dass mir das ganze Gewalke Spaß machte, konnte ich nun wirklich nicht behaupten. Deshalb die Abkürzung.

Als ich kurz vor der Feldscheune war, hörte ich, wie ein Motor aufheulte. Irgendwo hinter dem alten Verschlag musste ein Auto gestanden haben, das sich jetzt mit Vollgas über den geteerten Feldweg in Richtung Tal entfernte – sehen konnte ich den Wagen aber nicht. Während ich mich noch über den rasanten Fahrstil wunderte, blieb mein Blick an einem Bündel Klamotten hängen, das auf dem Acker vor der Scheune lag. Beim Näherkommen erkannte ich, dass in diesen Klamotten ein Mensch steckte, der regungslos und mit dem Gesicht nach unten zwischen den Ackerfurchen lag. Ich ließ meine Walkingstöcke fallen und eilte auf ihn zu.

Der bewusstlose Mann steckte in einer ähnlich auffallenden Sportkluft wie ich, wirkte aber um einiges trainierter. Ich drehte ihn auf den Rücken und bemerkte eine blutende Wunde an der Schläfe, die, wie sein ganzes Gesicht, völlig verdreckt war. Ich prüfte und fand einen schwachen Puls, redete auf ihn ein, was ihn aber nicht veranlasste, aus seiner Ohnmacht zu erwachen. Zum Glück hatte ich bei der Recherche für unseren letzten Roman *Der Tod kommt mit dem Krankenwagen* einen Tag mit einem Rettungsteam absolviert und einen Erste-Hilfe-Kurs bei den Maltesern belegt – ich wusste also noch gut, wie man die stabile Seitenlage bei einem Verletzten herstellte. Danach deckte ich ihn mit meiner Jacke zu, fischte mein Handy aus der Innentasche und wählte die Nummer des Rettungsdienstes.

Es war tatsächlich gar nicht so einfach, meinen genauen Standort zu beschreiben: Ich hockte mitten auf einem Acker auf der Hochfläche zwischen Nettersheim und Linkem, außer Sichtweite der Landstraße, welche die beiden Orte verband.

»Ich denke, man muss den Feldweg nehmen, der etwa in der Mitte zwischen den beiden Orten rechts in Richtung Urfttal abzweigt.«

»Etwa in Höhe der alten Römerstraße?«

Zum Glück kannte sich der Mann von der Rettungsleitstelle hier in der Gegend aus. »Ja, genau, das müsste hinkommen! Wenn Sie den Weg bis zu einer alten Feldscheune weiterfahren, finden Sie mich.«

»Gut. Der Rettungswagen ist schon unterwegs, ich gebe jetzt die Wegbeschreibung durch. Bleiben Sie bei dem Verletzten, reden Sie mit ihm und machen Sie auf sich aufmerksam, sobald Sie den Wagen kommen hören! Das Team müsste in gut zwölf Minuten bei Ihnen sein!«

Zwölf Minuten – okay. Während ich weiter beruhigend auf den Bewusstlosen einredete und auf den Rettungswagen wartete, schaute ich mir den verdreckten Mann etwas genauer an. Und da erkannte ich ihn: Vor mir lag Jean-Marie Caspers, Lokalpolitiker bei den Sozis in Linkem – und in den vergangenen Wochen fast täglich mit seiner Visage in der Lokal-Zeitung. Als Vorsitzender des Schulausschusses war er eine der treibenden Kräfte bei der beabsichtigten Gründung der neuen Gesamtschule, die von den nachtschwarzen Nachbargemeinden mit aller Macht verhindert werden wollte. Ich kannte Caspers nicht persönlich, hatte ihn vielleicht mal beim Einkaufen im Bioladen gesehen oder bei dem einen oder anderen Fest im Dorf. Ich hatte mein Handy noch in der Hand, und bevor ich mich versah, hatte ich bereits ein paar Fotos von dem Verletzten gemacht.

Nein, ich war kein sensationsgeiler Leser-Reporter der Blöd-Zeitung, aber ich hatte lange genug selbst als Lokaljournalist gearbeitet, um zu wissen, dass man diese Fotos einfach machen musste. Nicht, um sie zu veröffentlichen, sondern einfach nur, um sie zu haben.

Ich stand auf und machte noch ein paar Aufnahmen vom direkten Umfeld, als mir einige bunte Metall- und Plastikteile auffielen, die direkt neben Caspers lagen. Ich ging in die Hocke, um mir die Splitter genauer anzuschauen, konnte aber nicht erkennen, wovon sie stammten. Dann hörte ich auch schon in einiger Entfernung den Dieselmotor des Rettungswagens näher kommen und lief in Richtung Feldscheune, um die Sanitäter zu mir zu lotsen.

Die beiden Rettungsassistenten arbeiteten routiniert und schnell. Als sie Caspers gerade auf die Transportbahre verfrachtet hatten, kam ein Notarztwagen angerauscht. Der Verletzte war die ganze Zeit über bewusstlos gewesen, und auch ich konnte den Helfern ja keine genaueren Angaben zu dem Unfall und den Verletzungen machen. Deshalb hielten sich alle Beteiligten nicht lange mit Reden auf. Nach ein paar Minuten lag Jean-Marie Caspers im RTW, der Notarzt stieg mit ein und gab dem Fahrer Anweisung, den Verletzten so schnell wie möglich ins Krankenhaus nach Schleiden zu bringen.

Ich blieb allein auf dem Feldweg zurück, schaute den beiden Fahrzeugen hinterher, die sich schnell in Richtung Landstraße entfernten. Plötzlich merkte ich, dass ich zitterte. Eben noch pitschnass geschwitzt, fror ich jetzt wie ein Schneider in meinen dünnen Walking-Klamotten (*Merke: Man ist genau dann warm genug angezogen, wenn man zu Trainingsbeginn leicht friert.* – Handbuch Ausdauersport.) Die Jacke, mit der ich Caspers zugedeckt hatte, war blutbespritzt, weshalb ich sie nur ungern wieder anziehen wollte. Der Wind hatte merklich aufgefrischt.

Mit dem Handy rief ich unsere Festnetz-Nummer an, aber weder Malu noch Jimi gingen ran. Ich bat auf dem Anrufbeantworter darum, dass mich Malu mit dem Auto abholte und setzte mich – jetzt mit deutlich höherem Tempo als normal – wieder in Richtung Nettersheim in Bewegung.

Malu

Natürlich fuhr ich Markus nicht abholen. Nachdem ich seine etwas erregte Nachricht auf dem Anrufbeantworter abgehört hatte und es sich bei dem Verletzten anscheinend nicht um ihn selbst handelte, sah ich keine Notwendigkeit dazu. Und überhaupt: Warum nahm dieser Bewegungslegastheniker auch die Abkürzung!?

Er kam dann irgendwann angestöckelt (natürlich nicht ohne die obligatorischen Croissants und darüber hinaus einer Riesentüte voller Berliner) und war ein wenig sauer, weil ich ihm nicht mit fahrbarem Untersatz entgegengeeilt war. Gleichzeitig platzte er fast vor Stolz wegen seiner Ersthelfer-Fähigkeiten. Er wollte unbedingt, dass wir die Auffindesituation noch einmal nachstellten, wobei ich die Rolle des Verletzten übernehmen sollte. Gerade, als er mich auf dem Wohnzimmerparkett in die stabile Seitenlage überführen wollte, kam Jimi herein und fragte: »Äh … stör ich?«

»Ganz und gar nicht, mein Sohn. Hier kannst du noch was fürs Leben lernen«, trompetete Markus gleich los, und Jimi musste sich die ganze Geschichte von vorne anhören. Ich tat derweil so, als wäre ich in der stabilen Seitenlage eingeschlafen und schnarchte leise vor mich hin. Jedenfalls bis zu der Stelle, an der Markus verkündete: »Und ich hab sogar Fotos gemacht!«, und mir sein Handy vor die Nase hielt.

»Du hast was?«, rief ich entsetzt, während ich mich gleichzeitig vom Boden hochrappelte. »Bist du jetzt unter die Bild-Leserreporter gegangen, oder was?«

Eine Antwort bekam ich nicht, denn Jimi riss das Handy an sich und rief begeistert: »Boah krass! Das ist ja der Caspers! Boah ey, und alles voller Blut!«

Ich rümpfte die Nase: »Also, viel krasser finde ich, dass dein Vater Fotos von einem Verletzten in einer hilflosen Situation gemacht hat. Das ist ja wohl ethisch nicht vertretbar und grenzt ja schon an …«

»Woher kennst du den überhaupt?«, fiel Markus mir ins Wort und wandte sich an Jimi. »Ich wusste gar nicht, dass du dich für Lokalpolitik interessierst.«

»Wieso Lokalpolitik?«, entgegnete Jimi, »Das ist doch unser Kunstlehrer. Der, der seinen Pinsel überall hat.« Mit einer lässigen Handbewegung warf er das Handy in Markus' Richtung und zückte sein eigenes. »Ey Alter, das muss ich gleich posten. Da fällt Kunst ja wohl erst mal aus!« Sprachs und tippte schon in schwindelerregender Geschwindigkeit auf dem Touchscreen seines Handys herum, während er das Zimmer verließ.

»Na toll, Markus!«, giftete ich. »Der arme Mann liegt wahrscheinlich mit Brummschädel im Krankenhaus, und die Oberstufe macht ein Fass auf!«

Doch Markus reagierte kein bisschen, sondern starrte lediglich versonnen auf sein Handy-Display. Ich seufzte resigniert und hatte plötzlich Lust auf ein Croissant. Auf dem Weg zur Küche hörte ich Markus noch murmeln: »Was meinte er denn mit dem Pinsel?«

Markus

Als ich endlich zu Hause angekommen war, warf ich – so, wie ich es fast immer machte – zunächst einen Blick in die Restmülltonne. Obenauf lag Malus kaffeegetränkter Schreibblock. Mein Plan war also bis hierhin aufgegangen: Kurz vor dem Start zu unserer kombinierten Jogg- und Walking-Runde hatte ich Malus Kaffeepott genau auf ihrem Schreibblock platziert. Wie gewünscht hatte die blöde Katze natürlich sofort die Leberwurst-Spuren, die ich am Henkel der Tasse angebracht hatte, aufgespürt. Und beim Ablecken – huch! – war dann wohl die Tasse umgefallen …

Ich hatte am Abend zuvor, als Malu *Das aktuelle Sportstudio* verfolgte, heimlich ihr neuestes Kapitel gelesen und fand es, na ja, etwas merkwürdig. Die Story entwickelte sich einfach nicht in die von mir präferierte Richtung. Wir hatten darüber gesprochen und auch intensiv über den Fortgang diskutiert. Mit dem Ergebnis, dass Malu dann doch genau das geschrieben hatte, was sie von Anfang an hatte schreiben wollen. Ich konnte nur hoffen, dass sie das gesamte Kapitel jetzt noch einmal überdenken würde.

Nachdem ich am frühen Abend eine kleine Stippvisite bei den Bewohnern der *Lindenstraße* eingelegt hatte, fuhr ich den Rechner hoch und begann meine nächste Kolumne für den *Eifeler Boten*.

Bis Malu und ich von unseren Büchern leben konnten, hatte ich in der Lokalredaktion in Gemünd gearbeitet und so ziemlich jedes Kaff zwischen Losheimergraben und Euskirchen kennengelernt. Inklusive aller Vereine, Dorfkneipen, Hinterzimmer, Säle und sonstigen Sehenswürdigkeiten, die das Leben in der Eifel für seine Bewohner und Gäste so bereithielt. Mit der Kolumne, die thematisch nicht festgelegt war, hatten wir mal in irgendeiner »Sauregurkenzeit« angefangen. Seitdem hatte sie an jedem Samstag ihren festen Platz auf der ersten Lokalseite. Wann immer ich eine einigermaßen originelle Idee für den »Eifelblick« (so der Titel der Kolumne) hatte, versuchte ich einen Beitrag auf Vorrat zu schreiben. Der Abgabetermin kam sowieso immer schneller als gedacht. Diesmal wollte ich etwas über die Wichtigkeit eines regelmäßigen Erste-Hilfe-Trainings schreiben.

Bis zum *Tatort* hatte ich aber erst drei Sätze geschafft, weshalb ich den Rechner entnervt wieder ausschaltete.

Gut Genfbach

Janosch Mandelbaum schreckte abrupt aus dem Schlaf hoch. Wieder einmal war er vor dem Fernseher in seinem Sessel eingenickt, und wieder einmal hatte er die Auflösung des *Tatort* verpasst. Er drückte den Aus-Knopf der Fernbedienung und lauschte angestrengt in die eingetretene Stille. Nichts. Da war nichts. Kein verdächtiges Geräusch, nur das

Pochen seines Herzens. Er rieb sich die Augen und strich sich das Haar aus der Stirn. Wahrscheinlich hatte er nur geträumt. Oder es war das Alter, das ihm Streiche zu spielen begann … das Alter und die Einsamkeit.

Obwohl er sich selbst nie als einsam bezeichnet hätte. Alt ja, wenn's denn sein musste, aber einsam? Niemals! Ab und an mal ein Ausflug ins großstädtische Nachtleben … Aber auch diese kostspieligen Vergnügungen hatte er stark eingeschränkt, seit ihm finanziell alles über den Kopf gewachsen war … nein, er war gern allein, das stimmte.

Auch die Abgeschiedenheit seines Ruhesitzes, irgendwo zwischen Engelgau und Nettersheim auf einem langgezogenen Bergrücken oberhalb des Genfbachtals, kam ihm zupass. Hier konnte er ungestört arbeiten. Hier fand er zahlreiche Landschaftsmotive und vielfältige Lichtstimmungen, die er mit verschiedenen Techniken auf die Leinwand brachte. Einmal im Jahr nahm er an den *Eifeler Atelier-Tagen* teil und öffnete seine Wirkstätte dem kunstinteressierten Publikum. Aber eigentlich hatte er es nicht nötig, bei einer Handvoll Banausen ohne Kunstverstand um Anerkennung und Beifall zu heischen. Er selbst wäre auch nie auf solch eine abwegige Idee gekommen, die Initiative dazu ging von Jean-Marie aus. Von wem sonst.

Steifbeinig erhob sich Janosch aus seinem Sessel, streckte seine Glieder und überprüfte dann sein Handy. Gleich halb elf. Jean-Marie war heute weder vorbeigekommen noch hatte er sich gemeldet. Eigentlich merkwürdig, dachte Janosch auf dem Weg ins Bad. Man konnte Jean-Marie ja einige Schwächen vorwerfen, aber Unzuverlässigkeit gehörte definitiv nicht dazu. Er würde ihn gleich morgen früh versuchen zu erreichen.

Bevor er zu Bett ging, warf Janosch noch einen Blick ins Atelier. Der an allen Seiten mit Panoramafenstern verglaste, großzügige Raum war in fahles Mondlicht getaucht. An der Breitseite wurde die Fensterfront durch eine Glastür unterbrochen, die hinaus auf die Holzveranda führte. Zu Janoschs Erstaunen stand diese Tür einen Spaltbreit offen, und ein kalter Luftzug strömte an seinen Beinen empor. Er hatte am Nachmittag gemalt und seine Arbeit hin und wieder für eine Zigarette unterbrochen. Jean-Marie hatte ihm »das Gequalme« im Atelier mehr oder weniger wegen der drei Ls untersagt: Luft, Licht und Leinwand. »Nikotin verpestet die Luft, trübt das Licht und schädigt die Leinwand«, so lauteten stets seine mahnenden Worte zu dem Thema, und Janosch fügte in Gedanken immer noch ein viertes L hinzu: nämlich die Laune, die man Jean-Marie mit Zigaretten verderben konnte. Grundsätzlich gab Janosch ihm aber recht und rauchte deswegen im Freien. Heute hatte er danach wohl vergessen, die Tür zu schließen. Kopfschüttelnd über seine eigene Nachlässigkeit verriegelte er sie nun sorgfältig. Bevor er die Vorhänge zuzog, blickte er noch eine Weile zum gegenüberliegenden Waldrand. Doch so sehr er seine Augen auch bemühte – zwischen seinem Haus und dem dunklen Waldsaum lag nur der mondbeschienene Acker, sonst nichts.

Janosch Mandelbaum war nicht einsam … nur sehr allein.

Dienstag, 1. Februar

Malu

Der Dienstag fing direkt scheiße an. Kaum besser als der Montag, an dem Markus frühmorgens wie aus dem Nichts einen Riesenwirbel mit dem Staubsauger veranstaltet hatte, weil angeblich alles im Haus voller Katzenhaare war – vor allem sein Kopfkissen. Er hatte sich derart echauffiert, dass er die arme Trollbekka am Schlafittchen packte und anraunzte, dass es doch irgendwie Quatsch wäre, jedes einzelne blöde Haar aufzusaugen, wenn man doch gleich die ganze blöde Katze aufsaugen könnte. Trollbekka musste diese Missstimmung auf den Magen geschlagen sein, denn kurze Zeit später übergab sie sich in Markus' Hausschuhe. Was bewies, dass Katzen – also auch unsere – durchaus sensible Tiere sind. Ich hielt mich bei dem ganzen Disput dezent im Hintergrund, denn ich hatte schließlich noch ein Kapitel unseres derzeitigen Manuskripts nachzuarbeiten. Das musste fertig werden, bevor Markus Verdacht schöpfte.

Kaum hatte ich Jimi am Dienstagmorgen aus dem Bett geschmissen, sah ich, dass draußen ein halber Meter Schnee lag (jedenfalls ein gefühlter halber Meter). Da ich mich als eine aus dem relativen Flachland der Voreifel Zugezogene auch nach Jahren noch nicht an die Eifeler Winter gewöhnt hatte und mich Schnee generell nicht glücklich stimmte, weckte ich Markus so unsanft wie möglich, damit er das Zeug wegmachte. Wahrscheinlich hielt er das aber für einen meiner schlechten Scherze, denn er drehte sich einfach grunzend um und schlief weiter. Ich hingegen legte mir unter Gandhis skeptischem Blick meine Extrem-Permafrost-Kluft an.

Zuerst dachte Gandhi wahrscheinlich, ich hätte nicht mehr alle Latten am Zaun, aber nachdem ich die Haustür sperrangelweit geöffnet hatte, stellte ich mal wieder fest, wie berechenbar Hunde doch sind. Beim Anblick des Schnees wandelte sich seine spöttische Skepsis in Sekundenbruchteilen in kompletten Irrsinn. Denn auch wenn Gandhi so leicht nichts aus der Ruhe brachte: Schnee versetzte ihn jedes Mal in ekstatische Verzückung. Er nahm sofort Anlauf und stürzte sich bäuchlings in die weiße Pracht. Jetzt schaute ich skeptisch, doch Gandhi ließ sich nicht beirren: ausgiebig wälzte und wälzte und wälzte er sich von allen Seiten im Schnee, sodass er aussah wie ein paniertes Schnitzel auf vier Beinen. Anschließend pflügte er sich einen Weg die Straße hinab, und ich stapfte missmutig seufzend hinterher.

Nach unserer Gassirunde stellte ich zu meiner größten Verwunderung fest, dass Markus in unserer Abwesenheit doch schon Schnee geschippt hatte. Und als ich ins Haus trat, wehte mir auch schon Kaffeeduft entgegen! Wir konnten also sofort gemeinsam frühstücken und unterhielten uns angeregt. Zwischen zwei Brötchenbissen fragte ich: »Was hast du denn heute vor?«

»Na ja, eigentlich würde ich gerne unser Manuskript mal hier und da überarbeiten … Wann kann ich denn dein letztes Kapitel haben?«

Zum Glück war das tatsächlich so gut wie wiederhergestellt und eigentlich sogar noch besser als die erste Fassung. Also musste ich gar nicht schwindeln, als ich sagte: »Ich geh gleich in die Scheune, und spätestens heute Mittag kann ich's dir dann auf deinen Rechner schicken.«

»Scheune« war bei uns das Synonym für unser Hobby und Steckenpferd: das Antiquariat, gleich neben dem Haus. Wir schrieben nicht nur Bücher, sondern lasen auch selber welche, und irgendwann brauchten wir mehr Platz. So waren wir auf die Idee verfallen, die Scheune auszubauen und dort unsere ausrangierten Bücher weiterzuverkaufen. Mittlerweile schleppten aber auch regelmäßig Freunde und Bekannte ihre Bücherkisten bei uns an, und wenn was Interessantes dabei war, stockten wir damit gerne unseren Bestand auf. Die Öffnungszeiten der Scheune waren werktags von neun bis dreizehn Uhr. Bei den Schneemassen würde man mir heute aber bestimmt nicht die Bude einrennen, sodass ich Zeit finden würde, meinen Text abzutippen.

Nach dem Frühstück huschte ich, mit Gandhi im Schlepptau, über den wunderbar schneefreien Hof und schloss die bogenförmige, halb verglaste Scheunentür auf. Das Innere der Scheune war im Wesentlichen ein hoher, bis unter das Dach hin offener Raum, der in drei Ebenen unterteilt war, die jeweils über Holzstiegen miteinander verbunden waren. Heute kam es mir drinnen nicht viel wärmer vor als draußen, und so stocherte ich als Erstes den gusseisernen Ofen an. Als der sich so langsam erwärmte, fuhr ich den Computer hoch und rief meine Mails ab. Anschließend surfte ich bei *bookshelfporn* vorbei (ja, es gab tatsächlich Freaks, die sich an prall gefüllten Bücherregalen aufgeilten). Nach ausführlichem Studium der neuesten Modelle fühlte ich mich angeregt, meine eigenen Bücherregale zu inspizieren und ein wenig aufzuräumen.

Zwischenzeitlich bollerte der Ofen gemütlich vor sich hin, Gandhi döste auf seiner Schmusedecke direkt neben der Wärmequelle, und ich füllte gerade den Flötenkessel mit Teewasser, als Kundschaft kam. Das Glöckchen über der Tür bimmelte und herein traten zwei mir unbekannte Herren, die ich auf den ersten Blick als nicht unbedingt bibliophil einschätzte.

Ich überlegte noch, in welche Vorurteilsschublade ich die beiden einsortieren sollte (ich schwankte zwischen Telekom und Zeugen Jehovas), als der Ältere sagte: »Spohr und Leininger, Krippo Euskirchen. Tach, Frau Poschen. Könnten wir mal mit Ihrem Mann sprechen?«

Mittwoch, 2. Februar

Markus

Auf dem Weg nach Gemünd in die Redaktion des *Eifeler Boten* hatte ich auf den letzten fünf Kilometern einen hypervorsichtigen Autofahrer vor mir. Das wirklich nur mit ganz wenig Schnee bedeckte Bergabstück der B 266 ab der Wallenthaler Höhe absolvierte er mit gefühlten 35 Stundenkilometern. Es schien ihn auch nicht im Geringsten zu stören, dass ich bis auf einen Sicherheitsabstand von wenigen Zentimetern an seine Stoßstange aufgefahren war und dass sich hinter ihm eine bis fast an den Horizont reichende Fahrzeugkolonne gebildet hatte. Als ich am Ortseingang von Gemünd endlich überholen konnte, sah ich, dass der Fahrer den Kragen eines katholischen Geistlichen trug. Bevor er den ausgestreckten Mittelfinger meiner rechten Hand bemerkte, den ich ihm entgegengestreckt hatte, gelang es mir, die Hand wieder um 180 Grad zu drehen und mit einem freundlichen Winken zu beginnen, das von dem Mann Gottes ebenso freundlich erwidert wurde. Dazu hatte er jedoch ein beinahe diabolisches Grinsen aufgesetzt, und als ich mich noch darüber wunderte, zuckte bereits der grell-orangefarbene Blitz der mobilen Radar-Anlage, die am Straßenrand installiert worden war.

Zwei Herren im modischen Blau winkten mich heraus. Während ich noch in den unendlichen Tiefen der Innentasche meiner Winterjacke nach meinen Papieren kramte, zog die ganze Fahrzeugschlange langsam und – so kam es mir jedenfalls vor – mit einem genüsslichen Grinsen an mir vorbei. Satte 95 Euro sollte mich der Spaß kosten (25 Euro für die Geschwindigkeitsüberschreitung innerorts von 12 km/h und

70 Euro für das »Überholen unter Nichtbeachtung entsprechender Verkehrszeichen«). Und zur Krönung des Ganzen sollte die Aktion auch noch mit einem neuen Punkt in Flensburg garniert werden. Na super.

Normalerweise schickte ich die Texte für die Kolumne natürlich per E-Mail in die Lokalredaktion. Ich hatte nach dem Besuch der beiden Polizeibeamten am Dienstagmorgen aber mit Rudi telefoniert und gefragt, ob er nicht mal wieder Lust auf eine Tasse Kaffee mit mir hätte. Rudi Bäcker arbeitete schon so lange ich denken konnte im Außenposten des investigativen Lokaljournalismus. Als ich während meiner Schulzeit einmal ein zweiwöchiges Praktikum beim *Boten* absolviert hatte, war Bäcker jedenfalls schon da gewesen, damals noch als einfacher Reporter. Und als ich später während meines Geografie-Studiums nach einem Job als Freier Mitarbeiter suchte, war es ebenfalls Bäcker gewesen, der mich (dann bereits als Redaktionsleiter) unter seine Fittiche genommen hatte.

Mittlerweile stand Rudi Bäcker kurz vor der Pensionierung, und um seine Nachfolge war ein erbitterter Wettlauf zwischen den Redakteuren entbrannt. Dabei stand noch nicht einmal fest, ob die kleine Gemünder Redaktion überhaupt erhalten werden sollte. Es gab nicht wenige, die es für wahrscheinlich hielten, dass die Eifeler Dependance mit der Lokal-Redaktion des *Rheinischen Boten* in der fernen Kreisstadt Euskirchen zusammengelegt werden würde, wenn Bäcker in die »Freistellungsphase der Altersteilzeit« eintrat.

»Warum bewirbst du dich eijentlich nich für den Job? Wird gar nicht so schlecht bezahlt«, hatte er mich neulich noch am Telefon gefragt.

»Nee, lass mal, Rudi. Malu und ich sind eigentlich sehr zufrieden, wie es im Moment läuft.«

»Ja, na klar hast du da Changzen! Ich würd mich jedenfalls echt freuen. Ich kann dir ja mal ein unverbindliches Gespräch in Köln vermitteln!« Rudis sonore Stimme war viel lauter, als es eigentlich nötig oder für ein solches Gespräch angemessen gewesen wäre.

»Sag mal, kann es sein, dass die Kollegen in der Redaktion gerade ganz große Ohren bekommen?«

»Worauf du aber einen lassen kannst, mein Junge!«

Ich holte Rudi in der Redaktion ab und wir stapften durch den Schnee ins nahe *Café Pöttchen* in der Dreiborner Straße. Dort bestellten wir einen Cappuccino und einen Latte Macchiato, und ich hörte ganz deutlich, wie die Bedienung »zweimal Milchplörre, einmal im Glas, einmal inner Tasse« an der Theke in Auftrag gab.

»So, watt is jetzt mit dem Caspers?«, fragte Bäcker. »Datt der im Krankenhaus liegt, ist ja kein Geheimnis mehr, datt hab ich jestern schon aus seiner Fraktion jehört.«

»Ja, aber weißt du auch schon, dass die Polizei ermittelt?«

»Polizei?«

»Ja. Die Kripo. War gestern Morgen bei mir in Nettersheim.«

»Jetzt lass dir doch net jedes Wort us de Naas trecke! Watt häst du dann damit ze donn?« Im Zustand gesteigerter Erregung wechselte Bäcker ganz zwangsläufig ins Idiom seiner rheinischen Heimat.

Ich erzählte ihm also ausführlich, wie ich am Sonntag den bewusstlosen Caspers gefunden und ins Krankenhaus hatte expedieren lassen. »Ich dachte halt, der wäre gestürzt und hätte sich dabei am Kopf verletzt. Obwohl ich es natürlich auch sofort sehr merkwürdig fand, dass der über den matschigen Acker gelaufen sein soll.«

»Und die Kripo sacht jetzt, da wär Fremdeinwirkung mit im Spiel jewesen?«

Bäcker und ich hatten inzwischen unseren Kaffee bekommen, und trotz Rauchverbots hatte sich der Journalist eine seiner stinkenden, filterlosen Reval-Zigaretten in den Mundwinkel gesteckt, zum Glück jedoch darauf verzichtet, sie anzuzünden.

»Genau. Im Krankenhaus haben die Ärzte nämlich festgestellt, dass nicht alle Verletzungen von dem Sturz herrühren können. Der hat wohl auch einen kräftigen Schlag gegen die Brust abbekommen, was zu inneren Verletzungen geführt hat. Sieht gar nicht gut aus, haben die von der Kripo gesagt. Da kann ich dir übrigens auch noch ein Foto schicken, das ich am Sonntag auf dem Acker gemacht hab – nur zu deiner Info, nicht für in die Zeitung!«

Mit finsterer Miene kam die Kellnerin auf unseren Tisch zugestapft, aber als sie sah, dass Bäcker keine Anstalten machte, sich den Glimmstängel anzuzünden, drehte sie gerade rechtzeitig wieder ab, um am Nebentisch das wahrscheinlich noch aus den Achtzigerjahren des vergangenen Jahrhunderts stammende Trockenblumenarrangement um einige Millimeter zu verschieben. Bevor ich ein Mineralwasser bei ihr bestellen konnte, hatte sie uns aber schon wieder den Rücken zugekehrt und trottete zur Theke zurück.

»Tja, der Caspers hat einen ganz schönen Wirbel jemacht in den letzten Wochen wegen seiner Jesamtschule«, sinnierte Bäcker vor sich hin. »Datt haste aber alles mitbekommen, oder?«

Ich bejahte grundsätzlich, bat Bäcker aber dennoch um eine kurze Zusammenfassung.

Jean-Marie Caspers war eine schillernde Persönlichkeit in der hiesigen Szene: Der Maler, der heute mit seiner Familie, einer wesentlich jüngeren Ehefrau und drei kleinen Kindern, in Linkem lebte, stammte aus der Eifel, war nach seinem Abitur am St.-Gertrudis-Gymnasium aber zum Studium weggezogen. In den Siebzigerjahren hatte er sich mehr schlecht als recht als Künstler durchgeschlagen, nachdem er zuvor an der Düsseldorfer Kunstakademie abgelehnt worden war. Er gehörte 1971 zu den 142 nicht angenommenen Bewerbern, die Joseph Beuys aber trotzdem in seiner Klasse unterrichten wollte, weswegen der extrovertierte Kunst-Professor schließlich 1972 von Ministerpräsident Johannes Rau gefeuert wurde. Für Caspers folgten schräge Kunst-Performances, er lebte als Spät-Hippie in einer Land-Kommune und kam über die Fotografie schließlich zur Akt-Malerei, mit der er sich noch heute befasste. Vor ungefähr zehn Jahren war er in die Eifel zurückgekehrt, um seine an Demenz erkrankte Mutter zu pflegen. Mit etwas Glück hatte er als Quereinsteiger die Stelle als Kunsterzieher am Nettersheimer Gymnasium erhalten.

»Und für die Linkemer Sozis sitzt Caspers seit der letzten Kommunalwahl auch im Gemeinderat. War ein ziemlicher Aufreger unter den Genossen damals, dass er, quasi als Quereinsteiger, sofort den Vorsitz im Kultur- und Schulausschuss bekommen hat«, dozierte Bäcker weiter. »Der war ja erst kurz vor der Wahl in den Ortsverein eingetreten. Das hat ein paar altgedienten Genossen gar nicht gepasst, dass er da sofort Karriere machte.«

»Und wie kam es dann schließlich zu dieser Gesamtschul-Diskussion?«, fragte ich.

»So wat kann natürlich nur in Linkem passieren«, lachte Bäcker. »Datt is die einzige rote Jemeinde weit und breit. Aber, da muss ich dem Arnoldy schon recht geben: Gesamtschule macht in der derzeitigen Sittewation durchaus Sinn.«

Arnoldy war der amtierende SPD-Bürgermeister von Linkem. Für die nachtschwarzen Gemeinden in der Nachbarschaft war das Thema Gesamtschule natürlich schon seit den Siebzigern ein rotes Tuch gewesen. Doch der Vorschlag Arnoldys, über diesen Schultypus auch in der Eifel einmal genauer nachzudenken, war nicht zuletzt bei vielen Eltern gut angekommen. Und schien zusätzlich auch eine Chance für den Erhalt der Linkemer Schule zu sein. Denn aufgrund dramatisch gesunkener Schülerzahlen stand die Hauptschule in Linkem vor dem Aus. Im vergangenen Jahr hatten sich gerade einmal sechs Schüler für die fünfte Klasse angemeldet. Und in den Nachbargemeinden sah es nicht viel besser aus: Überall sank die Zahl der Kinder; Kindergärten und Grundschulen waren bereits vielfach an zentralen Standorten zusammengelegt worden. Mit dem unerwünschten Nebeneffekt, dass schon die Kleinsten mit Bussen zwischen den Dörfern hin und her gekarrt werden mussten.

»Arnoldy und Caspers erhoffen sich für Linkem und ihre geplante Gesamtschule natürlich auch Zuspruch aus der Nachbarschaft«, so Bäcker weiter. »Und die Möglichkeit, dort auch das Abi zu machen, soll zusätzlich auch die Gymnasial-Klientel nach Linkem locken.«

»Aber das dürfte den Gymnasien in den umliegenden Gemeinden wahrscheinlich nicht so schmecken?«

»Natürlich nicht. Die stehen ja sowieso schon untereinander im Wettbewerb, und wenn es da einen neuen Konkurrenten gibt, könnte bereits mittelfristig mindestens eine andere Schule auf der Strecke bleiben …«

»… zum Beispiel Nettersheim«, warf ich ein.

»Ja, zum Beispiel. Deshalb hat es da ja auch massiven Widerspruch gegen die Linkemer Pläne gegeben, auch aus der Politik. Aber in Schleiden und Bad Münstereifel gibt es ja auch Gymnasien. Und dann natürlich noch die St.-Gertrudis-Schule in Stolzenfels …«

»Na ja, die haben doch auch das Internat, das dürfte denen bestimmt nicht wehtun, wenn da ein paar Externe weniger die Schule besuchen.«

Bäcker schaute mich mit einem spöttischen Grinsen an. »Du glaubst ja wohl nicht im Ernst, dass die Kirche tatenlos dabei zusieht, wie sich die Sozis an ihren Pfründen bedienen! Glaub mir: Datt hat auch für die janz viel mit Prestige zu tun. Wenn die irjendwann nur noch zwei statt vier Eingangsklassen bilden können, dann sehen die doch schon den Untergang des christlichen Abendlandes nahen.«

Bäcker führte erneut seine eigentlich schon geleerte Cappuccino-Tasse an den Mund, legte den Kopf in den Nacken und versuchte mit einem kraftvollen Saugen, auch noch den letzten Rest des Milchschaums aufzuschlürfen. Ein unschönes Geräusch entstand, was aber wenigstens die Bedienung veranlasste, noch einmal in Richtung unseres Tisches zu blicken. Ich nutzte die Gelegenheit, um endlich das Mineralwasser zu bestellen, Bäcker wollte noch einen Kaffee.

»Und überhaupt«, fuhr Bäcker fort, »liest du eijentlich keine Zeitung mehr?«

»Doch, natürlich, eigentlich schon. Aber Malu und ich sind gerade mit unserem neuen Roman in einer, äh, schwierigen Phase. Da nimmt man nicht immer alles wahr, was um einen herum passiert.«

»Aha. Ich mein: Wir vom *Boten* haben doch erst letzte Woche diese Podiumsdiskussion zum Schulstreit organisiert. Der Caspers hat sich doch da in aller Öffentlichkeit mit dem Dr. Altmeier vom St.-Gertrudis-Gymnasium gefetzt. Sach bloß, davon haste nix mitbekommen?«

»Äh – zu meiner Schande muss ich gestehen, dass …«

»Schriftsteller!«, unterbrach mich Bäcker lautstark. »Komm mal runter von deinem Elfenbeinturm!«

Die Bedienung brachte unsere Getränke und bedachte Bäcker mit einem bösen Blick, wahrscheinlich ob der Lautstärke seiner letzten Äußerungen. Sie sagte aber nichts.

»Die haben sich nach der Veranstaltung ja fast noch jekloppt, der Caspers und der Altmeier. Der Lars, unser neuer Volontär, hat ein Foto gemacht, draußen auf dem Parkplatz, wo sich die beiden gegenüberstehen, anschreien und bestimmt keine Nettigkeiten austauschen. Haben wir dann aber nicht gebracht. Zu dunkel und total verpixelt.«

»Und worum ging es bei dem Streit?«

»Ich denke mal, dass die beiden da ihre Diskussion fortgesetzt haben. Während der Podiumsveranstaltung hat der Altmeier ja gefordert, dass die Gemeinde Linkem die Planungen zur Eröffnung der Gesamtschule unverzüglich und komplett einstellen soll. Da war dann Caspers schnell auf hundertachtzig, von wegen Einmischung in hoheitliche Aufgaben der Gemeinde Linkem und so weiter.«

»Aha. Und dann?«

»Na ja, war schon 'ne ziemlich aggressive Stimmung zwischen den beiden. Das wurde auch immer unsachlicher, ich hab dann mehr die anderen Podiumsteilnehmer mit in die Diskussion einbezogen«, erzählte Bäcker. »Am vergangenen Freitag war der Bericht im Blatt. Kannste alles noch im Internet nachlesen, falls du die Zeitung nicht mehr hast.«

»Und du meinst, der Altmeier könnte dem Caspers jetzt eine verpasst haben deswegen?«

»Weiß ich nicht. Der Leiter einer katholischen Eliteschule prügelt sich am Sonntagvormittag mit einem Sozi, statt in die Heilige Messe zu gehen? Hört sich ja fast an wie bei Don Camillo und Peppone!« Bäcker lachte lauthals über seinen

Witz und schlug mir mit der flachen Hand auf den Oberschenkel, dass es nur so klatschte. »Andererseits: Irgendwer muss den Caspers ja verprügelt haben. Vielleicht hat er einen Sportlehrer aus seinem Kollegium beauftragt, Caspers eine Lektion zu erteilen. Hahaha!« Bäckers Lachen ging unvermittelt in einen Hustenanfall über. Den Schleim, den er dabei hörbar aus den Tiefen seiner Bronchien nach oben beförderte, sammelte er kurz im Mund, bevor er ihn hinunterschluckte. Dann blickte er auf seine Uhr, kippte den Rest seines Kaffees und griff nach seinem Mantel. »So, mein Jung, ich muss dann mal wieder. Danke für deine Infos, da werd ich gleich mal bei der Krippo nachhaken. Du bist übrijens mit Zahlen dran.«

Ich bedankte mich ebenfalls für die Auskünfte und verabschiedete mich von Bäcker. Der eilte fast im Laufschritt in Richtung Ausgang. Als ich an der Theke zahlte, konnte ich durchs Fenster sehen, wie sich Bäcker auf der Straße endlich seine Reval anzündete und einen tiefen Zug nahm, bevor er in Richtung Redaktion davoneilte.

Ich rundete den Rechnungsbetrag großzügig auf, was der Bedienung jedoch nicht großzügig genug erschien, denn sie bedachte jetzt mich mit ihrem bösen Blick. In meiner Hosentasche begann unterdessen der Sänger der Band Kraftklub zu verkünden, dass er nicht nach Berlin wollte – mein aktueller Klingelton, der mir von Jimi aufs Handy gezaubert worden war. Auf dem Display stand *Pärle ruft an.*

»Hi Malu! Ich fahr jetzt gleich los und …«

»Jajaja!«, unterbrach mich meine Frau. »Jimi hat mich gerade aus der Schule angerufen. Die Polizei hat eben den Dennis festgenommen. In der Schule!«

»Dennis?!«

»Oh Mann! Du kennst Dennis! Dennis Trimborn. Den besten Freund von Jimi!«

»Ja, is schon klar. Dennis. Aber… was hat der denn angestellt?«

»Jimi meint, das muss mit dem Angriff auf Caspers zu tun haben. Mehr konnte er aber nicht sagen, da war wohl ein Lehrer im Anmarsch.«

»Der Dennis? – Kann doch gar nicht sein!«

Während Malu am Abend runter zu Schruffs gegangen war, um in der Kneipe die Champions-League-Übertragung zu sehen, traf ich zu Hause auf einen relativ niedergeschlagen wirkenden Jimi. Der Junge war siebzehn und verstand sich gut darauf, immer den starken Mann markieren zu wollen. Aber als ich ihn nach Dennis fragte, war er fast den Tränen nahe.

»Das ist 'ne echte Katastrophe. Was sollen wir denn am Samstag ohne Dennis anfangen?«

»Was ist denn am Samstag?«

»Oh Mann, Papa! Samstag haben wir einen Gig. In Gerolstein. Hab ich dir doch erzählt. Du hörst echt nie zu!«

Jimi, Dennis und drei weitere Freunde aus Nettersheim und Linkem hatten im Vorjahr eine Band gegründet: Linkem Park. Sie hatten schon ein paar Auftritte hier in der Gegend gehabt, unter anderem in Alis Kultureisdiele und bei einem »Open-Air-Festival gegen rechts«. Jimi hatte mir tatsächlich von dem Konzert in Gerolstein erzählt: Sie sollten im alten Lokschuppen als Vorband von Kraftklub auftreten. Ohne ihren Drummer Dennis aber war dieses Ereignis jetzt wohl stark gefährdet.

»Wir kriegen doch jetzt auf die Schnelle keinen Ersatz für Dennis. Totale Scheiße. Was sollen wir denn jetzt machen?«

Ich legte Jimi meinen Arm auf die Schulter. »Jimi, du weißt, dass ich früher selbst getrommelt habe. Wenn ich sofort mit dem Proben anfange, traue ich mir echt zu, bis Samstag …«

»Du hast sie ja echt nicht mehr alle! 'tschuldige, Dad, aber das kannst du voll vergessen.«

»Ich wollte dir ja nur meine Hilfe anbieten, mein Sohn.«

»Ja, ist nett gemeint, aber lass mal stecken.«

Plötzlich fiel mir ein, dass ich immer noch nicht genau wusste, warum die Polizei Dennis überhaupt mitgenommen hatte. Wie es aussah, war er ja tatsächlich verhaftet worden. »Was hat Dennis denn eigentlich mit dem Caspers zu schaffen?«, fragte ich.

Jimi erklärte mir, dass die Polizei davon ausging, Dennis habe Caspers am Sonntag bei seiner Jogging-Runde aufgelauert und ihn, wahrscheinlich bei einem Streit, niedergeschlagen und schwer verletzt.

»Aber warum soll Dennis das gemacht haben?«, bohrte ich nach.

»Na wegen Sabrina, Dennis' Ex. Die hatte was mit dem Caspers. Hat sie zwar nie zugegeben, aber als sie vorletzte Woche mit Dennis Schluss gemacht hat, war das für ihn klar.«

»Meinst du Sabrina Schneider? Hier aus Nettersheim? Die ist doch in eurer Stufe. Also, das wär ja echt ein Dingen, wenn sich der Caspers mit einer Schülerin einlässt!« Ich war entrüstet. »Was sagt denn die Schulleitung dazu?«

»Der Caspers hat alles abgestritten. Und einem Lehrer glauben die natürlich mehr als einem Schüler. Zumal Sabrina ja auch gesagt hat, das sei absoluter Quatsch und Dennis würde sich das nur ausdenken, weil er die Trennung nicht verkraftet und so weiter.«

»Und? Hast du mit Dennis darüber gesprochen? Weißt du, ob er den Caspers tatsächlich angegriffen hat?

»Gesagt hat er nix. Kann ich mir auch nicht vorstellen. Obwohl: Ich weiß, dass er dem Caspers mal einen ganzen

Nachmittag lang hinterhergefahren ist, weil er glaubte, der würde sich mit Sabrina treffen. Da war aber nix, zumindest an dem Tag.«

Mit dem Hinweis, er müsse sich noch ums Band-Management kümmern, verabschiedete sich Jimi auf sein Zimmer.

Ich war zwar schon recht müde, wollte aber trotzdem noch ein paar Zeilen schreiben und ging in mein Arbeitszimmer. Während ich den Rechner hochfuhr, klingelte das Telefon. Richard Martin, unser Agent, war ziemlich ungehalten darüber, dass er mich den ganzen Tag über nicht erreicht hatte.

»Hattest du etwa schon wieder dein Handy aus?«, fragte er.

»Oh, sorry. Der Akku war leer, und ich hab vergessen, ihn aufzuladen«, flunkerte ich. Dass ich damit angefangen hatte, meine kriminalistischen Interessen von der Literatur abzuziehen und auf das Dorf zu lenken, in dem wir lebten, verschwieg ich natürlich.

»Markus, es ist mir ziemlich egal, wie du deine Tage verbringst, aber du weißt, dass wir das Manuskript bis zum 20. April haben müssen. Sonst klappt das mit der Übersetzung nicht rechtzeitig. Ist eh alles schon recht knapp kalkuliert …«

»Na ja, das liegt aber auch nur an der Übersetzung. Ich meine nach wie vor, dass …«

»Stopp! Das hatten wir doch schon alles. Wir machen es, wie besprochen.« Richard seufzte hörbar am anderen Ende der Leitung.

Ja, wir hatten das besprochen: Unser nächster Roman *Mord am Fjord* sollte zunächst nur auf Norwegisch erscheinen. Das war zwar eine recht ungewöhnliche Vorgehensweise, aber weil unsere Bücher zuletzt auf dem deutschen Markt alle mehr oder weniger (die meisten mehr) gefloppt hatten, hatte sich der Verlag zu diesem Schritt entschlossen.

»Ich hab eigentlich nur angerufen, um euch zu sagen, dass *Das Fritten-Fiasko* noch in diesem Jahr auch auf Französisch erscheinen wird. Wir haben die Lizenz an einen kleinen Verlag in Lyon verkauft. Ist doch toll: Dann können endlich alle Belgier euren Fritten-Bestseller lesen, nicht nur die Flamen!« Richard versuchte, versöhnlich zu klingen. »Wie sieht es denn mit euren Sprach-Kenntnissen aus – könntet ihr Lese-Termine machen, falls der Verlag nachfragt?«

»Ich hatte Latein«, knurrte ich. »Malu müsste ich mal fragen.«

»Tu das. Ich schick euch den Vertrag morgen zu.«

Richard verabschiedete sich und wir beendeten das Gespräch.

Als Malu leicht angeheitert von ihrem Fußball-Abend zurückkehrte, lag ich schon im Bett und stellte mich schlafend. Auf »Bayern-München-hat-gewonnen!«-Sex hatte ich jetzt absolut keine Lust.

Donnerstag, 3. Februar

Aus dem *Eifeler Bauern- und Hauskalender:*
3. Februar – ein verworfener Tag! Heute besser nichts, aber auch gar nichts Entscheidendes in die Wege leiten. Maßnahmen gegen Halsschmerzen ergreifen!

Halsschmerzen. Unwillkürlich ließ Kathinka Caspers das Büchlein sinken, um ihre Halslymphknoten zu betasten. Tatsächlich hatte sie schon beim Aufwachen ein leichtes Kratzen beim Schlucken bemerkt. Auch die Kinder kränkelten ein wenig, was aber auch kein Wunder war nach den Aufregungen der vergangenen Tage. Trotzdem hatte sie bisher wie gewohnt die beiden Großen zur Schule geschickt und die Kleine zum Kindergarten gebracht. Ein Stück Alltag und Normalität tat den Kindern bestimmt gut.

Auch Kathinka sehnte sich nach ihrem alltäglichen Leben. Obwohl sie selbst ausgebildete Krankenschwester war, setzten ihr die schier endlosen Stunden am Bett ihres Mannes mehr zu, als sie zugeben wollte. Der grün gestrichene Raum auf der Intensivstation hatte keine Fenster nach draußen. Nur zum Flur hin wurde die Wand durch ein Sichtband in Augenhöhe unterbrochen. Regelmäßig warf das Pflegepersonal einen Blick ins Zimmer. Trotzdem fühlte sich Kathinka während ihres Aufenthaltes oft wie in einem Raumschiff außerhalb der Erdumlaufbahn. Um die medizinischen und pflegerischen Abläufe nicht zu stören, war die Besuchszeit streng geregelt:

Nur nachmittags zwischen vierzehn und siebzehn Uhr, Kinder unter zwölf Jahren waren nur in Ausnahmefällen erlaubt. Wollte Kathinka ihren Mann besuchen, musste sie für diese Zeit gleich drei Betreuungsmöglichkeiten organisieren.

Meistens blieb sie nur eine gute Stunde, um dann spätestens gegen sechzehn Uhr das Klinikgelände zu verlassen und die Kinder bei deren diversen Freunden einzusammeln. Gestern hatte sie sich verspätet, weil Dr. Barbe, der leitende Stationsarzt, sie zu einem Gespräch in sein Zimmer gebeten hatte. Er war es auch, der am Sonntag nach Jean-Maries Einlieferung erste Befunde erhoben und mit ihr besprochen hatte.

Demnach hatte Jean-Marie durch einen Sturz oder Schlag ein Schädel-Hirn-Trauma erlitten und das Bewusstsein verloren. Darüber hinaus war es durch eine anscheinend massive, stumpfe Gewalteinwirkung zu einer schweren Prellung des Brustkorbs gekommen. Er hatte kurzzeitig in der Klinik das Bewusstsein wiedererlangt, musste aufgrund der Schwere der Verletzungen jedoch in einen medikamentösen Dämmerschlaf versetzt werden. All das hatte der noch recht junge Arzt Kathinka ruhig und gewissenhaft vorgetragen. Die Ernsthaftigkeit seiner Worte stand dabei im verwirrenden Gegensatz zu seinem offenen Jungengesicht. Er war es auch, der aussprach, dass es sich offensichtlich um Fremdeinwirkung handelte und ihr empfahl, unverzüglich Anzeige wegen gefährlicher Körperverletzung zu erstatten. Kathinka hatte nur genickt.

Beim gestrigen Gespräch dann hatte er sich nach dem Stand der Ermittlungen erkundigen wollen.

»Sie haben einen Jungen verhört«, hatte sie widerstrebend geantwortet. Das stimmte. »Mehr weiß ich nicht, ich kenne ihn nicht.« Das war gelogen.

Der Arzt hatte sie aufmunternd angeblickt. Nachdem das Schweigen zwischen ihnen fast greifbar wurde, hatte Dr. Barbe sich geräuspert und in Jean-Maries Krankenakte geblättert. Kathinka spürte, dass er noch etwas sagen wollte. Etwas, was ihr ein gutes Gefühl geben sollte. Oder ihm.

»Die Lage ist ernst, aber nicht hoffnungslos, Frau Caspers.« Kathinka hatte fast lächeln müssen, obwohl oder gerade weil sie etwas Besseres erwartet hatte – und das nicht zum ersten Mal in ihrem Leben. Hoffnung ist die Mutter der Dummen, hatte ihre russische Großmutter immer gesagt. Und Kathinka war nicht dumm. Das hätte sie ihm noch sagen können. Stattdessen verabschiedete sie sich schnell, weil sie es nicht übers Herz brachte, ihm seine Hoffnung zu nehmen.

Obwohl heute also ein verworfener Tag war, ein Schwendtag, an dem ihre Großmutter niemals auch nur einen Fuß vor die Tür gesetzt hätte und ihr Hals schmerzte, wollte Kathinka sich jetzt auf den Weg machen. Die Kinder würden schon ab Mittag zum Essen, Spielen und Hausaufgabenmachen bei ihren Freunden sein.

Bevor sie zur Klinik fuhr, musste sie noch etwas Dringendes erledigen.

Malu

Manche meinten ja, der erste Satz eines Buches sei für den Autor die alles entscheidende Hürde. Andere dachten, der letzte Satz sei noch viel entscheidender. John Irving beispielsweise fing gar nicht erst mit dem Schreiben an, ehe er den letzten Satz wusste, auf den er dann buchstäblich zuschrieb. Ich hingegen war der Ansicht: Scheiß auf den ersten Satz, scheiß auf den letzten Satz. Aber all die vielen Sätze dazwischen! Die bereiteten mir das schlimmste Kopfzerbrechen.

So auch heute. Ich saß nun schon geraume Zeit relativ unproduktiv am Schreibtisch. Dabei hätten die Arbeitsbedingungen nicht besser sein können: Jimi war in der Schule, Markus mit Gandhi beim Einkaufen und Trollbekka ... keine

Ahnung. Dennoch rann der Vormittag ohne nennenswerte Formulierungsfeuerwerke dahin. Mir fehlte der Flow. Dabei wollte ich heute mindestens zehn Seiten schaffen. Aber statt flüssig aus der Feder zu fließen, tröpfelten nur sporadisch ein paar Fragmente aufs Papier. Das Einzige, was flüssig lief, war mein Griff in die Packung mit den Autoreifenkeksen. Dazu trank ich bereits mein drittes Glas Club-Mate.

Ich musste mich konzentrieren. Schluss mit Club-Mate und Autoreifenkeksen. Konzentration! Da klingelte das Telefon. Das Display zeigte mir eine unbekannte Nummer an. Verärgert nahm ich den Anruf an und blaffte ein »Jawasisdenn?« in den Hörer.

»Hier is de Trueba«, schnarrte mir eine kehlige, testosteron-, whisky- und zigarrenrauchbelegte Stimme ins Ohr.

Das sagte mir so gar nichts, und es entstand eine mit Fragezeichen gefüllte Denkblase über meinem Kopf.

Der am anderen Ende der Leitung hatte wohl ein feines Gespür für solche nonverbalen Schwingungen und fuhr so zur Erklärung gleich fort: »De Tru-e-ba! Us Ööskerche!«

Sollte nun bei mir durch diesen geografischen Zusatz der Groschen fallen? Nein, bei mir fiel kein Groschen, und außerdem passte mir sein Tonfall nicht. Er klang so, als würde er mich für grenzdebil halten.

Ich wollte dem »Trueba« gerade mitteilen, dass er sich wohl verwählt habe, als dieser schon wieder ansetzte: »Hürens, Marie-Luis, is dinge Pap bei dir?«

Marie-Luis?! Dinge Pap? – Der nannte mich Marie-Luise und fragte nach meinem Vater. Jetzt dämmerte mir einiges. Die »Falsch-Verbunden-Option« war damit hinfällig. Es musste sich bei dem »Trueba« eindeutig um einen der dubiosen Spezis meines Vaters handeln. Aber woher zum Geier hatte der meine Nummer?

»Vun dinge Mamm!«, schallte es auf Nachfrage aus dem Hörer. »Dinge Pap määt hück e Eefel-Tüürche und hä hätt et Händi nit aan. Ich bin op Besuch in Heimbach, un do wollt der mich affholle, äwwer ich weeß net, wann jenau …«

Das nun folgende etwa zehnminütige Gespräch (gefühlt mindestens 30 Minuten) über das aus meiner Sicht völlig fragwürdige Eintreffen meines Vaters gestaltete sich schwierig. Aus mir unerfindlichen Gründen hatte Trueba anscheinend die romantische Vision von mir als eine Art Vorsteherin einer verträumten Zollstation. Er saß dem Trugschluss auf, dass sämtliche Eifelreisende, Tagelöhner und Postkutschen wohl früher oder später zwangsläufig bei mir vorbeikamen, um nach der Entrichtung von wahlweise Golddukaten, Feldfrüchten oder Selbstgebranntem die notwendige Passagegenehmigung zu erhalten.

Irgendwann gab ich entnervt auf. Er wollte einfach nicht verstehen, dass niemand (auch nicht mein Vater!) zwingend, immer und grundsätzlich bei mir in Nettersheim vorbeikam, nur weil er gerade irgendwo in der Eifel unterwegs war. Schließlich gelang es mir, das sinnlose Gespräch mit dem Versprechen zu beenden, dass ich auf jeden Fall Augen und Ohren offen halten würde. Trueba war zufrieden und ich erschöpft.

Zur Stärkung hätte ich sofort noch zwei bis drei Autoreifenkekse vertragen können. Dazu kam es aber nicht, weil jemand an der Tür klingelte. Wenn das jetzt mal nicht doch mein Vater war! Kurz überlegte ich, mich tot zu stellen. Wenn ich nun endlich mal meine Ruhe hätte, würde ich vielleicht noch ein paar sinnvolle Sätze zustande bringen. Andererseits würde dann dieser nervige Trueba seinen Besuch in Heimbach wahrscheinlich auf unbestimmte Zeit verlängern müssen … Das tat mir weniger für Trueba leid als für meine

Freundin Shakti, die dort erst kürzlich ein Haus erworben hatte. Seufzend schlurfte ich halb hoffend, halb bangend und mit hängenden Schultern zur Tür.

Draußen stand das Rotkäppchen.

»Ja bitte?«, fragte ich.

»Guten Tag«, antwortete die Frau mit dem krapproten Hut aus gewalkter Schafwolle. »Mein Name ist Kathinka Caspers. Frau Poschen?« Ich bejahte, und mit einem Blick in ihren mit einer Weinflasche gefüllten Korb sagte sie: »Ich wollte mich gerne bei Ihrem Mann bedanken.«

Markus

Über Nacht hatte es angefangen zu tauen. Schon am Vorabend hatte der Westwind merklich aufgefrischt, und es war viel milder geworden als an den beiden vergangenen Tagen. Mir war das eigentlich nur recht – ich war kein großer Fan des meistens viel zu langen und viel zu kalten Eifel-Winters und sehnte oft schon nach den ersten Nachtfrösten im Herbst den Beginn des Frühlings herbei. Ein Gutes hatte der Wintereinbruch aber doch für sich gehabt: Die tief verschneiten Wege rund um Nettersheim gingen als guter Grund dafür durch, warum ich zuletzt auf mein Nordic-Walking-Training verzichtet hatte – oder besser gesagt: leider hatte verzichten müssen!

Früh am Morgen hatte ich aber das Gefühl gehabt, Malu würde vielleicht zu einer spöttischen Bemerkung über meinen erlahmenden Trainingsfleiß ansetzen, weshalb ich mir prophylaktisch die Hundeleine schnappte und verkündete: »Man kommt ja gar nicht mehr richtig an die frische Luft bei diesem blöden Schnee. Ich muss mal raus – komm Gandhi!« Der Köter ließ sich – obwohl er meiner Person grundsätzlich eher skeptisch gegenüberstand – natürlich nicht zweimal bitten und stürmte mit wild wedelndem Schwanz und flatternden Ohren zur Haustür.

Das »Winterwonderland« vor der Haustür hatte sich in eine an allen Ecken und Enden tropfende und triefende Schneematsch-Tristesse verwandelt. Geistesgegenwärtig hatte mir Malu noch eine Einkaufsliste für den Bioladen in die Hand gedrückt. Ich schnappte mir also den Einkaufskorb und stiefelte den Kirchberg hinunter in Richtung Dorfmitte.

Vor der Bank-Filiale in der Bahnhofstraße hatte sich eine kleine Gruppe von Nettersheimern versammelt, die lautstark diskutierten und gebannt auf die dunkelrot gestrichene Fassade des ehemaligen Volksschulgebäudes starrten, in der sich das Geldinstitut befand. Als ich näher kam, entdeckte ich den Grund für den Volkszorn: Offenbar in der Nacht hatten Unbekannte mehrere Farbbeutel gegen das denkmalgeschützte Gebäude geworfen. Beim Aufplatzen der »Farbbomben« waren weiße Kleckse entstanden, aus denen die Farbe nach unten gelaufen war.

»So eine Schweinerei!«, empörte sich einer aus der Gruppe, die vornehmlich aus Rentnern bestand, und schwang wütend seinen Spazierstock. »Das war bestimmt schon wieder diese Oettinger-Gang!«

Die Erwähnung dieses Namens rief bei den Umstehenden heftiges Kopfnicken hervor.

»Denen müsste man mal so richtig den Arsch versohlen, dieser Saubande«, machte der Dicke Jupp seinem Ärger Luft.

Tatsächlich hatte die sogenannte Oettinger-Gang weder etwas mit dem ehemaligen Regierungs-Chef eines südwestdeutschen Bundeslandes noch mit dem gleichnamigen bayrischen Städtchen zu tun. Obwohl: Eigentlich doch, denn von dort kam ja das Discount-Bier, dessen ungezügelter Genuss die Mitglieder dieser seit einigen Monaten in Nettersheim wütenden Bande wohl zu ihren Missetaten anspornte. Zahlreiche Sachbeschädigungen, so wurde im Dorf gemutmaßt, gingen auf das Konto dieser Gruppierung.

»Ich glaube, diesmal sind die Oettingers wohl unschuldig«, mischte ich mich ins Gespräch ein. Sechseinhalb Augenpaare (der Dicke Jupp trug wie immer seine Augenklappe – ich hatte in den knapp fünfzehn Jahren, die Malu, Jimi und ich schon in Nettersheim wohnten, bereits mindestens ein Dutzend Versionen der Geschichte gehört, wie der Dicke Jupp im Rekord-Winter 1978/79 sein rechtes Auge verloren haben sollte) – also sechseinhalb Augenpaare blickten Gandhi und mir entgegen und warteten nun gespannt auf eine Erklärung für diese unerwartete Behauptung.

»Na, da unten!« Ich deutete mit meiner rechten Hand auf den Sockel des Bankgebäudes. Gandhi gab ein gurgelndes Geräusch von sich, da ich nicht daran gedacht hatte, dass ich die Leine in der rechten Hand hielt.

»Da steht doch: *Occupy Bahnhofstraße!* Für mich ist das eher ein Hinweis auf die so genannte Occupy-Bewegung. Ich glaube nicht, dass diese halbstarken Chaoten aus der Oettinger-Gang mit den Zielen dieser Bewegung vertraut sind. Zumal ich mir nicht vorstellen kann, dass ihre orthographischen Kenntnisse für ein fehlerfreies Graffito auch nur annähernd ausreichend sind.« Erneut wies ich mit meiner ausgestreckten Hand (diesmal mit der Linken!) auf das Bankgebäude. »*Nieder mit den imperialistischen Banken-Bonzen des internationalen Großkapitals – wir sind die 99 Prozent*«, las ich vor. »Das können nicht die Oettingers gewesen sein.«

»Scheißegal, wer das war – das hier ist jedenfalls eine echte Sauerei«, meinte der Dicke Jupp. »Und wenn ich die erwische, die für diese Schmierereien verantwortlich sind, versohl ich denen genauso den Arsch!«

Ich verabschiedete mich von den Nettersheimer Wutbürgern und betrat die Bank, um mich über unseren aktuellen Kontostand zu informieren und das Haushaltsgeld für die kommende Woche abzuheben.

Im Foyer begegneten mir Kommissar Spohr und die Filialleiterin. Ich hatte gerade ein freundliches »Tach zusammen!« gemurmelt, als Spohr mich auch schon anraunzte: »Haben Sie die Fotos vom verletzten Caspers etwa auch an die Presse weitergegeben, Herr Poschen?«

Bäcker hatte bei seiner Recherche offenbar die Handy-Fotos erwähnt, die ich ihm zugemailt hatte. »Äh, ja – dem Herrn Bäcker vom *Boten* habe ich die Fotos gezeigt. Er hat mir aber zugesagt, sie nicht zu veröffentlichen.«

»Das hat er auch nicht getan, und das wird er nach unserem Gespräch auch sicher nicht mehr tun wollen. Aber von Ihnen hätte ich mir schon ein bisschen mehr Verschwiegenheit gewünscht, Herr Poschen!«

Spohr war sichtlich angesäuert, dass die Presse Wind von der Sache bekommen hatte. Ich konnte es nicht ändern und zuckte mit den Schultern.

»Stimmt es eigentlich, dass Sie einen jungen Mann in dieser Sache festgenommen haben?«, fragte ich vorsichtig, um gegenüber der Bankerin nicht den Namen Dennis Trimborn erwähnen zu müssen. Nettersheim war ein Dorf, und eine solche Nachricht hätte schnell die Runde gemacht, da war ich mir sicher.

»Zu den laufenden Ermittlungen kann ich Ihnen gegenüber keinerlei Angaben machen, Herr Poschen, das wissen Sie doch. Halten Sie sich da raus, das hier ist kein Stoff für einen Ihrer Romane.«

Die Filialleiterin drängte den Kriminaler nach draußen: »Kommen Sie, Herr Spohr, ich zeige Ihnen das ganze Ausmaß dieser Farb-Attacke…«

Bei Heinens in der Bäckerei waren die Croissants alle, was meiner guten Laune über das Tauwetter und den sicher bald nahenden Frühling einen leichten Dämpfer versetzte. Als Ausgleich kaufte ich eine halbe Grießmehls-Taat für den Nachmittag und ging weiter zum nahen Bioladen.

»Hast du noch von diesem leckeren Ziegenfrischkäse?«, fragte ich.

»Ja klar. Damit hab ich letztens ein Mangold-Cremesüppchen verfeinert – ein Gedicht!« Iris reichte mir ein Döppchen über die Theke.

»Aha, klingt gut …«, entgegnete ich.

»Aber du weißt genau, dass ich das Rezept nicht verraten darf!«

Iris hatte den Bioladen vor ein paar Jahren übernommen und war eine echte Suppentante, mit der ich regelmäßig die neuesten Rezepte austauschte. Seitdem sie wusste, dass ich im Besitz des Original-Rezepts von Thea Greif's Käsesuppe aus dem *Kleinen Landcafé* im Vulkaneifel-Dörfchen Kerpen war, verriet sie mir bereitwillig alle Tricks aus ihrer Suppenküche. Was die berühmte Käsesuppe betraf, blieb ich natürlich dennoch standhaft.

Mit dem gut gefüllten Einkaufskorb im Arm wäre ich am liebsten auf direktem Weg nach Hause zurückgegangen. Ich wollte aber Gandhi ebenfalls zu seinem Recht kommen lassen und schlug den etwas längeren Weg am Naturzentrum vorbei Richtung Grafschaftsgasse ein. Als wir die kleine Urftbrücke überquert hatten, ließ ich Gandhi von der Leine, damit er eine Runde über die Wiese drehen konnte.

Während ich auf die Rückkehr des Köters wartete, ertönte plötzlich ein sonores »Markus!« hinter mir.

»Hallo, Rudi, was treibt dich hier raus?«, fragte ich Bäcker.

Der Journalist berichtete, dass er gerade eine Pressekonferenz im Naturzentrum besucht habe, zu der Bürgermeister Günther Kracht eingeladen hatte. »Da ging's um diesen Römerkram, mit dem sie hier demnächst den Tourismus weiter ankurbeln wollen«, erzählte Bäcker nur mäßig begeistert. Archäologen hatten im vergangenen Jahr weitere Relikte aus der Römerzeit im Urfttal gefunden, die wohl von beträchtlichem wissenschaftlichen Wert waren.

»Hast du was Neues über Caspers rausgefunden?«, wechselte ich das Thema.

Bäcker hatte sich nach unserem Treffen am Vortag richtig reingehängt und mit Gott und der Welt über den Angriff auf Caspers gesprochen.

»Bei der Krippo hab ich mit diesem Kommissar Spohr gesprochen, ziemlicher Kotzbrocken, wenn du mich fragst. Der wollte zuerst gar nix sagen, aber als ich gekontert habe, dass ich dann wohl lauter unbestätigte Spekulationen veröffentlichen müsste, ist er dann doch mit der Sprache rausgerückt!« Bäcker war sichtlich stolz auf diesen Coup. Viel Neues hatte er von Spohr allerdings nicht erfahren: Inzwischen galt es als sicher, dass die Verletzungen zum Teil von einem Sturz auf den Kopf stammten, zum anderen Teil auf die Einwirkung stumpfer Gewalt auf den Brustbereich zurückzuführen waren.

»Dass es eine Festnahme gegeben hat, hat Spohr nicht erwähnt?«, fragte ich.

»Festnahme?«, fragte Bäcker ungläubig. »Spohr hat nur gesagt, dass sie erste Befragungen durchführen, die aber noch nicht abgeschlossen sind.«

Ich erzählte, was ich von Jimi über Dennis Trimborn erfahren hatte, betonte aber auch, dass ich mir nicht vorstellen könne, dass er ernsthaft in den Angriff verwickelt sei.

»Na ja, da werde ich den Herrn Spohr gleich noch mal anrufen müssen«, verkündete Bäcker.

»Und, wie sieht's mit Altmeier vom St.-Getrudis aus? Hast du da was in Erfahrung bringen können?«, fragte ich.

Bäcker schüttelte den Kopf. »Den hab ich nicht erreicht, ist wohl auf einer Tagung beim Bistum in Aachen. Aber ich hab von seiner Sekretärin erfahren, dass er am Sonntag definitiv zusammen mit seiner Frau das Hochamt in Stolzenfels besucht hat. Er hilft da beim Austeilen der Kommunion. Damit dürfte er für die Tatzeit ein Alibi haben. Außerdem hab ich noch mit einigen politischen Freunden und Feinden von Caspers gesprochen«, verriet Bäcker.

Die meisten hatten bereits mitbekommen, dass Caspers im Krankenhaus lag. Die genauen Hintergründe erfuhren sie dann aber erst im Gespräch mit Bäcker. »Kann mir nicht vorstellen, dass einer aus der Ecke handgreiflich geworden ist. Auch die Schwarzen schätzen Caspers als engagierten und verantwortungsvollen Politiker.«

»Na ja, so was zu sagen ist das eine, wie sie tatsächlich handeln, weiß man nicht«, gab ich zu bedenken.

»Da hast du natürlich recht, bislang gibt es da aber wohl keinerlei Verdächtige. Übrigens will die Polizei wahrscheinlich morgen den Tat- oder Fundort an dieser Feldscheune einmal genau unter die Lupe nehmen. Wegen des Schnees war das bislang nicht möglich, aber wenn das Tauwetter anhält, soll morgen früh die Spurensicherung anrücken. Aber … von mir weißt du das nicht!«

Markus war sichtlich enttäuscht, dass er Kathinka Caspers um Haaresbreite verpasst hatte. Ich erwähnte ihren Besuch beiläufig kurz nach seiner Rückkehr, als er mir die Einkäufe aus der Tasche reichte, die ich im Kühlschrank verstauen sollte. »Was wollte sie denn?«, fragte er aufgeregt.

»Sich dafür bedanken, dass ihr Mann nicht abgenippelt ist, obwohl du Erste Hilfe geleistet hast.«

»Ha, ha – sehr witzig. Jetzt sag mal ernsthaft.«

»Das war ernsthaft«, erwiderte ich schlicht, aber Markus ließ nicht locker.

»Wie geht's dem Caspers denn?«

»Na ja, er ist wohl soweit stabil, aber er hat auch richtig was einstecken müssen.«

»Ja, das hat der Bäcker mir eben auch erzählt ... hab ihn unterwegs getroffen.«

»Ach so, dann weißt du ja schon alles. Bäckers Buschtrommel funktioniert bestens«, sagte ich süffisant. Den Seitenhieb konnte ich mir nicht verkneifen. Markus hielt zwar große Stücke auf seinen ehemaligen Chef, aber in meinen Augen war der Kerl so eine Art Horst Schlämmer der Eifel. Überaus ekelhaft. Nikotingelbe Finger. Feuchte Aussprache, bedingt durch schlecht sitzende Zahnprothese. Knoblauch- oder Schnapsfahne, aber eins von beidem garantiert. Und nicht zuletzt: Weizenspoiler (so nannte Jimi die Problemzone eines übermäßig biertrinkenden Mannes).

Vielleicht wäre mein Verhältnis zu Bäcker aber auch nicht ganz so getrübt, wenn es nicht einmal vor Jahren durch eine Verkettung unglücklicher Umstände zu einer äußerst unangenehmen Begegnung gekommen wäre. Ich dachte ungern an die Sache zurück, auf jeden Fall spielte eine ziemlich versiffte, fleischfarbene (!!!) Schlafanzughose eine bedeutende Rolle.

»Ach Malu, denkst du jetzt etwa wieder daran, wie er dir im Schlafanzug die Tür aufgemacht hat?«

»Nein, nicht im ganzen Schlafanzug«, berichtigte ich Markus, »nur in der Buxe! Das ist ja wohl ein Unterschied. Und die war obendrein auch noch total fadenscheinig und fleischfarben!«

Das Corpus Delicti besaß in seiner ganzen abstoßenden Abscheulichkeit die Faszination des Grauens. So wie ein Splatter-Movie oder ein Verkehrsunfall. Man will nicht hinschauen, aber tut es doch. Vor allem, wenn solch ein Kleidungsstück, das diesen Namen eigentlich nicht verdient, seinen Zweck konterkariert, indem es mehr preisgibt als verdeckt.

»Er hatte nichts drunter, Markus! Rein gar nichts! Das hättest du auch nicht sehen wollen.«

Markus Anteilnahme hielt sich in Grenzen. Er verdrehte stöhnend die Augen und drückte mir einen Becher Sahne in die Hand. »Kannst du mir jetzt nicht endlich was über die Caspers erzählen? Oder hatte die etwa auch nur 'ne fleischfarbene Schlafanzughose an?«

Jetzt war ich dran mit Stöhnen und Augenverdrehen. »Glaub mir, dieser Anblick wäre nicht mal annähernd so traumatisch gewesen wie bei diesem Heiopei Bäcker«, gab ich zurück und schloss die Kühlschranktür. »Aber falls es dich interessiert: rein kleidungstechnisch war sie der Wunschtraum eines jeden Schafhirten.«

Markus, der mittlerweile Bananen und Äpfel in die Obstschale drapierte, schaute mich mit einer hochgezogenen Augenbraue an: »Wie meinst du das denn schon wieder?«

»Na ja, die Caspers war von Kopf bis Fuß in Wolle gehüllt – gestrickt, gefilzt, pflanzlich gefärbt und vollständig biologisch abbaubar.« Ich schnüffelte übertrieben umher. »Und wenn du mich fragst, riecht es hier drin immer noch ein bisschen nach Schafherde.«

Markus sah mich ungläubig an. »Ist das etwa alles, was du über sie sagen kannst?«

»Na, du bist gut! Die war ja nicht viel länger als fünf Minuten hier«, verteidigte ich mich. »Aber die war trotz der ganzen Wolle ziemlich hübsch … und jung. Viel jünger als der Caspers. Und sie hat einen sympathischen Akzent … irgendwas Osteuropäisches, glaub ich. Niedlich. Zufrieden?« Anscheinend nicht, denn Markus quengelte ungehalten: »Aber was hat sie denn nun über Dennis und die Attacke auf ihren Mann gesagt?«

»Nichts.«

»Nichts?!«, echote Markus, »wieso denn nichts??«

»Weil ich nicht danach gefragt habe und sie auch von sich aus nichts über Dennis gesagt hat.«

»Ja, aber wenn Dennis doch so eifersüchtig war und Sabrina so oft mit dem Caspers abgehangen hat …«

»Bei der Caspers klang das so, als hätte es eine ganze Reihe von eifersüchtigen Ehemännern und Freunden gegeben. Und wenn dann irgendeiner mal austickt, dann darf man sich nicht wundern. Ich glaub, der Caspers hat nix anbrennen lassen.«

Dieses Halbwissen hatte ich indes weniger von Kathinka Caspers als viel mehr von den Teilnehmerinnen meines mittwochabendlichen Zumba-Kurses in der Osmanischen Herberge. Ja, ich ging heimlich zum Zumba, manchmal aber auch zu Pilates, Yoga oder japanischem Heilströmen. Alles interessante Angebote der Volkshochschule. Auf diesem Weg hatte ich auch mal ein halbes Jahr meine Kenntnisse in Altgriechisch aufgefrischt, obwohl ich vorher überhaupt keine hatte. Warum ich das alles heimlich machte und Markus seit Jahren im Glauben ließ, ich ginge Fußball gucken, kann ich gar nicht so recht sagen. Das hat sich irgendwie so ergeben. Zur Tarnung habe ich mir nach und nach Fußball-Basiswissen angeeignet und sogar einen Lieblingsverein zugelegt: Bayern München. Ganz am Anfang meines Doppellebens hatte ich damit Schwierigkeiten. Mittlerweile hatte ich die Rolle des vermeintlichen Fußball-Fans aber voll drauf, obwohl damit immer noch nicht geklärt war, wieso ich diesen Spökes überhaupt veranstaltete. Vielleicht würde es an der VHS irgendwann ja mal einen Kurs geben, wo ich dieser Frage nachgehen konnte.

Jedenfalls sorgte das Geschehen um Caspers für einigen Aufruhr unter den Zumba-Frauen, von denen drei in Linkem wohnten. Es wurde heftig über die Hintergründe des Angriffs getuschelt, gemunkelt, spekuliert und diskutiert. Aber letztendlich galt: Nichts Genaues weiß man nicht. Dennoch konnte ich der ganzen Tratscherei eines sehr deutlich entnehmen: Der Caspers hatte ein ganz schön aktives Leben geführt. Und das nicht nur in politischer Hinsicht.

Hinter Markus' Stirn schien es ordentlich zu rattern. Das konnte ich genau sehen – und fast auch schon hören. Möglichen weiteren Fragen wollte ich zuvorkommen, schnappte mir deswegen den Präsentkorb vom Büffetschrank und überreichte ihn Markus feierlich: »Hier. Für dich. Von Rotkäppchen. Den gefilzten Orden am gewalkten Bande bekommst du später verliehen.«

Markus nahm den Korb entgegen und inspizierte neugierig seinen Inhalt: Nusspralinen und Rotwein. Ausgerechnet. Er machte ein enttäuschtes Gesicht: »Na toll! Gegen das eine bin ich allergisch, und von dem anderen bekomme ich Migräne.«

Oh nein, seufzte ich innerlich. Die Nussallergie ließ ich durchgehen, die war Markus praktisch angeboren. Darüber hinaus pflegte er jedoch mit den differentialdiagnostischen Fähigkeiten meiner Mutter (die ihr Medizinstudium ausschließlich mit Hilfe der *Apothekenumschau* absolviert hatte) eine Reihe von Zipperlein – angefangen bei Acne rosacea bis Zehenfurunkel. Aber Migräne durch Rotwein? Das war mir neu.

»Du trinkst doch gar keinen Rotwein«, warf ich ein.

»Eben drum«, war die knappe, durch Präzision und Logik bestechende Antwort.

»Meinst du nicht, die Dosis macht das Gift?«

Markus warf mir über den Korb hinweg einen vernichtenden Blick zu und belehrte mich in unterkühltem Ton: »Das hat mit Histamin zu tun. Aber wenn du mir nicht glaubst, dann frag doch deine Mutter.«

Das würde ich ganz sicher nicht tun. Ich ließ es dabei bewenden und sah zu, wie Markus Wein und Pralinen wieder im Korb verstaute. Während er verkündete, dass er Kohldampf habe und jetzt erst mal was kochen werde, angelte ich nach der hübschen Ansichtskarte, die am Boden des Korbes lag und bisher keinerlei Beachtung gefunden hatte. Darauf war eine sommerliche Eifellandschaft mit Blick auf Stolzenfels zu sehen.

»Für Ihren selbstlosen Einsatz meinen herzlichsten Dank, Ihre Kathinka Caspers«, las ich vor. Doch Markus schepperte bereits in der Küche mit dem Kochgeschirr und pfiff dabei vor sich hin. Wahrscheinlich hatte er mich gar nicht gehört. Ich steckte die Karte ein und verschwand in meinem Arbeitszimmer – bevor Markus noch auf die Idee kam, mich zu Küchendiensten heranzuziehen.

Markus

Wenigstens beim Wein hatte sich Frau Caspers nicht lumpen lassen: Ein 2009er Spätburgunder aus dem Dernauer Pfarrwingert vom Weingut Ernst Sebastian musste wohl als »edles Tröpfchen« durchgehen, wie ich dem allwissenden Internet entnehmen konnte. Für mich war das aber trotzdem nichts: Wie man leider auch meiner Figur ansehen kann, gehöre ich ganz eindeutig zur Fraktion der Biertrinker. Zwar hatte ich zu Studienzeiten auch hin und wieder bei einem gemütlichen Abend in der WG in der Bonner Südstadt ein Gläschen Wein getrunken. Der stammte aber meist vom Aldi und sorgte beim Aufwachen am nächsten Morgen für einen beklagenswerten Allgemeinzustand und hämmernde Kopfschmerzen. Der Umstieg zum Gerstensaft kam dann mehr oder weniger zwangsläufig, als ich nach dem Studium in die Eifel zurückgekehrt war.

Gedanklich sortierte ich die Flasche mit dem Ahrwein von der »Weiterverschenken«-Kiste ins »3-2-1-Deins«-Regal um. Wenn ich allerdings daran dachte, was dort schon alles darauf wartete, irgendwann einmal bei Ebay versteigert zu werden, wäre es wahrscheinlich doch besser, den Rotwein selbst zu kredenzen. Vielleicht am Wochenende, da hatten sich Malus Eltern zum Döppekooche-Essen bei uns eingeladen. Wie ich die Schlagloths kannte, würden sie zwar keinen Unterschied zwischen diesem Edel-Tröpfchen und einem Dornfelder für 1,99 erkennen, ich könnte mit der Flasche aber trotzdem ein bisschen Eindruck schinden.

Draußen im Flur vor meinem Arbeitszimmer hörte ich, wie Malu die blöde Katze von der Kommode scheuchte. Ich hatte gerade auf meinem PC von der Website des Dernauer Weinguts zurück zum Manuskript von *Mord am Fjord* gewechselt, als Malu auch schon die Tür aufriss.

»Hast du nicht gesehen, dass Trollbekka es sich auf dem Stapel frisch gewaschener Handtücher gemütlich gemacht hat?«, fauchte Malu mich an.

Unwillkürlich musste ich an einen Werbespot aus meiner Jugend denken, in dem sich ein lebendiger Teddybär in einen Wäschekorb voller frisch gewaschener, unfassbar weicher und wahrscheinlich nach lauem Frühlingslüftchen duftenden Frottee-Handtücher fallen ließ.

»Markus?«

»Oh – sorry, ich war mit meinen Gedanken gerade noch mitten in Norwegen. Was ist denn?«

»Ach, vergiss es. Ich wollte dich nicht bei der Arbeit stören. Kommst du mir gleich noch gute Nacht sagen? Ich leg mich schon mal hin.«

»Ja, klar. Ich schreib gerade nur noch das Kapitel hier zu Ende, dann komm ich auch ins Bett.«

Als Malu die Tür zugezogen hatte, las ich mir noch einmal durch, was ich am Abend geschrieben hatte, und war ziemlich zufrieden mit meinem Werk. Ich speicherte den Text ab, schaltete den Computer aus und folgte Malu ins Schlafzimmer. Schließlich hatte ich noch etwas vor.

Gut Genfbach

Janosch Mandelbaum fühlte sich unbehaglich. Es war weniger ein akutes Unbehagen als ein ständiges Gefühl drohenden Unheils. Mal war ihm, als würde sich ein Unheil von außen nähern, ihn einkreisen, umschließen, um dann in ihn hineinzukriechen, so wie es feuchte Kälte tat. Mal wachte er – so wie jetzt – mitten in der Nacht auf, mit klopfendem Herzen und der scheinbaren Gewissheit, dass es sich genau umgekehrt verhielt: ein aus ihm geborenes Unheil diffundierte über seine physischen Grenzen hinaus und hüllte ihn ein. Die formlose Schwärze lastete schwer auf seiner Brust. Er fürchtete sich vor diesen endlosen Stunden, doch noch mehr fürchtete er sich vor sich selbst und seinem Unvermögen einen Ausweg zu finden. Stattdessen verlor er sich in Grübeleien, die weder Anfang noch Ende kannten, jedoch einen Namen hatten: Jean-Marie.

Nachdem Jean-Marie am Sonntag nicht zu der von ihm so nachdrücklich geforderten Aussprache erschienen war, hatte Janosch den ganzen Montag vergeblich versucht, ihn auf seinem Handy zu erreichen. Erst hatte er vermutet, Jean-Marie wolle ihn absichtlich hinhalten und zermürben. Dabei war er schon längst mürbe, erfüllt von dumpfer Angst und von Gewissensbissen. Jedes Mal stieg ihm heiße Schamesröte ins Gesicht, wenn er sich vorstellte, wie er Jean-Marie alles erklären wollte. So sehr es Janosch vor einer Konfrontation gegraut hatte, so sehr sehnte er sie nun herbei.

Am Montagabend schließlich hatte er es nicht länger ausgehalten und das getan, was er sonst nach Möglichkeit zu vermeiden versuchte: Er wählte die Nummer von Jean-Maries Festnetz-Anschluss. Schon nach dem zweiten Klingeln nahm Kathinka ab. Janosch hatte nichts gegen die Frau seines besten und ältesten Freundes, aber er hegte auch keine allzu großen Sympathien für sie, was auf Gegenseitigkeit zu beruhen schien. Kathinka meldete sich müde und abgespannt, aber schon nach seinen ersten Worten war ihm, als würde sie sich aufrichten und ihre Schultern straffen. Er konnte ihre innere und äußere Abwehrhaltung förmlich hören, und wie so oft kam ihm das Bild vom standhaften Zinnsoldaten in den Sinn. Kathinka übermittelte ihm die Fakten knapp und sachlich: Ein Sturz – schwer verletzt – Intensivstation.

Noch bevor Janosch etwas sagen, fragen oder ihr seine Hilfe anbieten konnte, hatte Kathinka bereits wieder aufgelegt. Einige Minuten lang hatte er ratlos dagesessen und auf das Telefondisplay gestarrt.

Auch jetzt tastete er nach dem Telefon neben seinem Bett und presste sich den Hörer an die Brust. Er würde gerne mit jemandem sprechen. Er fühlte, wie sich der Kokon erneut um ihn spann. Während er salzigen Schweiß auf seiner Oberlippe schmeckte und versuchte, seinen Atem zu beruhigen, war ihm, als formierte sich die Dunkelheit zu neuer Gestalt. Etwas darin war in Bewegung, dehnte sich erst, zog sich dann wieder zusammen und nahm erkennbare Konturen an. Seine Augen tränten und schmerzten. Er war kurz davor, das Licht einzuschalten und eine Nummer zu wählen. Seine Hände zitterten jedoch so stark, dass er den Hörer von sich warf und den Kopf unter seinem Kissen vergrub. Zu Janosch Mandelbaums Grübeleien hatte sich ein zweiter Name gesellt: Kathinka.

Freitag, 4. Februar

Markus

Malu war zwar ein wenig überrascht gewesen, als ich ihr den Vorschlag unterbreitet hatte, ging aber schließlich doch darauf ein. »Wir haben es jetzt schon so lange nicht mehr getan, es wird echt Zeit, findest du nicht auch?«, hatte ich sie gefragt.

»Ich mein, irgendwie hast du ja recht. Ich fühl mich aber nicht ganz fit, und es kratzt im Hals. Vielleicht bekomm ich ja eine Erkältung. Mal sehen, wie es morgen früh ist, ja?«

Malu war ein echter Frischluft-Junkie. Schon bevor wir uns Gandhi angeschafft hatten, war sie mindestens einmal täglich zu einer Runde durch Feld und Flur rund um Nettersheim aufgebrochen. Ich begleitete sie zwar gerne hin und wieder bei einem Spaziergang, konnte – und wollte! – aber weder bei Geschwindigkeit, Häufigkeit noch Dauer ihrer Streifzüge mithalten, was dann vor ein paar Jahren zu Gandhi geführt hatte. Sie brauchte mindestens alle anderthalb Jahre neue Wanderschuhe; bei ihren zahlreichen Joggingschuhen hatte ich bereits den Überblick verloren. Da gab es welche, die nur bei trockener Witterung getragen wurden, andere kamen vornehmlich im Winter zum Einsatz, und sicher hatte sie auch ein Paar, das sie nur am Morgen nach einer sternenklaren Vollmond-Nacht anzog. Ihr Drang hinaus an die frische Luft war eigentlich nicht zu stoppen – da mussten schon massive gesundheitliche Probleme anstehen, bevor Malu freiwillig auf ihren Gang verzichtete. So war es dann auch wenig überraschend für mich, als sie am Morgen verkündete, es kratze nur ein wenig im Hals, sie könne mich also gut bei meiner Walking-Runde begleiten.

»Ich spare mir heute die Joggerei, dann können wir uns unterwegs ja über den Fortgang von *Mord am Fjord* unterhalten, ja?«, fragte sie mich, als sie sich in der Diele die Schuhe zuband.

»Kein Problem. Man soll ja eh nur so schnell gehen, dass man sich noch gut dabei unterhalten kann!«

Wir gingen auf direktem Weg zum Urfttal und dann weiter in Richtung Linkem. Bevor wir die lange Steigung zur Hochfläche erreichten, hatten wir bereits ein paar Ideen für unseren ersten Norwegen-Krimi ausgetauscht. Dann fiel mir der Anruf von Mittwochabend wieder ein.

»Ach, hab ich dir eigentlich schon erzählt, dass Richard angerufen hat, als du Mittwoch beim Fußball warst?«, begann ich.

Malu hatte ein etwas angespanntes Verhältnis zu unserem Agenten. Fachlich gab es keine Probleme: Sie schätzte seine Arbeit und war fasziniert von der Mannigfaltigkeit seiner Kontakte ins europäische Verlagswesen. Seinem Einsatz war es zu verdanken, dass Bücher von uns in Finnland, Ungarn, Estland, Serbien, Holland, Belgien und sogar in Island erschienen waren. Doch rein menschlich lag sie mit ihm nicht immer auf einer Wellenlänge, was vielleicht an seinem unsteten Lebenswandel liegen mochte. Richard war lange als Dozent an der FH München im Bereich Übersetzen und Dolmetschen tätig gewesen. Einige unserer Bücher hatte er von Studentinnen übersetzen lassen, mit denen er liiert gewesen war. Passenderweise sprachen die immer genau die Sprachen, die an den Schauplätzen unserer aktuellen Romane gesprochen wurden. Uns hatte es natürlich sehr geholfen, bei ausländischen Verlagen unterzukommen, wenn schon eine kostenfreie Übersetzung des Textes vorlag. Ethisch war es natürlich mehr als fragwürdig, dass Richard intime Kontakte zu Studentinnen unterhielt und dies gleichzeitig auch noch für seine Nebentätigkeit als Literaturagent ausnutzte. Als Malu das herausgefunden hatte, war ihr Verhältnis zu Richard deutlich abgekühlt.

»Nee – davon hast du nichts erzählt. Was wollte er denn schon wieder?«

»Jetzt sei doch nicht gleich so negativ. Er hatte gute Nachrichten für uns!«

»Na, die Nachrichten müssen ja wohl gut sein, wenn du mir schon direkt zwei Tage später davon erzählst …«

Ich ging nicht weiter auf das Gestichel ein: »Das *Fritten-Fiasko* wird ins Französische übersetzt!«

Malu blieb abrupt stehen. »Wie – echt jetzt?«

»Ja, wenn ich dir's doch sage!«

Malu ließ einen spitzen Freudenschrei erklingen und sprang mir dann an den Hals. »Das ist der Durchbruch, Markus, das ist der Durchbruch!« Sie drückte mir einen dicken Kuss auf die Stirn, ließ dann aber ebenso schnell wieder von mir ab. »Ist seine neue Freundin also Französin. Oder Wallonin?«

»Was weiß denn ich! Franko-Kanadierin vielleicht. Ist doch egal.« Ich hatte keine Lust zum Diskutieren. »Jedenfalls gibt es mehr Franzosen als Isländer, Ungarn, Finnen, Holländer und Serben zusammen. Das ist ein riesiger Markt!«

»Wo ist der Haken?«

»Haken? Wieso Haken?«

»Wenn Richard Martin damit zu tun hat, muss es einen Haken geben.« Malu schaute mich durchdringend an.

»Es gibt wirklich keinen Haken, Malu. Richard hat mich nur gefragt, ob wir Lesungen auf Französisch machen können. Also, du jetzt. Ich hatte ja nur Latein, und da dachte ich …«

»Markus!« Malu unterstrich ihren Ausruf mit einem als »Schluss jetzt!« zu interpretierenden Handzeichen. »Du weißt, was wir damals nach dieser Pleite in Appeldoorn beschlossen haben, ja?«

Das war ein wirklich wunder Punkt. An dem ich nicht ganz unschuldig war: Damals war *Der Camping-Killer* gerade in Holland erschienen, und es gab eine Anfrage der Stadtbücherei Appeldorn, ob wir eine Lesung machen könnten, weil ich in einem Interview mit so einem holländischen Käseblatt – das war in diesem Falle übrigens wörtlich zu nehmen, denn es handelte sich um eine Kundenzeitschrift der *Nederlandse Zuivel Organisatie*, kurz NZO, des niederländischen Molkereiverbands – also weil ich da großspurig behauptet hatte, des Holländischen mächtig zu sein. Um es kurz zu machen: Meine Sprachkenntnisse aus den zahlreichen Holland-Urlauben meiner Jugend und aus dem dreimaligen Besuch eines Anfänger-Kurses bei der VHS Linkem reichten bei Weitem nicht aus, um uns vor einem peinlichen Auftritt in der Stadtbücherei von Appeldoorn zu bewahren. Jedenfalls hatte mir Malu nach dieser Erfahrung das Versprechen abgetrotzt, niemals wieder in einer anderen als der eigenen Muttersprache eine öffentliche Lesung zu bestreiten.

Wir setzten unseren Weg bergauf in Richtung Hochfläche fort. Das war jetzt wieder typisch für Malu: Statt sich über den Mega-Deal mit Frankreich zu freuen, war sie jetzt sauer auf mich, weil ich Richard nicht sofort von dieser Idee mit den französischen Lesungen abgebracht hatte. Wir marschierten mehr oder weniger wortlos nebeneinander her. Einmal gab es noch Streit, weil ich Gandhi aus Versehen mit einem meiner Walking-Stöcke an der Pfote erwischt hatte und Malu mich anpflaumte, ich sollte meinen Frust jetzt nicht an dem unschuldigen Tier auslassen.

Als endlich die Feldscheune in Sicht kam, in deren Nähe ich am Sonntag den verletzten Caspers gefunden hatte, sahen wir auf dem Wirtschaftsweg auch schon einige Polizeifahrzeuge stehen. »Was ist denn da los?«, fragte Malu. »Da wird doch nicht schon wieder einer liegen?«

»Nee, die Spurensicherung nimmt sich heute den Fundort mal richtig vor – ging wegen dem Schnee nicht früher«, erklärte ich. »Hat mir Bäcker gestern erzählt.«

»Wegen *des* Schnees. Deshalb wolltest du also unbedingt hier langgehen.« Malu stöhnte.

Wir waren mittlerweile bis auf rund zwanzig Meter an den Acker herangekommen, wo Caspers gelegen hatte. Ich zog meine kleine Digitalkamera aus der Jackentasche. Einige Polizisten waren mit der Suche nach Spuren beschäftigt. Ich hatte die Kamera eingeschaltet und zoomte gerade einen Beamten, der zwischen den Ackerfurchen niederkniete, formatfüllend heran, als sich von der anderen Seite über den Wirtschaftsweg Kommissar Spohr näherte.

»Hey, lassen Sie das bitte, Herr Poschen!« Er stellte sich vor mich und verdeckte mit seinem massigen Körper die Sicht auf seine Kollegen. »Was wollen Sie denn schon wieder hier?«

»Guten Tag, Herr Kommissar. Ich bin hier quasi im offiziellen Auftrag unterwegs, für den *Boten*. Sie behindern hier gerade die Arbeit der Presse.« Ich versuchte, mich an Spohr vorbeizudrücken, um wenigstens ein Foto schießen zu können, doch der Polizist verhinderte dies mit einer blitzschnellen Gewichtsverlagerung, die ich ihm gar nicht zugetraut hätte.

»Sie machen hier keine Fotos, Herr Poschen. Wir werden die Presse schon rechtzeitig informieren, wenn wir hier irgendetwas Relevantes finden. Verstanden?«

Ich hatte schon Luft geholt, um mich über dieses inakzeptable Verhalten zu beschweren, als Malu sich bei mir einhakte und mich zur Seite wegzog. »Komm, Markus, du hast doch gehört, was der Herr Kommissar gesagt hat. Auf Wiedersehen, Herr Spohr, viel Erfolg noch bei der Suche!«, säuselte sie.

Ich war sprachlos: Wie konnte mir meine eigene Frau nur derart in den Rücken fallen?

Als wir ein paar Schritte gegangen waren, blickte Malu sich um, um sich zu vergewissern, dass der Polizist uns nicht folgte. »Wir gehen jetzt da drüben zur Scheune«, flüsterte sie mir zu. »Von da kannst du den ganzen Acker überblicken und dein Foto machen …«

Tatsächlich war das gar keine schlechte Idee, wie ich bei einem nochmaligen Blick auf die Szenerie feststellen musste. Ich setzte also zusammen mit Malu meinen Weg fort und fuchtelte dabei ordentlich mit meinen Walking-Stöcken herum. Spohr hatte uns noch eine Weile hinterhergeschaut, verlor jedoch bald das Interesse an diesem sportlichen Schauspiel, wie ich mit einem Blick über die Schulter festgestellt hatte. Er unterhielt sich inzwischen mit seinem Kollegen, der ihn am Dienstag bei seinem Besuch bei uns in Nettersheim begleitet hatte.

Als wir die Rückseite der Scheune erreicht hatten, zog ich erneut meine Digitalkamera aus der Tasche, pirschte mich zur Ecke des alten Holzbaus vor und machte ein paar Aufnahmen von den Polizisten, die immer noch auf dem Acker herumwuselten. Malu hatte ein Stöckchen gefunden, das sie für Gandhi auf eine benachbarte Wiese warf. Der Hund trabte weit unterhalb seiner möglichen Höchstgeschwindigkeit los, um es zurückzuholen.

»So, hast du jetzt alles drauf, Herr Star-Reporter?«

»Ja, von mir aus können wir.«

Gandhi kam zurück, trug sein Stöckchen dabei stolz im Maul und ließ es mir vor die Füße fallen. Für mich wirkte es ein bisschen so, als würde er es mir vor die Füße spucken, aber das mag mein subjektiver Eindruck gewesen sein.

Malu meinte, mir das Verhalten des Vierbeiners übersetzen zu müssen: »Er will, dass du es auch mal für ihn wirfst.«

»Ja, ist schon klar, aber da ist voll viel Sabber dran. Das will ich gar nicht anfassen.«

»Och, jetzt sei kein Spielverderber, tu ihm den Gefallen!«

Malu machte eine aufmunternde Geste, und ich ging tatsächlich in die Knie, um mich nach dem Stöckchen zu bücken. Mit spitzen Fingern nahm ich es vom Boden auf. Dort, wo es gelegen hatte, war nun ein schwarzes Plastikteil zum Vorschein gekommen. Es musste zuvor jemand draufgetreten sein, denn es steckte ein wenig in der Erde fest.

»Was ist das?«, fragte ich, während ich versuchte, das Teil mit den Fingern aus dem weichen Boden zu pulen.

»Sieht wie ein kleiner Propeller aus. Zeig doch mal her!«

Ich reichte das Fundstück an Malu weiter.

»Ja, wie von einem Flugzeugmodell. Was meinst du?«

»Hm, könnte sein. Da fällt mir ein: Da lagen doch auch so Splitter bei Caspers, als ich ihn am Sonntag gefunden hab. Die könnten auch von einem Flugzeugmodell gewesen sein. Vielleicht ist das hier ein wichtiges Beweismittel …«

Ich hatte das Propeller-Bruchstück wieder an mich genommen und schaute es mir genauer an. *Made in Germany* war darauf zu lesen, sonst aber keine weiteren Auskünfte über seinen Besitzer.

»Wir müssen das Kommissar Spohr übergeben«, sagte ich. »Komm mit!«

Zusammen mit Gandhi machten wir uns auf den Weg zurück zu den Polizeibeamten, die sich mittlerweile um eines der Fahrzeuge versammelt hatten. Sie ließen eine Thermoskanne herumgehen und tranken Kaffee aus dünnwandigen Plastikbechern.

Als Spohr uns kommen sah, stellte er seinen Kaffee mit viel zu viel Schwung auf dem Fahrzeugdach ab. Der Becher kippte um und der Kaffee lief über die Heckscheibe, was Spohr mit einigen genuschelten Flüchen kommentierte. »Muss ich Ihnen beiden erst einen Platzverweis erteilen, bevor wir hier in Ruhe arbeiten können?«

»Nur die Ruhe, Herr Kommissar. Wir haben hier vielleicht ein wichtiges Beweisstück gefunden, und das wollten wir Ihnen natürlich nicht vorenthalten.« Ich reckte ihm das Propeller-Bruchstück entgegen.

»Mensch, Spohr! Ein Modellflugzeug, das isses!« Spohrs Kollege war näher herangetreten und betrachtete das in meiner Handfläche liegende Plastikteil. »Die Holz- und Kunststoffsplitter auf dem Acker, die könnten von einem Modellflugzeug stammen. Und das würde auch die Verletzungen bei Caspers erklären: Der ist von einem Modellflieger an der Brust getroffen worden!«

Spohr warf seinem Kollegen einen wütenden Blick zu. »Jetzt seien Sie doch still, Leininger, das sind doch alles nur Vermutungen. Wo haben Sie das gefunden?«, wandte sich der Kriminalkommissar wieder uns zu.

Ich beschrieb Spohr den Fundort und erinnerte ihn auch noch einmal daran, dass ich am Sonntag das Motorgeräusch eines flüchtenden Autos von der Scheune gehört hatte.

»Ja ja, ich weiß, Herr Poschen. Die Scheune wollten wir uns vornehmen, wenn wir hier auf dem Acker fertig sind. Ich hoffe, Sie beiden haben dort oben nicht zu viele Spuren vernichtet!«

»Sie meinen, Caspers wurde von einem Modellflugzeug angegriffen?«, fragte ich nach. »Die Dinger können ganz schön schnell werden. Als ich noch hauptberuflich beim *Boten* war, hab ich mal eine Reportage über die Modellflug-AG des St.-Gertrudis-Gymnasiums gemacht. Sehr interessant.«

»Ja, wirklich sehr interessant, Herr Poschen. Haben Sie das Beweisstück auch angefasst?«, fragte er Malu.

»Äh – ja. Warum?«

Spohr hatte ein boshaftes Grinsen aufgesetzt. »Weil Sie dann jetzt bitte beide auf die Wache nach Schleiden fahren, um Ihre Fingerabdrücke abzugeben.«

Malu

Auf dem Rückweg legte Markus ein beschwingtes Tempo vor (es ging überwiegend bergab), und ich trottete mehr oder weniger lustlos hinterher, weil ich Halsschmerzen hatte und nun auch noch erkennungsdienstlich erfasst werden sollte.

Gandhi blieb aus gegebenem Anlass eng an meiner Seite, denn schließlich war nicht davon auszugehen, dass Markus plötzlich ein koordinierteres Handling seiner blöden Stöcke beherrschte.

Markus schwadronierte irgendwas vor sich hin. Ich hörte nicht richtig zu, weil ich damit beschäftigt war, in meiner Jacke nach einem Hustenbonbon zu suchen. Deswegen wusste ich auch nicht genau, um was es ging, als er plötzlich abrupt stehen blieb, sich zu mir umdrehte und wissen wollte: »Oder was meinst du?«

»Wozu?«

»Ja, hast du mir denn wieder gar nicht zugehört? Ich rede von Dennis. Und diesem Propellerteil. Vielleicht ist das ja wirklich ein Teil der Tatwaffe – und wir haben's gefunden!«

Wohl eher Gandhi, wollte ich gerade sagen, als Markus seine Stöcke kommentarlos ins Gebüsch warf und Gandhi gleich in Deckung ging. Markus blickte sich gehetzt um, lief in gebückter Haltung vor uns weg, spähte in den Himmel, duckte sich, strauchelte, stand auf, spähte wieder in den

Himmel, lief noch ein Stück und warf sich schließlich mit einem gewagten Hechtsprung und schützend erhobenen Armen mitten auf den Weg. Gandhi, der vorsichtshalber die Stöcke im Auge behalten hatte, wunderte sich über gar nichts mehr.

Ich hingegen war fassungslos: »Was tust du da?«

Markus stand wieder auf, klopfte sich die Klamotten ab und grinste: »Hast du's nicht erkannt!? *Der unsichtbare Dritte.* Von Hitchcock. Ein echter Klassiker! Mensch Malu, du bist überhaupt kein Cineast!«

Ich kramte in meiner »Filme-die-ich-gesehen-habe«-Schublade und stieß mal wieder als Erstes auf meine feucht-traurigen »Titanic«-Erinnerungen. Gleich darunter hatten sich zu meinem Schreck ein paar verworrene Fragmente französischer Autorenfilme verirrt. Die hatten aber dort eindeutig nichts zu suchen, sondern gehörten in die »Filme-die-ich-gesehen-habe-aber-am-liebsten-vergessen-möchte«-Schublade. Aber dann, irgendwo zwischen etlichen Johnny-Depp-Filmen, *Dirty Dancing, Ice Age 1-3* und einigen nicht jugendfreien Filmen tauchten vage Sequenzen aus Hitchcock-Werken wie *Vertigo, Die Vögel* und, ja tatsächlich, auch aus *Der unsichtbare Dritte* auf. Vor meinem inneren Auge spielte sich die betreffende Szene, die Markus mir gerade mit beeindruckendem Körpereinsatz dargeboten hatte, noch einmal ab: Cary Grant, irgendwo allein auf weiter Flur, wird von einem Doppeldeckerflugzeug verfolgt, ja regelrecht gejagt. Er kann sich aber, im Gegensatz zu Caspers, noch so gerade in Sicherheit bringen und der Film ist dann auch noch nicht zu Ende – meine Erinnerung daran aber schon. Was den Verdacht aufwirft, dass ich auch diesen Film falsch einsortiert habe und er eigentlich in die »Filme-die-ich-teilweise-gesehen-habe-aber-dann-wohl-eingeschlafen-bin«-Schublade gehört.

»Ja, du hast recht«, pflichtete ich Markus mal ausnahmsweise bei. »Aber was hat das zu bedeuten?«

»Na, dass Dennis nichts damit zu tun haben kann«, trumpfte Markus auf. »Oder hast du schon mal mitbekommen, dass Dennis irgendwas mit Modellflugzeugen zu tun hat?«

Das hatte ich in der Tat nicht. Andererseits musste ich auch zugeben, dass ich nicht genau wusste, womit Dennis überhaupt was zu tun hatte und womit nicht. Ich hatte mir bisher einfach nicht vorstellen können, dass der schlaksige Dennis oben auf der Hochfläche am frühen Sonntagmorgen seinen Lehrer und vermeintlichen Nebenbuhler mal eben so krankenhausreif prügelte. Aber jetzt … ein Angriff mit einem Modellflugzeug … warum nicht? Das war doch eine saubere Sache. Die Hände hätte er sich damit jedenfalls nicht schmutzig machen müssen.

Ich teilte Markus meine Überlegungen mit, während wir uns wieder Richtung Nettersheim bewegten.

»Da ist was dran«, pflichtete er diesmal mir bei, um gleich darauf zu verkünden: »Dann müssen wir das eben rausfinden!«

»Wie jetzt? Was soll das denn heißen?«

»Na, wir hören uns halt mal ein bisschen um. Ich halte Dennis für unschuldig, aber irgendeiner muss es ja gewesen sein, und derjenige ist wahrscheinlich froh, dass die Polizei durch Sabrinas Anschuldigungen gleich Dennis im Verdacht hatte. Die sollten lieber mal auch in andere Richtungen ermitteln.«

»Äh … Markus, dafür ist die Polizei ja da. Die werden schon wissen was sie tun.«

Markus warf mir einen Blick zu, der erkennen ließ, was er von meinem Einwand hielt. Deswegen versuchte ich es gleich noch mal: »Markus, wir schreiben Kriminalfälle, aber wir lösen normalerweise keine. Jedenfalls keine echten.«

»Ja, dann wird's ja langsam mal Zeit.«

Natürlich hatte Markus sich von seiner Vision, dass wir die schlaueren Polizisten waren, nicht mehr abbringen lassen. Irgendwann gab ich's auf. Solche Fehleinschätzungen passierten eben, wenn man wie wir erst mit *Fünf Freunden* und dann mit *Drei Fragezeichen* sozialisiert worden war. Von Letzteren besaßen wir übrigens die komplette Kassettensammlung, die regelmäßig um die neueste Folge ergänzt und natürlich auch gehört wurde.

Auch jetzt hätte ich lieber eine Kassette gehört, anstatt einen Blick in die Vertragsunterlagen für die französische *Fritten-Fiasko*-Übersetzung zu werfen, die eben mit der Post angekommen waren. Ich freute mich ... so ungefähr mittel. Das Buch in Frankreich zu verkaufen war ja nicht schlecht, aber Lesungen auf Französisch – nie und nimmer! Das musste Markus wirklich einsehen. Andernfalls musste er den Franzosen eben erklären, warum nur das halbe Autorenpaar Poschen & Poschen zur Lesereise angetreten war – auf Französisch natürlich. Das wiederum würde ich mir nicht entgehen lassen wollen: Da müsste ich mich dann wohl inkognito unters Publikum mischen und versuchen, nicht allzu laut zu lachen (was sicherlich nicht leicht wäre).

Ich deponierte die Unterlagen erst mal bis auf Weiteres im Arbeitszimmer und nahm mir vor, mal wieder das zu tun, was der Begriff »Arbeitszimmer« bereits subtil andeutete. Dafür las ich mir noch mal Markus' letztes Kapitel durch, um verblüfft festzustellen, dass mir lange Passagen samt der darin agierenden Figuren gänzlich unbekannt vorkamen – ganz zu schweigen von deren Relevanz für den Plot. Weil ich mir natürlich vor Markus keine Blöße geben wollte, indem ich ihn um ein Update bat, musste ich also fast 50 Seiten zurückgehen, bis ich den Faden wiederfand und erleichtert aufatmen konnte. Wie viel Zeit mich diese Gedächtnisauffrischung gekostet hatte, wurde mir erst bewusst, als Markus lautstark »Essen fertig« in den Flur brüllte.

Als ich dieser galanten Aufforderung Folge leistete, saß auch Jimi schon am Tisch und empfing mich übertrieben strahlend mit den Worten: »Dennis ist wieder da!«

»Aha«, antwortete ich – leicht abgelenkt von dem Umstand, dass dieses breite Lächeln Jimi ein grottenolmartiges Aussehen verlieh. Die Doppelbelastung von Schule und ständigen Bandproben in kunstlichterleuchteten Kellerräumen hatten dem Ärmsten optisch arg zugesetzt.

Jetzt wich das Strahlen jedoch einem enttäuschten Ausdruck: »Wie? Ist das alles, was du dazu sagst?«

»Du musst mehr schlafen und öfter an die frische Luft.«

Und ein erneuter Wechsel in Jimis Mienenspiel, diesmal ein irritiert-fragender Blick. Langsam machte mir das Spaß.

»Deine Mutter meint sicher, dass das ja klar war. Die konnten Dennis ohne stichhaltige Beweise nicht länger als achtundvierzig Stunden festhalten. Das ist so vorgeschrieben.«

Jeglicher euphorischer Hochstimmung wollte ich sofort Einhalt gebieten: »Aber dass sie ihn jetzt erst mal gehen lassen mussten, heißt ja nicht, dass er unschuldig ist.«

»Zum Glück haben wir jedoch heute Beweismaterial sicherstellen können, wodurch der wahre Täter schnell überführt sein dürfte …«

»Apropos«, unterbrach ich Markus, und an Jimi gewandt fragte ich: »Hat Dennis ein Modellflugzeug?«

»Was? Nö, nicht dass ich wüsste.«

Bevor ich Gelegenheit hatte, noch mal verschärft nachzuhaken, spachtelte Jimi auch schon munter Kartoffelpüree, und in der kurzen Spanne zwischen vollem und übervollem Mund sagte er irgendwas von gerettetem Auftritt. Danach meinte ich noch die Worte »Knäckebrot« und »Arschkarte« verstanden zu haben, was ich jedoch in keinen sinnvollen Gesamtkontext bringen konnte.

Markus wusste wohl schon Bescheid: »Knäckebrot hat sich in der Schule an der Hand verletzt, weil er sauer war, dass er nun morgen als Drummer doch nicht gebraucht wird.«

Knäckebrot, kurz Knäcke genannt, war ein bedauernswerter Tropf. Seit Kindesbeinen brach er sich in schönster Regelmäßigkeit irgendwelche Körperteile – daher der Spitzname. Nachweislich lag dieser Frakturanfälligkeit keine krankhafte Ursache zugrunde, immerhin ein schwacher Trost für Knäcke und seine Eltern. Weniger tröstlich war jedoch, dass Knäcke manchmal etwas ungestüm, oft unvorsichtig und eigentlich immer ungeschickt war. Erst kurz vor Weihnachten hatte er sich, angeblich im glühweinvernebelten Zustand, beim Scheibefreikratzen am Renault Twingo seiner Freundin die Hand gebrochen, weil er von der vereisten Motorhaube, auf die er sich gestützt hatte, abgerutscht war. Besagte Freundin hatte kurz danach aus unbekannten Gründen mit ihm Schluss gemacht, aber den Gips hatte er noch bis vor zwei Wochen. Weil Linkem Park bei ihrem großen Auftritt auf Nummer Sicher gehen wollten, hatten sie kurzfristig Knäcke als Ersatzdrummer rekrutiert – jedenfalls bis heute. So hatte nun seine Musikerkarriere schon wieder geendet, bevor sie richtig begonnen hatte.

»Obwohl doch klar war, dass er nur im absoluten worst case einspringen soll, nämlich wenn die Bullen Dennis nicht rechtzeitig gehen lassen.«, sagte Jimi.

»Und die Hand?«, fragte ich. »Was war jetzt damit?«

Jimi verdrehte genervt die Augen und schüttelte den Kopf. »Dieser Vollhonk musste ja unbedingt an der Tür vom Chemiesaal Dampf ablassen – mit der gerade verheilten Hand! Da konnte ich aber echt nix für! Danach hat er dann so einen irren Tanz aufgeführt, dass die Klinger ihn nach der Pause sofort zum Röntgen geschickt hat.«

Markus und ich warfen uns einen mitfühlenden Blick zu.

»Na ja, ihr hättet ihn ja ruhig mal ausnahmsweise mitspielen lassen können«, sprach Markus aus, was auch ich dachte, aber nie gesagt hätte, weil's so dämlich klang.

»No way«, war Jimis prompte Reaktion. »Dennis is back in town!« Mit einem schnellen Blick auf sein Handy erklärte er das Mittagessen für beendet. »Muss los … wir wollen heute noch mal richtig fett proben.«

Wir blieben allein vor unseren leeren Tellern zurück, und Markus seufzte bedeutungsschwer: »Ja ja, das Musikbusiness ist eines der härtesten.«

Ich gab einen unbestimmten Laut von mir und dachte: Dennis is back in town … mal sehen für wie lange.

Gasthaus Zur alten Abtei, *Stolzenfels*

Manheller kam gerne in die rustikale Gastwirtschaft, die direkt gegenüber dem Klostertor und der Einfahrt zum St.-Gertrudis-Gymnasium lag. Das dunkle Holz der Wandvertäfelung strahlte Wärme und Gemütlichkeit aus. Hier konnte er ganz unbeschwert ein Bier trinken und sich mit den Männern an der Theke unterhalten. Einen ausgeben, das wurde von ihm erwartet, man wusste, wer er war und was er hatte. Er konnte sich aber auch an seinen Ecktisch zurückziehen, wo er ungestört bleiben konnte, wenn ihm danach war. So wie an diesem Abend.

Nachdem er telefonisch über den Zwischenfall informiert worden war, hatte er in den folgenden Tagen die dürftigen Informationen des *Boten* verfolgt, die aber nicht sonderlich zur Erhellung der Situation beigetragen hatten. Er hatte mit ein paar Leuten gesprochen, die man normalerweise zu den »gut unterrichteten Kreisen« zählte, aber auch von denen hatte er nicht viel Neues erfahren können. Wenigstens Dr. Barbe hatte ihm zumindest die medizinischen Fakten schildern können. Zwar hatte er sich zunächst auf seine ärztliche Schweigepflicht berufen, aber nach einem kurzen Hinweis auf die immer noch offene Rechnung im Fall Scheidweiler war es dem Mediziner dann viel leichter gefallen, ein paar vertrauliche Informationen über Caspers' Gesundheitszustand preiszugeben.

Mit Altmeier hatte er noch nicht gesprochen. Obwohl er ihm die Bitte um Rückruf persönlich auf der Mailbox hinterlassen hatte, war es dem Schulleiter noch nicht nötig erschienen, sich bei ihm zu melden. Der würde gleich was zu hören bekommen. Frau Schmitz aus dem Sekretariat hatte er schließlich aufgetragen, dafür zu sorgen, dass Altmeier nach seiner Rückkehr aus Aachen direkt zu ihm ins Gasthaus kam. In den nächsten Minuten sollte der Chef des St.-Gertrudis-Gymnasiums eintreffen.

Manheller hielt als Vorsitzender des *Vereins der Freunde, Förderer und Ehemaligen des St.-Gertrudis-Gymnasiums* die Fäden fest in der Hand. Keine Entscheidung an dieser Schule wurde ohne seine Zustimmung getroffen, zumindest keine wichtige Entscheidung. Wenn es um die Finanzen ging, um kostenträchtige Neuanschaffungen, lief rein gar nichts ohne den Segen des Fördervereins. Dafür hatte indirekt sogar der Bischof gesorgt, als er vor ein paar Jahren die Mittel für die Schulen des Bistums drastisch gekürzt hatte.

Einen Fehler hatte Manheller in dieser elenden Schuldiskussion allerdings begangen: Statt Altmeier wäre er besser selbst zu dieser vom Lokalblatt organisierten Podiumsdiskussion gegangen. Caspers war rhetorisch sehr geschickt vorgegangen und hatte Altmeier rasch in eine Verteidigungsposition gedrängt, aus der er sich durch unsachliche Anschuldigungen zu befreien versucht hatte. Caspers und seine Gesamtschule waren jedenfalls als Punktsieger von der Bühne gegangen. Da war es auch wenig hilfreich gewesen, dass Altmeier sich nach der Veranstaltung zu einer Verbalattacke hatte hinreißen lassen – und das auch noch vor Zeugen. Zum Glück konnte Manheller den jungen Journalisten überzeugen, das kompromittierende Foto unwiederbringlich von der Speicherkarte zu löschen. Lars Zimmermann hatte erst vor wenigen Jahren sein Abitur am St. Gertrudis gemacht und war damals Empfänger eines Stipendiums des Fördervereins gewesen – eine Investition, die sich jetzt vielleicht auszuzahlen begann.

Dann sah er ihn hereinkommen. Altmeier blieb im Eingang des Gasthofs stehen und blickte sich auf der Suche nach Manheller um. Als er ihn entdeckte, nickte er ihm kurz zu. Altmeier ging zur Garderobe, um seinen dunkelblauen Wollmantel abzulegen und steuerte dann auf den Ecktisch zu.

»Warum haben Sie mich nicht zurückgerufen?«, fragte Manheller, ohne sich lange mit einer Begrüßung aufzuhalten.

»Es tut mir leid, Herr Dr. Manheller, das war nicht möglich. Es war ein sehr intensives Seminar, der Bischof hat selbst an einem Tag teilgenommen und …«

»Papperlapapp. Die Situation ist ernst, da können wir uns so etwas nicht leisten.«

Altmeier hatte inzwischen am Tisch Platz genommen. Er war den rüden Tonfall gewohnt und wusste, dass man sich besser nicht mit Manheller anlegte.

»Haben Sie etwas mit dem Angriff auf Caspers zu tun?«

Mit dieser Frage hatte Altmeier nicht gerechnet. »Ich? Wo denken Sie hin! Ich verabscheue körperliche Gewalt.« Der Schulleiter gab sich ernsthaft entrüstet.

»Hören Sie, Altmeier: Ich könnte sogar verstehen, wenn Sie jemanden beauftragt hätten, der sich diesen Sozi mal richtig vorknöpft, kein Problem. Ich will nur Bescheid wissen, das ist alles.«

»Wie ich bereits sagte: Ich habe damit nichts zu tun. Die Polizei hat ja auch offenbar schon jemanden festgenommen.«

»Da sind Sie leider nicht ganz auf dem neuesten Stand: Den Burschen aus Nettersheim haben sie heute wieder laufen lassen.«

»Ach ja?«

Der Wirt näherte sich vorsichtig dem Ecktisch. Als er bemerkte, dass die beiden Männer ihr Gespräch unterbrachen, trat er heran, um Altmeier nach seiner Bestellung zu fragen.

»Caspers ist in dieser ganzen Gesamtschul-Geschichte die treibende Kraft in Linkem«, begann Manheller, als der Wirt wieder zum Tresen zurückgekehrt war. »Ohne ihn wird auch Bürgermeister Arnoldy abwarten. Wir müssen diese Situation jetzt für unsere Zwecke nutzen.«

Altmeier nickte zustimmend.

Samstag, 5. Februar

Malu

Meine Halsschmerzen hatten seit dem Vorabend ordentlich an Intensität zugelegt: auf einer Schmerzskala von eins bis zehn würde ich sagen: zwölf. Das wusste Markus aber nicht. In einer guten Beziehung sind die Rollen strikt festgelegt, sonst bricht alles zusammen. Bei uns bedeutete das, dass nur Markus wehklagen und jammern durfte. Wenn er das ausgiebig tat, war klar, dass es sich nur um eine Lappalie handeln konnte und Leib und Leben nicht wirklich in Gefahr waren. Dabei galt der Grundsatz: Je lauter das Wehklagen und Jammern, desto geringfügiger die Lappalie. Etwas wirklich Ernsthaftes hätte Markus ohnehin sofort umgebracht.

Ich hingegen litt am liebsten still vor mich hin, wobei mir jedoch niemand zu nah kommen durfte. Anteilnahme und zärtliche Fürsorge verkraftete ich nur in homöopathischen Dosen. Trotzdem hatte Markus es Freitagabend gewagt, mir eine Tasse heiße Milch mit Honig ans Bett zu bringen, die ich natürlich erst nicht wollte, aber dann doch getrunken hatte. Anschließend war ich dann in einen unruhigen Schlaf mit wirren Träumen gefallen. Unangenehmerweise handelten solche Träume bei mir immer von Johnny Depp in seiner Rolle als verrückter Hutmacher aus *Alice im Wunderland* in 3D und fallen somit eher in die Kategorie Albträume.

Am Morgen war mir erst gar nicht klar, dass ich bereits wach war. Ich dachte, dass ich wohl noch träumen musste, denn Markus stand schon wieder (oder noch immer?) mit einer Tasse neben meinem Bett. Diesmal war die Flüssigkeit darin jedoch nicht milchig weiß und nach Honig duftend, sondern eher … irgendwie trüb gelb mit stechendem Geruch.

»Was ist das?«, fragte ich krächzend.

»Urin. Morgendlicher Mittelstrahlurin, um genau zu sein«, antwortete Markus mit fast kindlicher Heiterkeit.

»Aha«, entgegnete ich relativ desinteressiert, da ich mir nun sicher war, dass es sich nur um einen Traum handeln konnte. Jeden Moment würde sich Markus bestimmt bestenfalls in Johnny Depp, schlimmstenfalls in den verrückten Hutmacher oder – wenn ich ganz viel Pech hatte – gleich in beides verwandeln. »Und? Was machst du damit?«, fragte ich – nur, um kein Spielverderber zu sein.

»Ich mache damit nichts. Aber du könntest damit gurgeln und – schwupp – Halsschmerzen ade!«

Jetzt sah ich klar: Markus wollte mich zur berühmt-berüchtigten Eigenurintherapie animieren. Eine Methode, die ihm meine Mutter (wer sonst!?) vor einigen Jahren mal gesteckt hatte und das nur, weil sie in den Achtzigern eindeutig zu viel *Hallo Ü-Wagen* mit Carmen Thomas im WDR gehört hatte. Der verrückte Hutmacher wäre mir jetzt lieber gewesen. Entrüstet brachte ich mich in die Senkrechte: »Ach! Und welchen Teil von Eigenurintherapie hast du nicht verstanden? Warum sollte ich bei *meinen* Halsschmerzen mit *deinem* Urin gurgeln, du Schlaumeier!?«

»Na, weil ich dachte, dann würde es dir leichter fallen.«

Darauf fiel mir irgendwie nichts mehr ein. Aber wenn er jetzt noch sagen würde: »Ich hab's doch nur gut gemeint«, dann müsste ich wirklich über Scheidung nachdenken. Stattdessen verkrümelte er sich zum Glück mitsamt seiner Pippi-Tasse; im Rausgehen hörte ich ihn noch murmeln: »*So* schlimm können deine Halsschmerzen ja dann nicht sein …«

Als ich kurze Zeit später ins Esszimmer kam, schien Markus meine schroffe Abfuhr bereits vergessen zu haben. Diesmal mit Trollbekka und Jimi als Publikum ging er wieder voll auf als Cary Grant in *Der unsichtbare Dritte.* Während Jimi am Frühstückstisch saß, hatte Trollbekka ihren Platz auf dem Dielenschrank eingenommen (andersrum hätte ich aber auch nicht gut gefunden). Das war ihre charmante Art, uns ihre Geringschätzung zu zeigen: Sie suchte sich weit vom Erdboden entfernte Beobachtungsposten, je höher, desto besser. Hauptsache, sie schaffte den größtmöglichen Abstand zwischen uns und hatte gleichzeitig den totalen Überblick. Deswegen sah sie vermutlich die abrupte Drehbuchänderung schon viel früher voraus als Jimi und ich. Markus stolperte über die Teppichkante und schlug der Länge nach hin. Also, ein echter Sturz, kein gespielter, auch wenn Markus uns das Gegenteil weismachen wollte. Ich meinte, Trollbekka hämisch grinsen zu sehen, bevor sie sich demonstrativ um 180 Grad drehte und die Wand anstarrte. Dieses »Wandanstarren« war auch so eine ihrer Marotten, die ich unmöglich fand und sie zudem einfach nur blöd aussehen ließ. Markus kam zu uns an den Tisch gehumpelt, ließ sich auf seinen Stuhl fallen und hielt dabei noch einen kleinen Vortrag zur allgemeinen soziokulturellen Bedeutung von Hitchcock-Filmen.

Jimi schien zwischenzeitlich mit seiner Aufmerksamkeit in den Stand-by-Modus gefallen zu sein. In kontemplativer Versenkung konzentrierte er sich auf den Inhalt seiner Müslischüssel. Immer wenn er Stress, Prüfungsangst oder Lampenfieber hatte, zog Jimi sich in sich selbst zurück und machte die Schotten dicht. Auch ich wollte am liebsten meine Ruhe haben und vertiefte mich deshalb in die Panoramaseite des *Eifeler Boten.*

Wegen fehlender Resonanz beendete Markus irgendwann seinen Monolog und widmete sich der kritischen Begutachtung seiner samstäglichen Kolumne im Lokalteil. So von außen betrachtet wären wir wahrscheinlich ein gefundenes Fressen für jeden Familientherapeuten gewesen. Gerade, als mir dieser Gedanke durch den Kopf ging, hupte ein Auto vor unserer Haustür. Jimi wurde augenblicklich munter und meinte, er müsse jetzt nach Gerolstein wegen »Aufbau und Soundcheck und so«.

Jimi war gerade zur Tür hinaus, da faltete Markus die Zeitung geräuschvoll zusammen, biss noch mal in sein Brötchen und verkündete, dass er jetzt auch weg müsse wegen »Recherche und so«. Sein Aufbruch kam mir etwas überhastet vor. Wahrscheinlich war er also doch noch sauer, weil ich sein güldenes Elixier so kategorisch verschmäht hatte. Zur Strafe ließ er mich allein mit meinen Halsschmerzen vor dem abgefrühstückten Tisch sitzen.

Appetit hatte ich keinen, nur tierischen Schmacht nach einer eiskalten Club-Mate. Und tatsächlich – schon nach dem ersten Schluck setzte die erhoffte Linderung ein, und mein Hals fühlte sich angenehm betäubt an. Trollbekka thronte mittlerweile kerzengerade auf dem Schrank und blickte missbilligend auf mich herab.

Nun ja, der ausschließliche Genuss von Softdrinks zum Frühstück war vielleicht nicht sooo doll, und ich würde auch unter normalen Umständen niemandem dazu ausdrücklich raten, aber wenn das Zeug nun mal gegen Halsschmerzen half, dann war das Gebräu doch wohl eher Medizin als Genussmittel. Diese Entdeckung würde auch der Vermarktung ganz neue Perspektiven öffnen. Ich kippte mir den ge–samten Flascheninhalt hinter die Binde, wobei ich mit dem letzten Schluck kräftig gurgelte. Weil ich keine Lust auf noch mehr vorwurfsvolle Katzenblicke hatte und die aufputschende Wirkung auf leeren Magen viel schneller einsetzte, beschloss ich, ins Antiquariat zu gehen. Ich ließ den Frühstückstisch unangetastet (Markus würde ja wohl irgendwann wiederkommen) und schnappte mir meine Schlüssel. Gandhi folgte mir schwanzwedelnd über den Hof.

Markus

Als ich nach dem Frühstück auf die Straße trat, traf ich auf dem Weg zum Auto auf unseren Nachbarn Peter, der eine Kuchentransportbox und ein mit einem Leintuch abgedecktes Backblech zu seinem Kombi balancierte. Nach einer männlich knappen Begrüßung fragte ich, wo er damit hin wolle.

»Ich muss nach Stolzenfels. Da ist doch heute Schulfest zum Abschluss der Projektwoche. Emils Klasse macht das Kuchenbüfett.«

Das kam meiner Planung sehr entgegen. »Ach, kannst du mich gleich mitholen? Ich war schon ewig nicht mehr im St.-Gertrudis, und Kuchen kann man eigentlich auch immer gebrauchen …«

»Mit*nehmen* kann ich dich gerne, falls es das ist, was du meinst«, spielte mein vom Niederrhein stammender Nachbar auf eine sprachliche Besonderheit der Eifeler an, die meistens das Verb »holen« verwendeten, wenn sie eigentlich »nehmen« meinten.

Ich hatte bei der frühstücksbegleitenden Lektüre des *Boten* nicht nur den korrekten Abdruck meiner Kolumne überprüft, sondern war in der Terminübersicht fürs Wochenende auch auf den Hinweis auf das Schulfest gestoßen. Dort wollte ich mich unbedingt über die Modellfluggruppe informieren. Vielleicht vermisste einer der Miniatur-Piloten ja eines seiner Flugzeuge? Ich würde es auf jeden Fall herausfinden.

»Wenn ich dich schon mitnehme, kannst du dich ja auch nützlich machen. Halt das fest«, sagte Peter, und drückte mir das Backblech in die Hände.

Ich lugte unter das Küchentuch. »Hmm – Kirschstreusel. So was Leckeres backst du nie, wenn wir zum Kaffeetrinken rüberkommen.«

»Dafür seid ihr auch viel zu oft da.«

Wir fuhren durchs Dorf, kamen gerade noch so über die Schienen, als sich die Schranken des Bahnübergangs bereits zu schließen begannen, und fuhren dann weiter durch das Nadelöhr der Steinfelder Straße und am Supermarkt vorbei in Richtung Stolzenfels.

»Ich habe gehört, du hast letztes Wochenende den Caspers gefunden. Der ist ja momentan bei uns am St. Gertrudis nicht besonders beliebt …«, setzte Peter an.

»Na, hör mal: Nur, weil er eine neue Schule befürwortet, die den Platzhirschen hier in der Gegend vielleicht ein paar Schüler abspenstig macht, ist er ja nicht gleich der Fürst der Finsternis.«

Das kurze Gastspiel des Winters schien endgültig vorbei zu sein. Selbst hier oben auf der Hochfäche, wo der stetig wehende Westwind für gewöhnlich selbst geringe Schneemengen zu beachtlichen Ansammlungen in den Gräben und Senken zusammenfegte, war die weiße Pracht bis auf ein paar klägliche Reste geschmolzen. Die Fahrt ging weiter Richtung Urft; vor dem Ortseingang bog Peter dann auf die steil nach Stolzenfels ansteigende Kreisstraße ein. Auf WDR 5 begann gerade das *Zeitzeichen* (»5. Februar 1988: In Großbritannien wird erstmals der ›Red Nose Day‹ abgehalten«), als Peter den Wagen auf dem Parkplatz gegenüber dem Schultor abstellte. Zusammen mit dem Motor verstummte auch das Radio.

»Das wollt ich hör'n!«, protestierte ich.

»Wir sind da. Steig aus und hilf mir lieber, den Kuchen reinzutragen.«

Während ich noch überlegte, ob man sich den Radiobeitrag später auch im Internet anhören könnte, trottete ich hinter Peter durch die Schulflure. Schüler aller Altersklassen wuselten um uns herum. Überall wurden die letzten Vorbereitungen für den offiziell um 9.30 Uhr beginnenden »Tag der Offenen Tür« getroffen. Endlich erreichten wir Emils Klasse und konnten den Kuchen loswerden.

»Ich hab hier Dienst bis 11.30 Uhr. Wenn du willst, kannst du wieder mit mir nach Nettersheim zurückfahren«, informierte mich Peter.

Ich bat ihn, mir ein schönes Tablett mit vier bis fünf Stücken Kuchen fertigzumachen.

»Zum Mitnehmen?«

»Ja, ich hol's dann nachher mit nach Hause.« Je öfter er mich auf das Nehmen/Holen-Dilemma hinwies, desto mehr Spaß machte es mir zu zeigen, wo ich herkam.

Ich verließ das Kuchen-Paradies und ging zurück Richtung Eingang, wo ich einen Info-Stand gesehen hatte. Von einem Knirps mit roten Locken nahm ich ein Faltblatt mit einer Veranstaltungs-Übersicht und Wegweiser in Empfang. Aha: Die Modellflug-AG präsentierte sich in Raum B105.

Ich studierte den Lageplan auf der Rückseite des Infoflyers, um mich zu orientieren. Dabei musste ich einen ziemlich hilflosen Eindruck gemacht haben, denn ein Herr in Anzug und Krawatte, der mir entgegenkam, sprach mich an: »Kann ich Ihnen behilflich sein? Suchen Sie etwas Bestimmtes?«

»Äh, ja. Raum B105. Die Modellflug-AG, da würde ich gerne hin.«

»Na, da sind Sie hier aber ganz falsch. Kommen Sie, ich muss auch in die Richtung, ich bringe Sie hin.«

Der Anzugträger setzte mit schnellen Schritten seinen Weg in die Richtung fort, aus der ich gerade gekommen war. Ich hatte Mühe, ihm durch die Flure, die sich immer mehr füllten, zu folgen.

»Hat Ihr Sohn in der Projektwoche bei den Gnumpfis mitgemacht?«, fragte er mich mit einem Blick über die Schulter.

Bei den Gruftis? Wie passte das denn zu einer katholischen Schule? Ich beschloss, dass ich mich verhört haben musste, und fragte nach.

»Nein, Gruftis haben wir hier ganz bestimmt nicht«, lachte er, »da kann ich Sie beruhigen. Ich meine die Gnumpfis, so heißt die Nachwuchs-Gruppe unserer Modellflug-AG. Kommt von Gnumpf, einem einfachen Modellflugzeug für den Anfänger-Bereich.«

»Ach so. Neinnein, wir haben gar keine Kinder hier auf der Schule, ich interessiere mich nur ganz allgemein für das Thema Modellflug, und da dachte ich, ich könnte mich hier ein wenig informieren …«

»Ja, da sind Sie bei uns genau richtig. Unsere Modellflieger haben schon etliche Preise und Wettbewerbe gewonnen. Kommen Sie, hier gleich um die Ecke ist B105!«

Malu

Samstag war ein Tag, an dem erfahrungsgemäß viele Kunden ins Antiquariat kamen. Manche suchten gezielt nach etwas Bestimmtem, andere stöberten einfach querbeet. Die gestiegenen Temperaturen hatten den Schnee zwar schmelzen lassen, in der Scheune war es aber dennoch recht frisch, weswegen ich gleich ein Feuer gemacht und Teewasser aufgesetzt hatte. Die Leute freuten sich immer, wenn sie neben Büchern auch noch Tee und Kekse geboten bekamen.

Ich hatte mich gerade in den Inhalt einiger Kartons vertieft, die es neu zuzuordnen galt, als sich über den Hof eine Gruppe fröhlich schwatzender, pudelbemützter und kniebundbehoster Frauen älteren Semesters näherte. Das Klübchen war schon am frühen Morgen mit dem Zug aus Köln-Nippes angereist, um Nettersheim und Umgebung zu erkunden, wie sie mich gleich nach ihrem Eintritt in Kenntnis setzten. Allzu weit waren sie jedoch noch nicht gekommen: Erst hatten sie ein ausgiebiges Sektfrühstück bei Heinens eingenommen und waren dann statt den Eifelsteig- den Antiquariatswegweisern gefolgt. Kein Wunder eigentlich, wie ich belustigt dachte, denn die zünftigen Best-Ager sahen in ihren Retro-Wanderklamotten selbst ein wenig antiquiert aus – oder eben stylish, je nach dem. Am kultigsten fand ich die birnenförmigen Stoffrucksäcke mit Karomustern und Lederschnallen. Entweder war das jetzt unter den Outdoorausrüstern der letzte Schrei, oder die rüstigen Senioren hatten den Luis-Trenker-Requisitenfundus geplündert.

Während fünf Frauen sich interessiert umsahen, hatte die sechste unvermittelt damit begonnen, mir den Inhalt eines Buches zusammenzufassen, welches sie vor gerade mal fünfundzwanzig Jahren einer gewissen Gerda geliehen, aber nie zurückerhalten hatte.

»Ach Hedwich, datt Jerda is doch att längs duud«, tönte es aus dem hinteren Teil der Scheune, was jedoch in den nächsten Minuten für heftige Diskussionen unter den Damen sorgte, da es anscheinend mehr als eine Gerda in Köln-Nippes gab oder zumindest gegeben hatte. Die sechs konnten sich nicht abschließend darauf einigen, welche der in Frage kommenden Gerdas nun tot war oder nicht und eventuell postmortal für den Verbleib des Buches verantwortlich gemacht werden sollte. Hedwig unterdessen ließ sich nicht beirren, und obwohl ihr Titel und Autor entfallen waren, konnte sie sich noch genau an die Einbandgestaltung erinnern, mit dessen wortreicher und detailgenauer Schilderung sie nun begann. Anscheinend war sie der Ansicht, dass dies in Verbindung mit ihrer kruden Inhaltsangabe reichen müsste, damit ich zielsicher und mit verbundenen Augen den betreffenden Roman aus einem Regal rausziehen konnte. Erwartungsvoll blinzelte sie mich mit kleinen Äuglein an.

Ich holte tief Luft, um Zeit zu gewinnen. Gerade als ich etwas sagen wollte, sah ich aus dem Augenwinkel die Türe aufgehen und einen meiner Stammkunden eintreten. Hocherfreut über diese weitere Verzögerung begrüßte ich ihn überschwänglich: »Guten Tag, Herr Mandelbaum! Lang nicht mehr gesehen.«

»Ja … Hallo, Guten Tag Frau Poschen«, antwortete dieser irritiert angesichts der ungewöhnlichen Versammlung. »Wollte mich nur ein wenig umsehen.«

»Ja, nur zu. Tun Sie das«, ermutigte ich ihn, und an Hedwig gewandt fuhr ich fort: »Tja … das ist ein schwieriger Fall. Da müsste ich mal drüber nachdenken, wissen Sie. Aber so ad hoc …«

»Dat macht ja nix, Liebelein. Überlejen Se in aller Ruhe, und in der Zwischenzeit …«, entgegnete Hedwig und wuchtete ihren rotkarierten Retro-Rucksack auf meinen sanft geschwungenen Jugendstil-Schreibtisch aus Kirschholz. Hedwig fischte aus einer Außentasche ihres Ungetüms ein kleines, weißes Papier hervor: »... lass ich Ihnen einfach mal mein Kärtschen da, dann können Sie mir ja eine Imähl schreiben, wenn Ihnen dat Buch einjefallen is.«

»Ja, so machen wir das«, sagte ich verbindlich, während die Damen sich zum Aufbruch rüsteten. Die sechs verabschiedeten sich und zogen schnatternd ihres Weges, als ich die Tür hinter ihnen schloss.

Verblüfft musterte ich anschließend Hedwigs Visitenkarte, auf der wirklich ausnahmslos alle modernen Kommunikationsmöglichkeiten aufgeführt waren.

»Möchten Sie vielleicht einen Tee?«, wandte ich mich an Herrn Mandelbaum, der vor einem Regal stand und mit schräg gelegtem Kopf die Buchrücken studierte. Er lehnte dankend ab, während ich Hedwigs Kärtchen an mein Memoboard klemmte und auf die unausgepackten Kartons deutete: »Wenn Sie nichts finden, was Sie interessiert, kann ich mal in den Kartons nachsehen. Könnte sein, dass sich da noch der ein oder andere Kunstband versteckt.« Ich wusste, dass er als Kunstschaffender immer besonders nach einschlägiger Literatur Ausschau hielt.

»Machen Sie sich keine Umstände. Eigentlich suche ich heute was ganz anderes … eine leichte Lektüre für die Nacht. Unterhaltsam und kurzweilig am besten … Mir geht's zur Zeit nicht so gut.«

Ja, in der Tat, jetzt wo er es erwähnte, fiel es mir auch auf. Mandelbaum wirkte irgendwie bedrückt und niedergeschlagen. Rasiert hatte er sich auch schon länger nicht mehr. »Ach, ich hoffe, es ist nichts Ernstes«, erkundigte ich mich besorgt, doch er winkte ab: »Haben Sie vielleicht einen Krimi da? Aber nichts Brutales!« Okay – damit kamen unsere eigenen Werke schon mal nicht in Betracht, denn da wimmelte es meist vor durchgeknallten Serientätern und anderen Psychopathen.

Ich begleitete ihn zum reichbestückten Krimiregal und machte ihm einige Vorschläge. Nachdem er zuerst unschlüssig hinsichtlich des Schauplatzes war, zog er dann relativ rasch vier Bücher in die engere Wahl. Während er begann sich die Klappentexte durchzulesen, ging ich an meine Arbeit zurück.

Es verging eine ganze Weile, in der ich seine Anwesenheit fast vergessen hatte. Mandelbaum hatte still in einem mit rotem Samt bezogenen Ohrensessel Platz genommen. Der Sessel wirkte altertümlich und der Stoff war stellenweise auch recht verschossen. Dennoch hatte das Möbelstück mir leid getan, weil es ganz alleine an einem Samstagnachmittag in den Bonner Rheinauen zurückgeblieben war, nachdem der monatlich dort stattfindende Flohmarkt durch einen sommerlichen Platzregen ein abruptes Ende gefunden hatte. Markus und ich hatten das sperrige Ding kilometerweit zum Auto geschleppt, waren dort völlig durchnässt angekommen, nur um festzustellen, dass der Sessel nicht ins Auto passte. Nur wenn man neben der Rückbank auch den Beifahrersitz umklappte, war die Heckklappe so einigermaßen zu schließen. Markus war dann mit dem Zug nach Hause gefahren und ich mit dem Sessel, wobei ich mir eine Quetschung an der Hand zuzog, weil die irgendwann beim Bremsen zwischen Sessel und Schaltknüppel eingeklemmt worden war. Zudem hatte sich im Wagen, wahrscheinlich wegen des nassen Polsters, ein etwas streng-muffiger Geruch ausgebreitet, von dem Markus behauptete, man würde ihn heute noch riechen.

Ich wühlte gerade hochkonzentriert in einem der Kartons auf dem Boden, als Mandelbaum sich mir wieder in Erinnerung brachte. »Ich nehme die alle«, sagte er und legte außer den vier Krimis noch einen kleinen Lyrik-Band auf den Tisch. Gleichzeitig reichte er mir dreißig Euro und fragte: »Ist das zu wenig?«

»Nein, im Gegenteil, viel zu viel«, erwiderte ich.

»Stimmt schon so«, sagte er freundlich. »Dafür können Sie mir das nächste Mal einen guten Preis machen, wenn ich wieder mal unbedingt einen Kunstwälzer haben will.«

Er klemmte sich seine Errungenschaften unter den Arm und wandte sich zum Gehen. Plötzlich stockten seine Bewegungen. Sein Blick blieb am Memoboard haften. Zögernd trat er näher heran und musterte über den Rand seiner schwarzgefassten Brille hinweg lange und eindringlich Hedwigs Visitenkarte.

»Schöner Druck«, murmelte er schließlich, räusperte sich und wünschte mir noch einen schönen Tag.

»Ebenso!«, rief ich ihm hinterher, doch er hatte bereits die Tür geschlossen und eilte schnellen Schrittes davon.

Verwundert sah ich ihm nach. Künstler!, dachte ich, immer ein bisschen neben der Spur. Ich verstaute die dreißig Euro in der Kasse, als es mir plötzlich dämmerte: Mandelbaums Äußerung hatte sich keineswegs auf Hedwigs Visiten-, sondern auf Kathinkas Ansichtskarte mit der Eifellandschaft bezogen.

Kurz nach dem täglichen Mittagsgeläut der nahegelegenen Kirche stellte ich fest, dass meine Halsschmerzen so gut wie weg waren. Stattdessen bekam ich langsam Hunger. Vor lauter Nichtsessen und Clubmatetrinken fühlte sich mein Bauch schon ganz schwummerig an. Außerdem brauchte ich dringend frische Luft.

Kaum eine halbe Stunde später steuerte ich im Supermarkt die Süßwarenabteilung an. Es gab nur noch vier Packungen Autoreifenkekse. Sicherheitshalber nahm ich alle und schlängelte mich höchst zufrieden mit meiner Beute zwischen Einkaufswagen hindurch Richtung Kasse. Da schnitt mir unvermutet ein von links kommendes, orangefarbenes Kinder-Einkaufsauto den Weg ab. Während ein Junge unter Nachahmung von Zweizylinder-Motorgeräuschen das Gefährt ohne Rücksicht auf Verluste vorwärtstrieb, hämmerte ein anderer am Steuer wie zur Schadensbegrenzung auf der nervtötenden Hupe herum. Beinahe wäre mir das Ding über den Fuß gefahren.

»Hey du! Hast du schon mal was von rechts vor links gehört?!«, entfuhr es mir unsinnigerweise.

Die beiden sahen mich mit großen Augen und offenen Mündern an. Ich dachte schon, mein Tonfall wäre etwas zu schroff gewesen, als der eine Junge fluchtartig aus seiner Fahrerkabine stürmte: »Mamamama, können wir auch Oreos kaufen?«

Die Frau, die sich mit einem Einkaufswagen näherte, in dem ein drittes Kind mit einer Scheibe Fleischwurst Platz genommen hatte, war Kathinka Caspers. Auch sie erkannte mich sogleich und rief: »Ach, Frau Poschen! Schön Sie zu treffen!«

Nach dem Austausch einiger Höflichkeitsfloskeln stellte sie mir ihre Kinder vor: Das kleine Mädchen im Einkaufswagen hieß Anna, die beiden Jungs hießen Fjodor und Carl-Gustav, Carl mit C wie Caspers. Wobei mir bei den Jungs schon nach wenigen Minuten die korrekte Zuordnung entfallen war. Die sahen sich aber auch ziemlich ähnlich. Und überhaupt – was waren das denn für Namen?! Fjodor – nach Dostojewski? Carl-Gustav – etwa nach Marx und dem Drummer von Tokio Hotel? Ich verkniff mir die Nachfrage und erkundigte mich stattdessen nach ihrem Mann.

»Er macht sich«, antwortete sie, »die Ärzte sind sehr zufrieden. Vielleicht wird er schon morgen auf die normale Station verlegt.«

»Das sind ja gute Nachrichten«, antwortete ich, leicht abgelenkt von den Jungs, die fortwährend auf meine Kekspackungen starrten.

Kathinka nahm ihrer Tochter gerade die Fleischwurst weg, die das Mädchen um den Griff des Einkaufswagens zu wickeln versucht hatte.

»Ja, dann«, schickte ich mich an, das Gespräch zu beenden.

»Frau Poschen?«

Oje. Was kam jetzt? In Kathinkas Stimme klang plötzlich ein vertrauensvoll-bittender Tonfall mit. Mir schwante Böses.

»Ich würde Sie nicht fragen, wenn es nicht sehr dringend wäre ...«

Ich nickte ihr aufmunternd zu.

»... aber die Kinder waren nun schon die ganze Woche nicht mehr richtig zu Hause, immer nur bei Freunden. Und mitnehmen ins Krankenhaus kann ich sie nicht ... jedenfalls im Moment noch nicht.

Verständnisvolles Nicken meinerseits.

»Um es kurz zu machen – morgen habe ich niemanden, der nach den dreien sehen könnte. Könnten Sie vielleicht ein oder zwei Stunden babysitten?«

Endlich war es raus.

Anscheinend hatte ich schon zugesagt, denn Fjodor und Carl-Gustav sprangen an mir hoch und schrien: »Cool! Bringst du dann die Kekse mit?«

Markus

»Wir kommen zu spät.«

»Nein, kommen wir nicht.«

»Wenn du so langsam weiterfährst, kommen wir zu spät.«

»Markus, du nervst! Ich fahre, und daher bestimme ich auch, wie schnell ich fahre!«

Wir waren ungefähr auf halber Strecke zwischen Nettersheim und Gerolstein, hatten gerade die Landesgrenze bei Mirbach überquert und steuerten jetzt auf Wiesbaum zu. Das Konzert im alten Gerolsteiner Lokschuppen würde in sieben Minuten beginnen, und laut der Angabe im Routenplaner würden wir noch genau einundzwanzig Minuten bis dorthin brauchen.

»Wir kommen zu spät. Und wer weiß, ob jetzt überhaupt noch diese komischen Schienentaxis fahren. Dann müssten wir zu Fuß gehen und …«

»Schienenbusse.«

»Wie bitte?«

»Das sind Schienenbusse, keine Schienentaxis.«

»Ja, von mir aus. Ist doch egal. Ich will jedenfalls nicht den ersten großen Auftritt von Jimi verpassen, nur weil du hier mit sechzig über die Landstraße tuckerst!«

»He – jetzt mach dich mal locker. Wir kommen schon noch rechtzeitig. Die fangen doch nie und nimmer pünktlich um acht an. Außerdem hab ich einen Schleichweg ausgekundschaftet.«

Schleichweg! Ja, das beschrieb Malus Fahrweise am heutigen Abend ziemlich genau. Es war ja fast schon ein Wunder, dass sie seit Nettersheim überhaupt schon einmal in den fünften Gang geschaltet hatte.

Wir würden mindestens die Hälfte des Linkem-Park-Auftritts verpassen, so viel stand fest. Denn vom Bahnhof in Gerolstein musste man die letzten Kilometer bis zur Konzerthalle, die sich in einem ehemaligen Ringlokschuppen befand, in einem antiquierten Schienenfahrzeug überbrücken, was sicherlich auch noch einmal wertvolle Minuten kosten würde.

»Wir kommen zu spät«, sagte ich noch einmal, weil es gar nicht anders sein konnte.

»Was sollte das denn eigentlich mit deinem Ausflug nach Stolzenfels heute?«

Ah – jetzt versuchte sie also, das Thema zu wechseln, um von der von ihr verursachten Verspätung abzulenken. Denn natürlich waren wir auch viel zu spät zu Hause losgefahren, um überhaupt pünktlich in Gerolstein ankommen zu können. Dass Malu wieder Stunden im Bad brauchen würde, hatte ich ja schon einkalkuliert, als ich die Abfahrtszeit auf 18.45 Uhr festgelegt hatte. Das Problem war, dass sie zu dieser Zeit noch unter der Dusche gestanden und noch nicht einmal mit den Haaren und dem Schminken begonnen hatte, was erfahrungsgemäß die zeitaufwändigeren Sanierungsmaßnahmen waren.

»Redest du jetzt nicht mehr mit mir?«, kam es unterdessen in einem leicht aggressiven Tonfall vom Fahrersitz.

Jetzt musste ich aufpassen: Einen richtigen Streit mit Malu wollte ich während der Autofahrt auf gar keinen Fall provozieren – das hätte ihr Fahrttempo nur noch weiter gedrosselt.

»Was ich in Stolzenfels gemacht habe? Ich habe ermittelt.«

Während wir an der Abzweigung nach Berndorf und an einem Golfplatz vorbeifuhren, begann ich mit meinem Bericht über meine Ermittlungsergebnisse zur Modellfluggruppe:

Die AG gab es schon weit länger als zwanzig Jahre. Geführt wurde sie von Schulleiter Altmeier, der sie auch gegründet hatte, als er nach bestandenem Referendariat gerade erst nach Stolzenfels gekommen war. Die AG war ziemlich beliebt, hatte ständig etwa fünfundzwanzig bis dreißig Mitglieder aus verschiedenen Klassenstufen. Während sich die Unterstufenschüler zunächst mit dem Bau von Segelflugmodellen befassten, kam dann später bei den älteren Jahrgängen der Motorflug hinzu. Die Schule verfügte über ein eigenes Modellfluggelände, das sich unweit der Schule auf einer Wiese oberhalb des Urfttals befand.

»Weißt du, wie die sich nennen?«, fragte ich mit einem Blick zu Malu.

Sie schüttelte mit dem Kopf.

»Eifel-Gnumpfis, lustig, nicht wahr? Das kommt von Gnumpf, so nennt man ein einfaches Flugzeugmodell für den Anfängerbereich«, dozierte ich.

»Und, haben sie zugegeben, den armen Caspers aus der Luft attackiert zu haben?«, fragte Malu gelangweilt.

»Das habe ich natürlich nicht gefragt. Das sind doch alles Kinder in dieser Gruppe, hauptsächlich Unterstufen- und ein paar Mittelstufenschüler. Aber rate mal, wer neben Altmeier noch in der AG mitmischt.«

Malu zuckte mit den Schultern. »Papa Schlumpf?«

»Sehr witzig, Malu.«

Wir waren inzwischen in Hillesheim angekommen. Malu folgte den Anweisungen des Navis, bog einmal links und einmal rechts ab, und fuhr dann in Richtung Gerolstein weiter.

»Du kennst doch den Nettersheimer Jagdpächter Manheller?«, nahm ich den Faden von vorhin wieder auf. »Der immer mit seinem dunkelgrünen Range Rover durch die Walachei brettert.«

»Ja, ein Unsympath, wie er im Buche steht. Was ist mit dem?«

»Na, der ist so was wie die graue Eminenz am St.-Gertrudis, hab ich rausgefunden. Ex-Internatsschüler, heute Chef vom Förderverein, und als Betreuer auch noch bei den Gnumpfis aktiv.« Ich beschrieb, wie bei mir langsam der Groschen gefallen war, nachdem mich der smarte Anzugträger am Morgen im Ausstellungsraum der Gnumpfis abgeliefert hatte. »Ich hab den ohne Jägerhut und sein Loden-Outfit gar nicht erkannt. Die Schüler haben mir dann erzählt, dass das der Manheller war.«

»Aha. Und was hat der mit Caspers zu schaffen?«

Endlich hatte ich Malus Interesse geweckt.

»Na ja, direkt mit Caspers wahrscheinlich gar nichts. Aber Peter sagt, dass Manheller bei allen wichtigen Entscheidungen an der Schule im Hintergrund mitmischt. Und dann ist es ihm natürlich auch nicht egal, wenn Caspers dieses Gesamtschul-Projekt in Linkem vorantreibt«, erklärte ich. »Vielleicht war Manheller das ja mit dem Flugzeug«, überlegte ich laut.

Auf der Heimfahrt nach Nettersheim hatte ich Peter noch ein bisschen mehr über Manheller ausgequetscht. Manheller verdiente sein Geld – und das wahrscheinlich nicht zu knapp – als Rechtsanwalt. Er hatte sich in den vergangenen Jahren auf Abmahnungen für illegale Internet-Downloads spezialisiert.

»Eine echte Gelddruckmaschine, sagt Peter. Geringer Aufwand, größtmöglicher Ertrag. In der Regel arbeitet Manheller wohl nur von montags bis donnerstags in seinem Job. Den Rest der Woche kümmert er sich von seinem Landsitz in Nettersheim aus um sein Jagdrevier und die Schulangelegenheiten.«

»Hat der eigentlich Kinder? Ich meine am St.-Gertrudis?«, fragte Malu.

»Hm – weiß nicht«, musste ich zugeben, »wieso?«

»Na ja, ist doch merkwürdig, dass der sich so stark für die Schule engagiert. Ich meine mal gehört zu haben, dass Manheller Junggeselle ist.«

Da hatte Malu recht: Das wäre in der Tat merkwürdig. Das musste ich also noch herausfinden.

Inzwischen waren wir kurz vor Gerolstein. Malu setzte den Blinker, um links in ein kleines Sträßchen abzubiegen.

»Äh – ich glaub, du musst hier noch weiter geradeaus.«

»Lass mich mal machen. Ich hab doch gesagt, dass ich einen Schleichweg kenne!«

Wir fuhren an der Einfahrt zu einem Wildpark und einer hell erleuchteten Burgruine vorbei, bevor sich die kleine Straße in engen Kehren wieder ins Tal hinabwand. Malu bog nach rechts in eine noch engere Straße ein, die bereits nach wenigen Metern von einem knallroten VW-Bus der Freiwilligen Feuerwehr Pelm versperrt wurde, wie die Aufschrift an der Fahrertür verriet. Als wir langsam auf die Barriere zurollten, schälte sich ein Mann in einer dunkelblauen Uniform aus dem Fahrzeug, der uns Zeichen gab, anzuhalten.

»Als ob ich den jetzt hier rammen würde«, zischte Malu. Sie stoppte den Wagen und ließ das Fenster an ihrer Seite herunter.

»Sie können hier heute nicht durch, da ist eine Großveranstaltung im Lokschuppen«, teilte der Floriansjünger freundlicher als erwartet mit.

»Ja, guten Abend erst mal. Genau deshalb sind wir doch hier! Poschen, mein Name. Wir kommen vom *Eifeler Boten* aus dem Kreis Euskirchen. Ich hatte gestern mit einem Herrn vom Lokschuppen telefoniert, der hat mir gesagt, dass wir uns bei Ihnen melden sollen«, flötete Malu.

»Aha. Davon weiß ich gar nix. Mit wem haben Sie denn da gesprochen?«

»Ähm, das war der Herr Peters, glaube ich.«

»Petry heißt der. Aber das ist ja mal wieder typisch – uns sagt der nix. Na gut, dann können Sie durch.« Der Uniformträger tippte sich mit zwei Fingern an seine Mütze und eilte zu seinem VW-Bus zurück.

»Wer ist denn der Herr Petry, und warum hast du gestern mit ihm telefoniert?«, fragte ich, als Malu an dem Feuerwehrauto vorbeigekurvt und dem Wachposten noch einmal zugewunken hatte. »Und außerdem: Seit wann arbeiten wir beide für den *Boten*?«

»Ach, Markus. Man muss manchmal auch ein bisschen kreativ im Umgang mit der Wahrheit sein. Petry heißt der Chef vom Lokschuppen, das hab ich im Internet nachgeschaut. Und dass ich gar nicht mit ihm telefoniert habe, muss unser Herr Oberbrandmeister ja niemals erfahren …«

Wir waren um kurz vor halb neun in der Halle, es dauerte aber noch fast eine weitere halbe Stunde, bis Jimi und seine Kollegen von Linkem Park endlich auf die Bühne kamen. Malu und ich hatten uns im rückwärtigen Teil der Halle ein Plätzchen gesucht, nicht weit von der Theke entfernt. Ich fühlte mich plötzlich sehr durstig und hatte die Wartezeit mit ein paar schön gezapften Pils überbrückt. Die Stimmung war prächtig, sollte es aber nicht bleiben.

»Ich bin also heute mit Fahren dran«, hatte Malu nach meinem dritten Bier nicht ohne einen schnippischen Unterton festgestellt. Ich versicherte ihr, dass ich sehr wohl noch zurückfahren könne, wenn ich jetzt aufhörte. Malu lehnte dieses Angebot aber, wie sie betonte, »dankend« ab.

Als Jimi, Dennis und die anderen Jungs endlich zu spielen anfingen, hatte ich schon leicht einen im Tee. Weil ich ja nun auch nicht mehr fahren musste, kamen noch ein paar weitere Pils hinzu.

Der Auftritt von Linkem Park verlief nicht ganz so großartig wie geplant: Dennis hatte die Aufregung der vergangenen Tage wohl doch nicht so einfach weggesteckt. Er hatte zu wenig mit den anderen geprobt, war aufgeregt und verpasste mehrmals seinen Einsatz, was auch die anderen Bandmitglieder verunsicherte. Zudem kamen die Songs beim Publikum, das ja zu 99 Prozent einzig und allein wegen dieser Ossis von Kraftklub angereist war, nicht so gut an. Nach sechs Liedern und einer Zugabe, nach der niemand gefragt hatte, verließ die Band die Bühne, um Platz für den Hauptact zu machen.

»Ich muss mal an die frische Luft. Warte hier schön auf mich und geh nicht mit Fremden mit«, sagte Malu in die plötzliche Stille der beginnenden Umbaupause.

Ich tat, wie mir geheißen.

Als ich wieder zu mir kam, war es Sonntag.

Sonntag, 6. Februar

Vor dem St. Antonius Krankenhaus, Schleiden

Seit Stunden nun hockte Janosch Mandelbaum rauchend in seinem Auto. Von seinem Standort aus waren ein Großteil des Parkplatzes sowie der Eingangsbereich des Krankenhauses gut zu überblicken. Einige der ankommenden Besucher trugen Blumensträuße vor sich her, andere hatten Taschen, Körbe und Tüten dabei, wahrscheinlich gefüllt mit Wechselwäsche, Lieblingssocken und Traubensaft.

Janosch hatte nichts dabei. Nichts, außer dem kleinen Band mit Gedichten und dem hübschen, blau gemusterten Einband. Jean-Marie liebte Gedichte. Besonders jene melancholisch-sehnsuchtsvollen aus der Zeit der Romantik. Wahrscheinlich war das Selberlesen noch zu anstrengend für ihn, doch Janosch würde ihm gerne vorlesen. Sie würden gemeinsam eintauchen in den Klang der Worte und den Rhythmus der Verse. Sie würden sich verzaubern und berühren lassen und nichts würde mehr zwischen ihnen stehen. Es gäbe nichts mehr zu sagen. Janosch lächelte still; allein der Gedanke daran machte sein Herz leicht und weit.

Aber noch musste er warten.

Kathinka hatte vor einer guten Stunde das Krankenhaus betreten und es seitdem nicht wieder verlassen.

Ihr wollte er auf keinen Fall begegnen. Das gestrige Telefonat mit ihr war ihm noch in denkbar schlechter Erinnerung. Widerwillig hatte sie ihm von Jean-Maries anstehender Verlegung berichtet. Nein, sie habe nichts dagegen, wenn er Jean-Marie besuchen wolle, hatte sie in einem fast schon beleidigend-gelangweilten Tonfall erklärt und gleich noch hinzugefügt, dass er ihn nicht überfordern solle, denn vor allem bräuchte Jean-Marie Ruhe.

Was dachte sie sich bloß?

Er war fast doppelt so alt wie sie, aber sie brachte es fertig, jedes Wort, das sie an ihn richtete, wie eine Zurechtweisung klingen zu lassen. Sie war überheblich und unhöflich. Eine durch und durch impertinente Person.

Und genau deshalb, zu diesem Schluss war Janosch Mandelbaum während seiner schlaflosen Nächte gekommen, genau deshalb musste er keine Angst vor ihr haben. Sie war dumm und Jean-Marie hätte sie niemals ins Vertrauen gezogen. Die russische Krankenschwester, die Jean-Maries Mutter bis zu deren Tod gepflegt hatte, besaß aus irgendeinem Grund, den Janosch nicht nachvollziehen konnte, seine Liebe und Zuneigung – aber ganz gewiss nicht sein Vertrauen. Kathinka konnte Janosch nichts anhaben, weil sie nichts, aber auch gar nichts wusste.

Gerade als er sich die nächste Zigarette anzünden wollte, sah er Kathinka aus der gläsernen Drehtür treten. Draußen zog sie sich die rote Mütze über die blonden Haare und knöpfte sich den Mantel zu. Sie blickte kaum auf, sondern ging zügig zu ihrem Auto. Mandelbaum folgte ihr mit den Augen, die Zigarette im Mundwinkel. Er sah, wie sie ausparkte, im Schritt-Tempo über den Parkplatz fuhr, sich an der Ausfahrt in die Rechtsabbiegerspur einordnete, blinkte und abbog in Richtung Linkem. Sie war weg.

Erleichtert atmete er auf. Er steckte die Zigarette zurück in die Schachtel, hielt kurz inne und überlegte es sich anders. Er musste nun nicht mehr länger warten, aber er konnte, wenn er wollte. Nach alldem, worüber er bisher die Kontrolle verloren hatte – oder auch nur verloren zu haben glaubte – genoss er diesen Moment des Hinauszögerns. Er rauchte in aller Ruhe, dann nahm er das Buch vom Beifahrersitz und ging hinein ins Krankenhaus.

Malu

Den Sonntagmorgen kostete ich in vollen Zügen aus. Die beiden Männer des Hauses schliefen tief und fest – und Markus dazu auch noch laut. Er hatte sich zu mitternächtlicher Stunde, voll wie eine Strandhaubitze, rücklings aufs Bett fallen lassen und übergangslos angefangen, ganze Wälder klein zu sägen. Zähneputzen war sowieso überbewertet, konnte Mann ruhig mal drauf verzichten. Seine »Toter Mann«-Position hatte er seitdem nur geringfügig verändert. Einzig und allein seine markerschütternden Schnarchlaute wiesen ihn noch als zu den Lebendigen gehörig aus.

Ich hingegen hatte eine Etage höher, im ausgebauten Dachboden, auf der Gästematratze genächtigt. Gegen neun Uhr war ich aufgestanden, hatte ein paar Asanas geübt und anschließend mit Gandhi einen kleinen Lauf unternommen. Danach hatte ich ausgiebig geduscht, gefrühstückt und Zeitung gelesen. Jetzt, um kurz nach zwölf, regte sich Markus immer noch nicht, weswegen ich ihm kurz einen Zettel mit der etwas kryptischen Botschaft verfasste: »Ich gehe jetzt. Muss mal was Gutes tun. Um drei kommen deine Schwiegereltern.«

Die Besuche meiner Eltern mit meist unheilvoller Vorankündigung (»Wir müssen mal was mit euch besprechen …«) überließ ich gerne Markus' Federführung. Ein schlechtes Gewissen musste ich dabei nicht haben, denn genauso wenig wie es sich um echte Gespräche im Sinne eines wechselseitigen Austauschs handelte, war ich nun mal die perfekte Tochter. Da musste sich niemand was vormachen.

Ich versenkte noch eben Handy und Portemonnaie in die unermesslichen Tiefen meiner Schultertasche und ging zum Auto. Dank meiner pädagogischen Kompetenz und meines Einfühlungsvermögens in die kindliche Psyche hatte ich Kathinka vorgeschlagen, ein bisschen früher als nötig zu kommen, damit wir einen sanften Betreuungswechsel vornehmen konnten. Dankbar hatte sie meinem Angebot zugestimmt, und ich war froh, denn ich erinnerte mich noch vage und ungern an Jimis mangelnde kindliche Kooperationsbereitschaft und Flexibilität, wenn es um fremdes Betreuungspersonal gegangen war. Wobei »fremd« damals schon bedeuten konnte, dass eigentlich jemand Wohlbekanntes sich nur eine neue Frisur zugelegt hatte.

Auf der kurzen Fahrt nach Linkem ging mir der Samstagabend durch den Kopf. Nach dem eher semiprofessionellen Auftritt von Linkem Park hatte ich Markus zwar gesagt, dass ich frische Luft bräuchte, in Wirklichkeit dröhnte mir aber der Schädel und ich hatte ein wattiges Gefühl auf den Ohren. So drückte ich mich eine Weile vor dem Lokschuppen rum und sah dabei immer wieder Leute einzeln und in Gruppen über das Gelände kommen, die die Konzerthalle links liegen ließen und stattdessen die benachbarte Lounge ansteuerten. Ich trabte schließlich neugierig einem Pärchen hinterher und betrat gemeinsam mit den beiden die chillig-gediegene Atmosphäre der ehemaligen Werkzeughalle. Hier also tummelte sich um die Bar und einige Stehtische das solvente Ü-30-Publikum.

Auf den ersten Blick entdeckte ich keine bekannten Gesichter, was wahrscheinlich aber auch an meiner beschlagenen Brille lag. Die Person, die erst winkte und sich dann aus einer Gruppe um einen Stehtisch löste, erkannte ich mangels Sehhilfe erst, als sie eine Armlänge von mir entfernt war und mich freudig mit »Hallo Malu« begrüßte. Es war niemand anderes als Dagmar Trimborn, Dennis' Mutter. Früher hatten wir öfter mal zusammen bei diversen Schulfesten Dienst am Kuchenbüfett verrichtet oder uns bei Elternabenden der Unter- und Mittelstufe gesehen. Unser letztes Treffen war schon eine Weile her, und irgendwie kam sie mir verändert vor, ohne dass ich diesen Eindruck an etwas Konkretem hätte festmachen können. Ich war mir nicht sicher, ob ihre Redseligkeit vom Alkohol herrührte, jedenfalls vergeudete sie keine Zeit mit unnötigem Geplänkel, sondern stieg gleich voll ins Thema ein.

Bei Dagmar hatte sich in den vergangenen Tagen wohl einiges an Frust angestaut. In ihrem ausschweifenden Lamento bezeichnete sie die Kripobeamten Spohr und Leininger als inkompetente Hilfssheriffs, Sabrina als Flittchen und Caspers als notgeilen, alten Sack. Einzig und allein ihren Dennis traf keine Schuld; er war am Ende das Bauernopfer eines Komplotts oder gar einer politischen Intrige. Je nach Tenor nickte ich zustimmend oder schüttelte entrüstet den Kopf und gab dazu die passenden Laute von mir.

»Und nach alldem waren die Bullen heute Morgen schon wieder bei uns!«, erboste sie sich.

Eigentlich konnte ich mir schon denken warum. »Warum das denn?«, fragte ich trotzdem.

»Na, wegen so einem Scheiß-Propeller-Ding! Das musst du dir mal vorstellen, Malu! Erst denken die, mein Sohn wäre ein brutaler Schläger, und als es dafür keine Beweise gibt, kommen sie auf die Idee, dass er Caspers mit einem Modellflugzeug umgenietet haben soll!«

»Tss«, hatte ich daraufhin erwidert, »so ein Quatsch! Wie soll er denn daran gekommen sein?«

»Durch meinen Mann!« Dagmar senkte die Stimme und flüsterte mir konspirativ zu: »Also, fast Ex-Mann, wenn man's genau nimmt. Wir haben uns getrennt. Aber die Garage ist noch voll von seinem Pröll. Da sind auch ein paar Modellflugzeuge dabei. War früher mal sein Hobby.«

»Ach?«

Dagmar musterte mich scharf.

»Nix ach! Dennis hat sich nie dafür interessiert. Der kennt sich damit gar nicht aus. Und außerdem fehlte keinem der Dinger der Propeller oder sonst was.«

Irgendwie seltsam, dachte ich jetzt bei der Fahrt durch den Linkemer Kreisel: erst diese Gnumpfis mit Manheller und Altmeier und jetzt auch noch Dennis' Vater. Irgendwie hatte ich wohl bisher den gemeinen Eifeler und seine Leidenschaft für Modellflugzeuge völlig unterschätzt.

Mittlerweile hatte ich dank Kathinkas Wegbeschreibung das verkehrsberuhigte Wohnviertel der Familie Caspers erreicht und parkte direkt vor deren Haus. Das Gebäude lag ein Stück zurück von der Straßenlinie und war im Sommer wegen der Büsche und Bäume im Vorgarten bestimmt kaum zu sehen. Jetzt trat ich durch die spätwinterkahle Pelargonie auf einen natursteingepflasterten Weg. Das Haus war ein charmanter, sanierter Altbau aus den Fünfzigern mit blauen Fensterläden aus Holz und einem nach Süden hin ausgerichteten Balkon.

Kaum hatte ich den Klingelknopf betätigt, riss auch schon einer der blondbeschopften Jungs (Fjodor? Carl-Gustav mit C?) die Tür auf. »Hallo«, sagte ich, woraufhin die Tür gleich wieder mit Schwung zu fiel, weil er sie losgelassen und in einer rasanten Kehrtwende unter Mama-Rufen davongeprescht war – ob vor Freude oder Schreck, war nicht ersichtlich. Zwei Sekunden später öffnete sich die Tür erneut, diesmal durch Kathinka selbst mit Anna auf dem Arm, flankiert von den beiden anderen Gören. Sie begrüßte mich herzlich, entschuldigte sich und ließ mich eintreten.

»Schuhe aber aus!«, krähte da der Junge, der gestern das Einkaufswagen-Auto geschoben hatte und reichte mir die Gäste-Filzpantoffeln. Kathinka bot mir sogleich eine Hausführung an. Solche Besichtigungen warteten ja erfahrungsgemäß in Bezug auf die Räumlichkeiten mit relativ wenig Überraschungen auf: Küche, Diele, Bad, Wohnzimmer, Schlafzimmer – eigentlich immer dasselbe. Doch im Haus der Familie Caspers wurde mir sofort klar: Ich war bei Waldorfs gelandet.

Die Räume waren durchgehend in einem zarten Pastellgelb lasiert, die Möbel wiesen eine organisch geschwungene Vollholzlinie auf, und das wohltuend knapp bemessene Spielzeug der Kinder war überwiegend selbst geschnitzt, gezimmert, gebastelt, gestrickt, gefilzt, geklöppelt und gehäkelt. Ich staunte: War der musisch begabte Pädagoge, Lokalpolitiker und Schürzenjäger nun auch noch Antroposoph? Oder war das hier allein Kathinkas weltanschauliche Gesinnung? Ich fühlte mich jedenfalls auf Anhieb wohl, denn schließlich hatte auch Jimi jahrelang einen der drei Waldorfkindergärten des Kreises besucht, und Markus und ich waren dort heute noch Mitglied im Förderverein.

Nach unserer Hausbesichtigung forderten mich die Kinder auf, nun auch ihren Bauernhof in Augenschein zu nehmen. Dieser befand sich im Wohnzimmer am Fuße einer hinsichtlich ihres Wuchses enormen Zimmerpalme. Während Kathinka in der Küche rumprokelte, bestaunte ich die exotischen Steppentiere, die in friedlicher Eintracht neben unseren heimischen Nutztieren grasten. Verbindendes Merkmal war, dass sie allesamt aus der Ostheimer Holzmanufaktur stammten, wie ich mit Kennerblick feststellte. Nur der Bauer war eine klassische Fehlbesetzung. Es handelte sich dabei um eine etwas ramponiert wirkende Playmobil-Figur mit Augenklappe und Holzbein, deren wahres Zuhause wohl eher das Playmobil-Piratenschiff war.

Als Kathinka uns am niedrigen Wohnzimmertisch Tee und den Kindern Saft servierte, betrachtete ich die großformatige Leinwand über dem Sofa. Das Bild vermittelte dem Betrachter den raffinierten Eindruck, man würde inmitten einer Wildblumenwiese liegen und den blauen Sommerhimmel anschauen.

»Gefällt's dir?« Kathinka und ich waren mittlerweile zum Du übergegangen. »Das ist Jean-Maries neustes Werk. Erst letzte Woche hat er's mitgebracht und aufgehängt.«

»Wieso mitgebracht?«

»Er malt nicht hier, sondern bei einem anderen Maler, mit dem er schon seit Schulzeiten befreundet ist. Hier hat er nicht genug Ruhe und Muße, sagt er. Die beiden haben also so eine Art Ateliergemeinschaft«, sagte sie und reichte mir eine Tasse Tee.

Mir schien es, als wäre da eine gewisse Geringschätzung mitgeschwungen, die ich nicht zu deuten wusste.

»Na ja«, fuhr sie fort, während sie das Bild mit einem kurzen Blick streifte, »es ist bestimmt nicht schlecht, aber auch nicht überragend. Nicht jeder, der einen Pinsel halten kann, ist damit gleich ein Talent.«

Kathinka war auf jeden Fall ein Talent darin, große Wahrheiten gelassen auszusprechen. So gelassen, dass ich mich besser mal mit jeglichem Urteil zurückhielt und stattdessen versöhnlich entgegnete: »Hauptsache es macht ihm Freude.«

Daraufhin sah sie mich irritiert an, so als wäre ihr dieser Gedanke noch nie gekommen, weil er viel zu abwegig war. »Freude ist so eine Sache. Letztlich eifert mein Mann doch immer nur seinem berühmten Großvater nach.«

Ich schaute fragend.

»Carl-Gustav Caspers«, sagte sie, und als sie merkte, dass mir der Name gar nichts sagte, setzte sie hinzu: »Ein, ach was, *der* berühmte Eifelmaler. Der berühmteste und erfolgreichste seiner Zeit. Du kommst aber auch nicht von hier, oder?« Ohne meine Antwort abzuwarten, warf sie einen Blick auf die Uhr und wechselte das Thema: »Ich habe heute Morgen schon mit dem Krankenhaus telefoniert. Jean-Marie ist bereits verlegt worden. Alles sieht sehr gut aus, nur ist er noch sehr müde.« Sie trank ihre Tasse leer. »Vielleicht sollte ich mich jetzt mal auf den Weg machen, dann bin ich in spätestens zwei Stunden zurück. Ist das in Ordnung?« Sie überreichte mir ihre Handy-Nummer für Notfälle.

Ich sagte, dass sie sich ruhig Zeit lassen solle.

Während Kathinka ihre Kinder zu gutem Benehmen ermahnte, war Anna mit einem Bilderbuch auf meinen Schoß geklettert. Die Jungs hatten mit umfangreichen Erweiterungsmaßnahmen der Weideflächen begonnen. Der Piraten-Bauer hatte mittlerweile Hilfe in Gestalt eines absonderlichen Gesellen angeheuert, einer Symbiose aus Knecht Ruprecht und dem Unglaublichen Hulk. Die beiden und ich mit Anna auf dem Arm brachten Kathinka noch zur Tür und winkten ihr ausgiebig hinterher.

Kaum war die Tür zu, schauten mich die Jungs erwartungsvoll an. Der ältere der beiden, vermutlich Carl-Gustav, Urgroßenkel des berühmten, gleichnamigen Eifelmalers, fragte herausfordernd: »Und wo hast du jetzt die Kekse?«

Markus

Als ich die Augen aufschlug, stand die Sonne bereits hoch an einem wolkenlosen Himmel. Ich schloss sie gleich wieder, denn beim Auftreffen auf die Netzhaut verursachten die hellen Strahlen, die sich ihren Weg in mein Schlafzimmer durch die Spalten eines nicht ganz zugezogenen Vorhangs gebahnt hatten, eine Explosion in meinem Schädel. Zu spät: Mit der Präzision eines Schweizer Uhrwerks hatte ein schwerer Vorschlaghammer in meinem Kopf auf den Amboss meines Schädelknochens einzuschlagen begonnen. Migräne – jetzt auch nach dem Genuss des vorzüglichen Bitburger Biers?

Im Zeitraffer-Tempo lief ein Film hinter meinen geschlossenen Augenlidern ab: Die Fahrt nach Gerolstein, der Auftritt von Linkem Park, die Umbaupause, die Theke, Bier für die Band, der Auftritt von Kraftklub, noch mehr Bier, das Gefühl, der mit Abstand älteste Konzertbesucher in einem Meer von Minderjährigen zu sein – aber was dann? In meinem Magen rumorte es. Ich sollte aufstehen, ging es mir durch den Kopf, mich auf den Weg in die Keramikabteilung machen. Aber noch ging es.

Ich hatte mich vom Fenster abgewandt und eine kauernde Haltung eingenommen. Embryonalstellung. Ich versuchte, mich zu entspannen. Der Film lief weiter: Ich auf der Suche nach Malu, die ich schließlich in einem Nebengebäude finde. Das Verhängnisvolle: Auch hier gibt es eine Theke. Ich will gerade bestellen, als Malu zu mir kommt und mir ein Weinglas in die Hand drückt. »Hier, nimm das, das hab ich von Dagmar Trimborn bekommen.« – Als mir bewusst wurde, dass ich am Vortag Wein getrunken hatte, war es auch schon zu spät.

Malu war zum Glück eine Frau, die immer sehr vorausschauend handelte. So hatte sie mir irgendwann in der Nacht, als wir aus Gerolstein zurückgekehrt waren und sie mich ins Bett verfrachtet hatte, einen Eimer neben das Bett gestellt. Ich übergab mich nur höchst ungern, hätte mir zum Beispiel nie den Finger in den Hals gesteckt, um das Entleeren des Magens selbst herbeizuführen. Aber an diesem sonnigen Sonntag im Februar hatte das Kotzen eine befreiende Wirkung. Ich fühlte mich jedenfalls schon viel besser, schaffte es sogar unmittelbar danach, aufzustehen, um den Inhalt des Eimers zu entsorgen und mich frisch zu machen.

Als ich aus dem Bad zurückkehrte, fiel mein Blick im Esszimmer auf einen Zettel, der mitten auf dem Tisch lag. Ich las die Nachricht, die Malu mir hinterlassen hatte, und musste sie gleich noch einmal lesen. Der Tag war für mich gelaufen. Ich war erledigt. Wie zur Bestätigung des gerade Gedachten klingelte es unmittelbar danach an der Haustür.

»Datt hat ich mir eijentlich janz anders vürjestallt.« Schwiegermama war unzufrieden mit dem Döppekooche-Essen.

Wir waren auf dem Rückweg von der Bäckerei Heinen, wo die Eifeler Spezialität in unregelmäßigen Abständen auf der Speisenkarte stand. Insofern hatte ich natürlich fast schon unverschämtes Glück gehabt, als ich verkündet hatte, dass ich dort einen Tisch bestellt hätte und dass es dort heute Döppekooche geben würde. Eigentlich hatte es den schon am Samstag gegeben, aber es waren noch zwei Portionen da, die für Hanni und Büb Schlagloth aufgewärmt wurden. Ich hatte mich damit begnügt, einen Kamillentee zu bestellen.

»Hauptsache, es hat euch geschmeckt«, brummelte ich vor mich hin. Hanni, die ihrem Mann und mir mit einigen Metern Abstand folgte, würde mir die überraschende Planänderung in den kommenden Monaten wahrscheinlich noch öfter vorhalten. Sie hatte den Döppekooche zwar auch mit sichtlichem Genuss verputzt und ihren Teller förmlich abgeleckt, war aber immer noch sauer, dass ihr Besuch für den Schwiegersohn und ihre Tochter, die auch noch die Frechheit besessen hatte, gar nicht anwesend zu sein, offenbar nicht den Höhepunkt des Wochenablaufs darstellte.

Büb störte sich daran weniger. In einem fort erzählte er von seinen Erlebnissen der vergangenen Wochen. Er und »die Männ«, womit einige seiner Kumpels aus dem Euskirchener Vorort gemeint waren, wo die Schlagloths wohnten, waren zum Beispiel am vergangenen Wochenende in der Kölner Altstadt gewesen. »Einsachtzig für Nullzwei – stell dir datt ens vür!«, geißelte er die aktuelle Preispolitik der Kölner Brauhäuser. »Obwohl: Im Vergleich zu Heimbach is datt ja noch jünstisch, hehe.«

Büb warf mir einen vielsagenden Blick zu, den ich nur mit einem großen Fragezeichen beantworten konnte. Mit gesenkter Stimme erzählte er mir dann von seinem Ausflug in das verschlafene Städtchen im Rurtal, den er vor ein paar Tagen unternommen hatte. Einer seiner Freunde (»Der Trueba. Du kennst doch der Trueba, oder nit?«) hatte dort ein Etablissement mit einer offenbar hochpreisigen Getränkekarte besucht. Büb hatte ihn dort abholen sollen, beim Trueba dauerte der Vollzug zwischenmenschlicher Zärtlichkeiten altersbedingt jedoch etwas länger, woraufhin Büb an der Bar im Keller des *Club Tropicana* Platz genommen und eine Cola konsumiert hatte. »Datt nennt sich Saunaclub, aber wenn de mich fragst, ist datt ne janz normale Puff«, erklärte Büb, immer noch mit gesenkter Stimme. Jedenfalls hatte er für die Cola schließlich acht Euro bezahlen sollen. »Aber nit mit mir. Ich hab dem Mädsche hinter der Theke jesacht, datt der Trueba bezahlt. Wär ja noch schöner …«

Der Abstecher in die Eifeler Rotlicht-Szene interessierte mich eigentlich nur peripher, doch auf einmal meinte ich das Wörtchen »Nettersheim« vernommen zu haben. Ich fragte nach.

»Na, wie jesacht: Beim Trueba dauerte et eben watt länger, und in der Zwischenzeit hab ich mich an der Theke mit einem jungen Mann unterhalten, der da wohl als so 'ne Art Hausmeister arbeitet«, erklärte Büb. Es ging ums Wetter, um Autos, schließlich auch um die Eifel. Man sei »vom Hölzchen aufs Stöckchen« gekommen und schließlich beim Thema Nettersheim gelandet. »Un da hat der Ferdi – kennst du der Ferdi? Ferdi Linden? Na, jedenfalls hat der erzählt, datt er öfters in Nettersheim zu tun hat, weil sein Chef hier die Jagd gepachtet hat.«

»Wie jetzt? Sein Chef aus dem Saunaclub?«, fragte ich nach.

Büb nickte zustimmend. »Ja. Is wohl ein schwerreicher Typ aus Düsseldorf, Kunsthändler oder so. Hat aber hier in Nettersheim ein Landhaus. Un der Ferdi sieht nach dem Rechten, wenn sein Chef nicht in der Eifel ist und hilft bei Arbeiten im Revier und so.«

»Aha. Und hat dieser Ferdi auch gesagt, wie sein Chef heißt?«

Verneinendes Kopfschütteln bei Büb. Doch eigentlich war die Sache auch so klar: Es konnte sich nur um Manheller handeln. Obwohl das gar nicht so recht zusammenpassen wollte: Biederer Jurist, Jäger und Unterstützer einer erzkatholischen Eliteschule, und auf der anderen Seite Verbindungen ins Rotlicht-Milieu? Und als Kunsthändler war er auch noch tätig?

»Da siehste mal, wie man sich in einem Menschen täuschen kann«, sagte ich.

Inzwischen waren wir wieder bei uns zu Hause angekommen, von Malu immer noch keine Spur. »Bestell dem Marie-Luise einen schönen Gruß«, sagte Hanni zum Abschied, als sie bereits auf dem Beifahrersitz des Benz saß und das Seitenfenster heruntergelassen hatte. Und weil sie diesen Satz auf Hochdeutsch sagte, konnte das nur bedeuten, dass sich Malu auf was gefasst machen konnte.

Keine zehn Minuten später – ich hatte inzwischen doch Hunger bekommen und wollte mir in der Küche ein Brot machen – hörte ich draußen den kaputten Auspuff von Malus Fiat 500. Typisch Italiener: Obwohl der Auspuff eindeutig das Neueste an der Kiste war, hatte schon wieder der Lochfraß eingesetzt.

»Na, fertig mit Komasaufen?«, fragte Malu zur Begrüßung, als sie zu mir in die Küche kam. Das süffisante Grinsen in ihrem Gesicht versuchte ich zu übersehen.

»Ja, hätte fast aber wieder damit angefangen, weil du mich hier mit deinen Eltern allein lässt. Schönen Gruß von deiner Mutter. Wo warst du eigentlich?«

»Na, du wolltest doch Döppekooche machen. Und ich hatte zu tun. Werke der Nächstenliebe.«

Ich verstand kein Wort. »Haben wir eigentlich keine Leberwurst mehr?«, fragte ich stattdessen. Schwarzbrot mit Leberwurst und einer dünnen Schicht Rübenkraut war mein liebstes Hausmittel gegen die Nachwirkungen übermäßigen Alkoholkonsums.

»Markus, woher soll ich das wissen? Frag doch mal Trollbekka.« Malu verschwand ins Wohnzimmer und kehrte mit einer Packung ihrer geliebten Autoreifenkekse zurück. »Die hatte ich übrigenf hier vergeffen«, schmatzte sie mit vollem Mund.

»Wie, vergessen?«

»Na, die wollte ich doch den Casper'schen Blagen mitbringen.«

»Was machst du bei den Caspers?«

»Babysitten«, antwortete Malu, um sich gleich danach einen weiteren Keks in den Mund zu stopfen. In knappen und nur durch einen von Oreo-Krümeln ausgelösten Hustenanfall unterbrochenen Sätzen berichtete Malu von ihrem

Nachmittag in Linkem. Die Frau überraschte mich immer wieder: Seit Jimi dem Kindergartenalter entwachsen war, hatten wir keinen engeren Kontakt mehr zu Familien mit Kleinkindern gehabt, und ich hatte auch immer gedacht, dass Malu nichts mehr verabscheute als Babysabber, klebrige Patschehändchen und vorschulische Klugscheißerei.

Während ich noch grübelte, ob ihr Engagement vielleicht in Zusammenhang mit dem Überschreiten der Vierziger-Schallmauer zu sehen sein musste, schlurfte Jimi vorbei. Er öffnete den Kühlschrank, setzte die Milchflasche an, rülpste ungeniert und verschwand mit einem lässigen »Ich penn 'ne Runde« wieder in seinem Zimmer.

»Apropos Linkem Park«, begann Malu, nachdem wir beide Jimi stumm und einigermaßen geplättet hinterhergeschaut hatten. »Da hat mir dieser kleine Caspers-Knilch doch tatsächlich auf der Suche nach den Keksen meine Tasche durchwühlt. Da kamen Dinge zum Vorschein, die ich längst vergessen hatte …«

»Und?«, fragte ich nur, weil ich keinen blassen Schimmer hatte, auf was Malu hinaus wollte. »Musst du eben mal öfter deinen Büggel ausmisten.«

»Gut, dass ich das nicht so oft mache, denn sonst hätte der kleine Carl-Gustav ja nicht den Flyer gefunden, mit dem er ganz stolz ankam und sagte, seine Mutter hätte genau den gleichen Zettel!«

»Aha.« Ich machte ein einigermaßen nichtssagendes Gesicht, weil ich nicht wusste, was daran so besonders sein sollte. Dann hatten die Jungs eben kräftig Werbung für ihr Konzert gemacht.

»Der Flyer war auch im Prinzip der gleiche, nur mit dem Unterschied, dass auf meinem nicht Dennis' Handynummer draufgekritzelt war.«

Jetzt war ich sprachlos. Denn es war immer wieder beeindruckend zu sehen, wie klein die Welt in der Eifel doch war. Jeder kannte jeden, und wenn man schon nicht miteinander verwandt war – wie das die Städter immer vermuteten – dann gab es doch trotzdem immer einen gemeinsamen Bekannten oder eine Begebenheit, die einen mit irgendjemandem verband. Ich traf Manheller in Stolzenfels, mein Schwiegervater trifft dessen Mitarbeiter Ferdi in Heimbach, unser Sohn spielt mit dem Nebenbuhler eines Schwerverletzten in einer Band und die Ehefrau hat sich die Handynummer des Verdächtigen notiert.

»Und was hat das zu bedeuten?«, fragte ich schließlich, nachdem mich Malu die ganze Zeit über mit erwartungsvollen Augen angestarrt hatte.

»Sag mal, liegt das am Restalkohol, dass du so schwer von Begriff bist?«

St.-Antonius-Krankenhaus, Schleiden

Dank eines fantastischen Schlafmittels erging es Jean-Marie Caspers wie bereits in den vergangenen Nächten: Nach der Einnahme einer kleinen, unscheinbaren Tablette, die ihm die Nachtschwester mit den hübschen Beinen und der aparten Zahnlücke bereitgestellt hatte, sank er in tiefen Schlaf. Doch heute umgab ihn dort nicht traumlose Schwärze, sondern lichtblaue Weite. Während er im Wachen stets mit den schmerzhaften Folgen seiner Verletzungen kämpfte und die damit verbundenen Befindlichkeiten auslotete, fielen hier unten Schwere und Missbehagen von ihm ab. Grenzen und Widerstände, innere wie äußere, gab es nicht. Er fühlte sich inmitten dieser Grenzenlosigkeit geborgen und konzentriert. Wogende Leichtigkeit erfüllte seinen Geist, und es entstanden zarte Traumbilder, die er mühelos durchschritt.

Er sah sich an der Seite seines malenden Großvaters. Die Blumen leuchteten in einem intensiven Blau. Der Großvater beugte sich zu ihm, raunte ihm etwas zu und lächelte dann. Jean-Marie nickte und lächelte zurück. Das Gemälde wurde größer und größer und Jean-Marie wurde ein Teil davon. Er bewegte sich ganz selbstverständlich zwischen Blumen, die so hoch wie Bäume waren. Er blickte zurück, um seinem Großvater zu winken und ihm zu danken für das Geheimnis, das er ihm anvertraut hatte, doch er war verschwunden. Gleichzeitig trübte sich das Licht: Graue Schlieren breiteten sich aus, flossen ineinander und zersetzten das lichte Blau. Eine Membran gallertähnlicher Substanz hüllte ihn ein. Ihm war, als bewegte er sich rückwärts durch zähe Massen eine Treppe empor. Etwas zog ihn gegen seinen Willen nach oben. Ein ungewohntes Geräusch vielleicht aus den tristen, nächtlichen Krankenhauskorridoren? Oder die Nachtschwester, die noch einmal nach ihm sehen wollte? Er wusste es nicht, und es war ihm auch egal. Seine Lider waren schwer wie Blei, unmöglich zu öffnen. Er sträubte sich gegen ein vollständiges Erwachen und stürzte sich stattdessen kopfüber in seine blauen Traumwelten.

Jean-Maries Entscheidung zwischen Traum und Wirklichkeit war richtig, denn so bemerkte er wenigstens nicht das kühle Metall an seiner Stirn.

TEIL 2

Mitte Januar

Die Feiertage waren vorüber. Wie so oft in den ersten Wochen eines neuen Jahres empfand sie eine Art hohle Leere in sich. Ein Zustand zwischen Aufbruchstimmung und Zaghaftigkeit.

Im trüben Dämmerlicht war sie nachmittags mit den Kindern durch die Wälder gezogen. Die im Verborgenen wirkenden Kräfte der Natur waren längst gerüstet. Der Kreislauf von Werden und Vergehen stand nie still, darauf machte sie die Kinder immer wieder aufmerksam, um es selbst nicht zu vergessen.

Nun waren die Kinder müde und wollten ins Bett gebracht werden. Mal wieder war sie dafür alleine zuständig, genau wie für die meisten anderen häuslichen und familiären Angelegenheiten. Er hatte anderweitige Verpflichtungen.

Ihr Leben hatte sich schleichend in eine bestimmte Richtung entwickelt, und sie hatte stumm dabei zugesehen, so als beträfe es sie gar nicht. Von der Muse zur Mutter. Der Weg dorthin hatte nur wenige Jahre gedauert und schien eine Einbahnstraße zu sein. Diese Erkenntnis hatte sich mit zunehmend schmerzhafter Gewissheit eingestellt.

Das Klingeln des Telefons unterbrach das abendliche Ritual.

Er war nach dem Abendbrot zu einer Ratssitzung aufgebrochen und hatte sich versehentlich die falschen Unterlagen eingesteckt, wie er ihr etwas atemlos erklärte. Ob sie ihm die richtigen bringen könne? Seufzend ließ sie sich von ihm mit dem Hörer am Ohr durch sein Arbeitszimmer dirigieren. Die Kinder putzten sich die Zähne. In einem Wust von Papieren, Zetteln, Klausuren und Büchern sollte sie nun die Mappe mit den Unterlagen finden. Auf dem Schreibtisch konnte sie diese ebenso wenig ausmachen wie in den Schubladen darunter. Auch in den Regalen wurde sie nicht fündig. Der Geräuschpegel aus dem Badezimmer war ohne ihre Aufsicht merklich angestiegen. Sie war kurz davor aufzugeben, als sie auf dem Boden unter einem zur Seite gekippten Berg von Zeitungen die Mappe entdeckte.

Ja, sie würde den Kindern rasch die Jacken überziehen und ihm die Unterlagen bringen, wenn auch ungern. Der Weg war nicht weit, und ihr fiel nichts ein, was dagegen spräche – außer ihrer Unlust.

Mit der Mappe unter dem Arm schloss sie die offenen Schubladen des Schreibtischs und bemerkte dabei, dass die untere sich verkantet hatte. Die Schublade war zu voll, der darin befindliche Locher war irgendwo hängen geblieben. Sie wollte sich schon abwenden und sie einfach offen lassen, als sie ein Papier bemerkte. Sie bückte sich und entdeckte einen großen, weißen Umschlag an der Unterseite des oberen Schubladenbodens. Sie wunderte sich; jemand, also er, musste ihn dort befestigt, also versteckt haben. Vor ihr.

Im Bad johlten die Jungs, das Mädchen kreischte. Sie rief etwas hinüber, doch das kindliche Stimmengewirr übertönte ihre halbherzige Ermahnung.

Ohne nachzudenken tastete sie mit ihren Fingern nach dem Inhalt des Umschlags und zog ihn hervor. Es war dickes, teures Papier mit geprägtem Briefkopf, sie meinte einen Hauch von Leder zu riechen. Zögerlich, dann immer entschlossener und fast hastig überflog sie die Seiten. Die Worte waren weich und wohlwollend und bildeten eine Art samtiges Polster für eine Summe. Eine Summe mit vier … fünf … sechs Ziffern.

Die Bedeutung dessen, was sie in den Händen hielt, traf ihren Verstand wie ein Stein die spiegelglatte Wasserfläche.

Sie hob ihren Blick und sah die Kinder mit ihren Zahnbürsten durch den Flur tollen. Sie schluckte. Die konzentrischen Kreise an der Oberfläche würden schnell vergehen, nicht aber deren Auslöser: Der Stein sank tief und schwer in sie hinab. Sie würde ihn weder zurückholen noch vergessen können.

Montag, 7. Februar

St.-Antonius-Krankenhaus, Schleiden

Selten hatte Schwester Erika einen Tag in solch glänzender Laune begonnen wie den heutigen. Obwohl Montag war und sie Frühdienst hatte, summte sie ein munteres Lied vor sich hin, während sie sich ihre Arbeitskleidung überstreifte. Das fiel auf, denn hier im Personalraum des Krankenhauses summte sonst nie jemand oder nur recht selten, aber bestimmt nicht um diese Uhrzeit. Schwester Erika ignorierte die müden, missmutigen Blicke ihrer Kollegen. Im Umgang mit anderen Menschen war sie erfahren genug, um sich von ihnen nicht die Laune verderben zu lassen. Und sie hatte wirklich allen Grund zur Freude: Ihre seit Wochen praktizierte »Schlank im Schlaf für Berufstätige«-Diät hatte Erfolge gezeitigt, wie sie bei ihrem obligatorischen Montagswiegen um exakt 4.55 Uhr an diesem Morgen festgestellt hatte. Ihr angestrebtes Ziel von fünf Pfund Gewichtsverlust war in greifbare Nähe gerückt, deshalb würde sie bald losziehen, um sich mit neuer Garderobe fürs Frühjahr auszustatten. Das passende Wetter dazu würde bestimmt auch nicht mehr lange auf sich warten lassen, gestern hatte die Sonne stundenlang von einem blauen Himmel geschienen, und die Tage waren auch schon merklich länger geworden.

Zusätzlich aber beschwingte sie auch noch der Gedanke an den Neuzugang auf ihrer Station: Niemand anderes als Jean-Marie Caspers belegte dort seit dem Wochenende ein Einzelzimmer. Und Schwester Erika fand, dass Caspers das war, was der Eifeler landläufig »'ne staatse Kerl« nannte. Jeder, der was anderes behauptete, war bloß neidisch, dessen war sie sich sicher. Weder der ungewöhnliche Umstand, dass er allem Anschein nach mit einem Modellflugzeug kollidiert war, noch die Tatsache, dass er nicht mehr ganz taufrisch war (immerhin schon volle sechzig), hatten seiner attraktiven Erscheinung einen Abbruch getan. Erika zumindest gefiel er ausnehmend gut, obwohl – das musste sie sich leider eingestehen – sie mit ihren knapp vierundfünfzig Jahren nicht ganz in sein Beuteschema passte, nach all dem, was sie so gehört hatte. Aber die Leute redeten ja viel, wenn der Tag lang war, tröstete sich Erika und schlüpfte in ihre rot-weiß gepunkteten Gesundheitstreter. Sie überprüfte noch einmal den Sitz ihrer Frisur und das dezente Make-up im Spiegel ihres Spinds, bevor sie sich auf den Weg zu ihrer Station machte. Unterwegs bewunderte sie zufrieden ihre sichtbar erschlankte Silhouette im Sicherheitsglas der Treppenhaustür. Natürlich ließ sie den Aufzug links liegen, summend und leichtfüßig nahm sie die Treppenstufen zum dritten Stock.

Kurz darauf, nach der routinemäßigen Übergabe der Station von der Nachtwache an den Frühdienst, näherte sich Schwester Erika Zimmer 304 und damit dem Objekt ihrer Begierde. Sie klopfte sacht an und trat ein, im Zimmer war es stickig, still und dunkel. Sie ließ die Tür hinter sich offen, damit Licht vom Flur hereinfiel. Vorsichtig tastete sie sich in das nun schwach erleuchtete Zimmer vor und erkannte schemenhaft eine Gestalt unter der hellen Bettdecke. Sie berührte leicht die Decke über seinen Schienbeinen. »Guten Morgen, Herr Caspers! Zeit zum Aufwachen.«

Caspers regte sich nicht.

Milde lächelnd über den tiefen Schlaf ihres Patienten zog Erika mit Schwung die Vorhänge zurück und öffnete ein Fenster. »Da wollen wir mal ein bisschen frische Luft reinlassen, damit wir munter werden, nicht wahr Herr Caspers?«

Caspers gab keine Antwort.

Schwester Erika wandte sich vom Fenster ab und betätigte den Lichtschalter an der Wand. »Achtung, Herr Caspers, jetzt wird's richtig hell.«

Die Beleuchtung über seinem Bett flackerte zweimal kurz auf, bevor sie beim dritten Mal die Hälfte des Zimmers in bläulich-kaltes Licht tauchte. Er reagierte nicht, ihre Hand ruhte immer noch auf dem Lichtschalter. »Herr Caspers?« Ein merkwürdiges Prickeln breitete sich unter ihrer Kopfhaut, über die Arme bis in ihre Fingerspitzen aus. Zögerlich ließ Erika die Hand sinken. »Herr Caspers??«

Plötzlich dröhnte die Stille des Zimmers in ihren Ohren. Gegen die Dunkelheit hatte sie etwas tun können, genau wie gegen die verbrauchte Luft, aber die Stille erschien ihr mit einem Mal unbezwingbar. Stockend trat sie näher heran und beugte sich über ihn.

»Herr Caspers???«

Kurze Zeit später musste Schwester Erika zum ersten Mal an ihrem Arbeitsplatz selbst medizinisch betreut werden. Die Melodie des Liedes, welches sie durch diesen verheißungsvollen Morgen begleitet hatte, wollte ihr partout nicht mehr einfallen. Der Tod in all seinen Erscheinungsformen war ihr nicht fremd, dennoch ging ihr das sauber platzierte Einschussloch auf Jean-Marie Caspers Stirn nicht aus dem Sinn.

Markus

Dennis und Jimi waren immer schon die besten Freunde gewesen. Ihre Freundschaft hatte an ihrem ersten gemeinsamen Tag im Linkemer Waldorfkindergarten begonnen. Jimi kannte die anderen Kinder noch nicht und war mit verständlicher Zurückhaltung in diesen aufregenden neuen Lebensabschnitt gestartet. Dennis war ein halbes Jahr älter, fühlte sich quasi schon als alter Hase und hatte sich mit einer fast schon rührenden Anteilnahme um den gerade dreijährigen Jimi gekümmert. Er hatte ihn in die Geheimnisse dieser neuen Welt eingeweiht, ihm die besten Plätze im Garten und die leckersten Mahlzeiten im täglich wechselnden Menüplan des Kindergartens gezeigt. Jimis Abneigung gegen Rote Bete und seine Vorliebe für Milchreis stammten noch aus dieser Zeit und waren identisch mit Dennis' Geschmack.

Mein Gott – mehr als vierzehn Jahre musste das jetzt schon her sein, und die beiden hatten auch die anschließenden Etappen ihres Lebenswegs gemeinsam bewältigt: Treue Banknachbarn in der Grundschule, beide waren dann im Gymnasium in die gleiche Klasse gekommen, und vor rund einem Jahr hatten sie dann mit ein paar anderen Kumpels die Band gegründet – beste Freunde für immer.

Und dann sollte Dennis den Angriff auf Caspers gestartet haben? Und jetzt vielleicht sogar noch mehr?

Der Anruf von Bäcker, als ich allein beim Frühstück saß, hatte mir einen echten Schock versetzt. Caspers sei tot, hatte Bäcker mir kurz und schmerzlos mitgeteilt. »Er ist eben mit einem Einschussloch in der Stirn in seinem Krankenhauszimmer in Schleiden gefunden worden, die Mordkommission aus Aachen ist unterwegs.«

Ich kannte Bäcker schon lange und wusste daher, dass der Journalist beim ersten Kaffee des Tages den Scanner in seiner Küche einschaltete. So wie andere Leute zum Wachwerden WDR 2 oder *Radio Euskirchen* andrehten, so hörte Bäcker morgens eben den Polizeifunk ab. Viele interessante Geschichten hatte er so für sein Blatt schon aufgetan – und wenn es eigentlich auch verboten war, so wussten doch auch die Polizisten, dass es in jeder Lokalredaktion mindestens einen Reporter gab, der regelmäßig den Funk mithörte.

»Fahr zu diesem Dennis Trimborn, du kennst den doch«, hatte Bäcker gesagt. »Vielleicht redet er ja mit dir. Bevor die einen Haftbefehl für den Jungen haben und aus Aachen angerückt sind, hast du doch schon längst mit ihm gesprochen!«

Wie paralysiert hatte ich meinen Kaffee heruntergekippt und mir dabei den Gaumen verbrannt. Ich schrieb eine kurze Nachricht für Malu, die bereits mit Gandhi unterwegs war, zog mir schnell meine Jacke über und lief zum Auto, um die wenigen hundert Meter bis zum Haus der Trimborns im Neubaugebiet zurückzulegen. Von Jimi wusste ich, dass Dennis nicht in der Schule war: Bis zur restlosen Klärung der Vorkommnisse war er vom Unterricht suspendiert.

Als ich mich dem Bahnübergang näherte, senkten sich wieder einmal die Schranken. Ausgerechnet jetzt. Ich musste anhalten, fluchte innerlich und trommelte mit meinen Fingern nervös auf dem Lenkrad herum. Ich fing zu grübeln an – das konnte doch alles gar nicht wahr sein: Schlimm genug, dass der kleine Dennis, der in den vergangenen Jahren bei uns ein und aus gegangen war, als Verdächtiger in einem schweren Fall von Körperverletzung galt – jetzt sollte er auch noch auf Caspers geschossen haben? Ihm eine Pistole an die Stirn gehalten und abgedrückt haben? Nie und nimmer! Ich konnte und wollte mir das beim besten Willen nicht vorstellen.

Gleichzeitig hatte ich aber ein ungutes Gefühl im Magen. Konnte ich wirklich so sicher sein? Was wusste ich von Dennis und der rasanten Entwicklung, die das Leben eines Teenagers nun mal nahm? Aus Jimi und Dennis waren zwei junge Männer geworden, die ihren Eltern schon lange nicht mehr jedes Detail ihres Lebens zugänglich machten. War es wirklich möglich, dass Dennis seinen vermeintlichen Nebenbuhler erschossen hatte?

Der Zug in Richtung Köln hatte endlich das Signal zur Abfahrt erhalten und setzte sich langsam in Bewegung. Langsam, viel zu langsam, öffneten sich danach die Schranken, ich gab Gas und fuhr durch die Bahnhofstraße und dann bergauf in Richtung Legoland, wie das Neubaugebiet aufgrund seiner vielfältigen, wenn auch stets etwas steril wirkenden Bebauung von den Einheimischen genannt wurde. Ich parkte in der Einfahrt des Trimborn'schen Einfamilienhauses. Obwohl der Bau bereits seit fünfzehn oder zwanzig Jahren bewohnt war, machte er immer noch einen unfertigen Eindruck. Der Vorgarten sah verwildert aus, eine aus Beton gegossene Treppe führte zur Eingangstür. Ursprünglich sollte sie wohl mal gefliest werden, doch dazu war es nie gekommen.

Ich klingelte mit einem flauen Gefühl in der Magengegend. Was sollte ich sagen? Konnte ich Dennis einfach so fragen, ob er Caspers umgebracht hatte? Was würde er sagen? War ich überhaupt auf die Konsequenzen meines Besuchs vorbereitet?

Durch die milchige Scheibe der Haustür konnte ich eine Bewegung im Flur wahrnehmen. Als die Tür dennoch nicht geöffnet wurde, klingelte ich erneut. Der Schemen setzte sich wieder in Bewegung und kam langsam auf die Tür zu. Vorsichtig wurde die Haustür geöffnet und mein Blick fiel auf eine junge, hübsche Frau mit langen, braunen Haaren. Sie trug ein kariertes Flanellhemd, das sie vor ihrer Brust zusammenraffte.

»Ja bitte?«, fragte sie schüchtern.

»Guten Morgen, mein Namen ist Poschen. Ich muss mit Dennis sprechen. Ist er da? Es ist sehr wichtig.«

»Dennis schläft noch. Ich kann Sie nicht reinlassen, ich bin selber nur Gast hier, tut mir leid ...«

»Hören Sie!« Ich war lauter geworden, als ich wollte.

Erschrocken sah mich das scheue Reh mit großen Augen an.

»Hören Sie, es ist wirklich sehr wichtig. Ich bin Jimis Vater. Kennen Sie Jimi?«

Als Antwort kam ein vorsichtiges Kopfnicken. »Sie sind der Schriftsteller?«

»Ja. Bitte lassen Sie mich zu Dennis. Es ist wirklich wichtig, und ich denke, bald wird auch die Polizei hier sein.«

Als die junge Frau vor mir durch den Flur ging, konnte ich sehen, dass sie nicht viel mehr als Dennis' Hemd trug. Sie bat mich, in der Küche zu warten und verschwand dann in Dennis' Zimmer.

Keine zwei Minuten später kam Dennis zu mir in die Küche geschlurft. Er trug eine verwaschene Pyjama-Hose und darüber ein T-Shirt mit der Aufschrift *Alles Schlampen außer Mutti.*

»Markus, was machst du denn hier?« Er gähnte ausgiebig und fuhr sich mit der Hand durch seine verstrubbelten Haare. »Is was passiert? Is was mit Jimi?«

Ich teilte ihm mit, dass Caspers am Morgen tot in seinem Bett im Krankenhaus gefunden worden war. Das Einschussloch erwähnte ich nicht.

Die Nachricht versetzte Dennis einen sichtbaren Schock. Er wurde auf einen Schlag kreidebleich, schwankte leicht, hielt sich am Küchentisch fest und ließ sich dann auf einen Stuhl fallen. Er starrte vor sich hin und begann dann, den Kopf zu schütteln. »Das wollte ich nicht«, sagte er, mehr zu sich selbst, »das wollte ich wirklich nicht.«

»Dennis, was hast du getan?« Ich musste ihn am Oberarm packen und meine Frage wiederholen, bevor er reagierte.

»Ich wollte das nicht«, wiederholte er. »Das war doch ein Unfall. Ich wollte ihm nur Angst einjagen.«

Jetzt war ich geschockt. Dennis hatte Caspers eine Pistole an den Kopf gehalten, um ihm Angst zu machen? »Du hast ihn umgebracht?« sagte ich fassungslos.

»Nein, es war ein Unfall, wirklich!« Dennis löste sich aus meinem Griff. »Ich wollte ihn nicht töten, glaub mir, Markus! Es war ein Unfall«, beteuerte er. »Ich hatte ihn aus den Augen verloren, und dann kam er plötzlich wieder hoch. Ich konnte gar nicht mehr ausweichen, es war wirklich ein Unfall.«

Dennis schaute mich eindringlich an, als er das sagte. Dann sah ich, wie sich seine Augen mit Tränen füllten. Er wandte seinen Blick ab, hielt sich die Hände vors Gesicht und begann jämmerlich zu schluchzen.

Mittlerweile war das Mädchen zu uns in die Küche gekommen. Sie war jetzt angezogen, hatte sich neben Dennis auf die Eckbank gesetzt und einen Arm um ihn gelegt. Mit fragendem Blick sah sie mich an.

Langsam dämmerte mir, dass wir hier über ganz unterschiedliche Dinge redeten. »Caspers ist erschossen worden. Heute Nacht im Krankenhaus. Hast du was damit zu tun?«

Dennis hielt inne, kam mit dem Kopf hoch und fragte dann: »Erschossen?« Der Rotz lief ihm aus der Nase. Das Mädchen hatte bereits ein Papiertaschentuch gezückt, das sie Dennis reichte. Er schneuzte sich und wiederholte ungläubig seine Frage.

»Ja. Man hat ihn heute Morgen mit einem Loch in der Stirn gefunden.«

»Erschossen, gibt's ja nicht! Und ich dachte jetzt schon, ich hätte ihn auf dem Gewissen …« Dennis Gesichtszüge hatten sich aufgehellt.

»Kann mir vielleicht mal jemand sagen, was hier eigentlich los ist?«, schaltete sich das Mädchen in unsere Unterhaltung ein. »Ich versteh nämlich gerade nur Bahnhof.«

Gemeinsam erklärten wir Celina, so hieß die junge Dame, die ganz offensichtlich die Nacht mit Dennis verbracht hatte, was los war. Nachdem Dennis nicht mehr glauben musste, Caspers sei an den Folgen seines Angriffs gestorben, sprudelte es nur so aus ihm heraus: Tatsächlich hatte er Caspers am Sonntag vor einer Woche mit einem Modellflugzeug attackiert. Dafür hatte er einen Gnumpf, den sein Vater bei seinem Auszug zusammen mit jeder Menge anderem Krempel in der Garage zwischengelagert hatte, mit einer kleinen Videokamera und einem Sender ausgestattet. Die Bilder aus der Pilotenperspektive wurden über Funk direkt auf den in eine Spezialbrille integrierten Mini-Bildschirm übertragen. So konnte man sich tatsächlich als Pilot fühlen und das Flugzeug auch ohne direkten Sichtkontakt steuern.

»Ich hatte mich hinter einer Feldscheune versteckt. Von Sabrina wusste ich, dass Caspers am Wochenende da jeden Morgen vorbeijoggte«, erklärte Dennis. Als Caspers sich näherte, hatte er den Angriff auf ihn geflogen. »Ich wollte ihn echt nur erschrecken. Ich war sauer auf ihn, weil er mir Sabrina ausgespannt hatte«, sagte Dennis. »Ich wollte ihn wie einen Hasen über den Acker jagen. Wie in diesem alten Thriller.«

Celina sah verständnislos in meine Richtung.

»*Der unsichtbare Dritte* von Alfred Hitchcock«, erklärte ich. »Originaltitel *North by northwest*.«

Celina winkte ab. »Kenn ich nicht. Muss vor meiner Zeit gewesen sein.«

»Jedenfalls wollte ich ihn nicht treffen, das war ein Unfall«, bekräftigte Dennis.

Als Caspers auf dem Acker gestürzt war, hatte Dennis ihn zwischenzeitlich aus dem Sichtfeld verloren. Wie aus dem Nichts war er plötzlich aber wieder vor der Kamera und damit vor dem Flugzeug aufgetaucht, als er sich von seinem Sturz aufgerappelt hatte und wieder aufrichten wollte. »Ich hatte keine Chance mehr auszuweichen«, erklärte Dennis. Der Zusammenstoß war unvermeidlich gewesen. Er berichtete, wie er zu dem in rund fünfzig Meter Entfernung zur Scheune liegenden Caspers geeilt war.

»Als ich den da liegen sah, hab ich Panik bekommen. Das ganze Blut. Ich hab die Flugzeugtrümmer zusammengerafft und hab alles zum Auto gebracht«, erzählte Dennis. »Als ich dann noch mal zu ihm zurück wollte, hab ich dich kommen sehen und bin abgehauen.«

Ich nickte. »An der Scheune hab ich ja auch den Propeller gefunden, den hast du da in der Hektik wohl verloren«, sagte ich. »Und was war heute Nacht?«

»Ey, damit hab ich nix zu tun. Ich war hier! Celina kann das bezeugen! Wir haben fast kein Auge zugemacht.«

»Ja, das stimmt. Weil Dennis sturmfrei hatte, sind wir gestern Abend zu ihm.«

Ich war erleichtert, dass Dennis nichts mit dem Mord an Caspers zu tun hatte. »Hör mal: Die Polizei wird hier bald auftauchen, schließlich gehörst du immer noch zu den Verdächtigen. Ich denke, dass es besser ist, wenn du selbst zur Wache nach Schleiden fährst und reinen Tisch machst«, überlegte ich. »Wo ist eigentlich deine Mutter?«

Ich erfuhr, dass Dagmar Trimborn bei einer Freundin übernachtet hatte. Sie hatten als Friseurinnen beide montags frei und waren gemeinsam im Kino gewesen.

»Okay. Ich rufe sie an und sage ihr, dass du auf dem Weg zur Polizei bist. Dann kann sie gleich deinen Anwalt informieren.«

Während Celina und Dennis sich Schuhe und Jacken anzogen, fragte ich ganz beiläufig, woher er eigentlich Kathinka Caspers kannte. Dennis schaute mich überrascht an. Dann gab er eine Antwort, die wiederum mich sehr überraschte.

Malu

Camparis sind rot –
musste zum Tennis!

Ratlos besah ich mir den Zettel mit Markus' rätselhafter Notiz. Diese nachlässige Sauklaue! Das ergab doch gar keinen Sinn! Und überhaupt: Gerade eben hatte er noch tief und fest pofend im Bett gelegen – und jetzt war er verschwunden. Dabei war ich doch höchstens eine Stunde mit Gandhi laufen gewesen – und zwar allein, weil Markus mir schon gestern Abend mit Leidensmiene von seinen angeblichen Fußschmerzen berichtet hatte. Wahrscheinlich, so seine Vermutung, hatte er sich beim Sturz über die Teppichkante irgendwie den Fuß verletzt.

Meiner Ansicht nach war das jetzt hier nur eine billige Retourkutsche für meine gestrige Abwesenheit. Ich hatte ihm auch nur einen Zettel mit spärlichen Angaben hinterlassen, aber meine Schrift konnte wenigstens jeder auch nicht Hieroglyphenkundige lesen. Ich zerknüllte den Wisch und schnippte ihn ins Altpapier.

Markus nicht in der Nähe zu wissen, war eigentlich gar nicht so schlecht, denn dann konnte er mich nicht von der Arbeit abhalten. Ich sprang schnell unter die Dusche und fuhr danach sofort den Rechner hoch. Eigentlich wollte ich mein vor sich hindümpelndes Kapitel beenden, geriet aber stattdessen aus Versehen ins Internet. Rein interessehalber gab ich den Namen Carl-Gustav Caspers bei Google ein und landete 1.610.000 Treffer in 0,12 Sekunden. Ich war überrascht: Der Kerl hatte einen eigenen Wikipedia-Eintrag. Während ich seine Biographie überflog, löffelte ich Joghurt in mich rein und dachte gleichzeitig wieder an die merkwürdige Tatsache, dass Kathinka Dennis' Handynummer besaß. Wie konnte das bloß sein? Neben ein paar absurden und einigen harmlosen bis langweiligen Erklärungen fiel mir nichts anderes ein, als dass die beiden sich wohl näher kennen mussten. Sehr viel näher vielleicht. Aber wie nah genau?

Gestern Abend, Markus und ich lagen im Bett und starrten die Zimmerdecke an, hatte ich mich in den wildesten Spekulationen ergangen. Ich wusste nicht, was Markus dort oben gesehen hatte, für mich jedenfalls wurde die Decke zur Leinwand, auf der ich meinen eigenen Kathinka-und-Dennis-Film in Szene setzte. Heraus kam dabei irgendwas zwischen Softporno und Reifeprüfung. Markus konnte oder wollte gar nicht richtig mitreden, weil er müde war und sein Fuß weh tat.

Außerdem kannte er Kathinka nicht.

Ich hatte gerade überlegt, ob der maulfaule Jimi vielleicht über Insiderwissen verfügte, als ich leise Schnarchgeräusche neben mir vernahm. Unsanft rammte ich Markus meinen Ellbogen in die Seite: »Eine Frau ist fast halb so alt wie ihr Vater, aber fast doppelt so alt wie ihr Sohn. Wie alt ist dann der Nachbar aus Uganda, und wer wohnt im gelben Haus?« Markus blinzelte irritiert und wischte sich einen Spuckefaden aus dem Mundwinkel: »Was denn für ein Nachbar?«

»Du hörst mir gar nicht zu«, maulte ich. »Ich will doch nur wissen, ob du dir vorstellen kannst, dass Dennis was mit einer Frau hat, die theoretisch seine Mutter sein könnte, die wiederum mit einem Mann verheiratet ist, der ihr Vater und sein Opa sein könnte. Und sein Lehrer ist!«

»Ja.«

»Ja?«

»Ja, warum denn nicht? Erst recht, wenn der Opa«, hier malte er Gänsefüßchen in die Luft, »auch noch scharf ist auf die Freundin seines Enkels«, schon wieder alberne Gänsefüßchen, »um in der Bildsprache deiner kleinen, kranken Phantasien zu bleiben.« Ganz ohne Gänsefüßchen. Daraufhin hatte er sich ohne weitere Erklärung von mir weggedreht und war nahezu umgehend in Tiefschlaf gefallen – oder tat zumindest so, keine Ahnung.

Tatsächlich hatte ich selbst mal mit vierzehn für einen fast dreißigjährigen Sportlehrer geschwärmt und mit zwanzig war ich kurz, aber heftig mit einem gerade Sechzehnjährigen liiert gewesen, der aber viel älter ausgesehen hatte. Darin erschöpfte sich aber auch schon meine Erfahrung hinsichtlich altersmäßiger Extreme in Liebesangelegenheiten. Aber wenn Dennis seinen Lehrer wirklich mit einem Flugzeug attackiert hatte (wovon ich mehr denn je ausging, da konnte Dagmar ihr Söhnchen noch so sehr in Schutz nehmen), dann hatte dieser womöglich noch ein ganz anderes Motiv als Sabrina gehabt. Und Kathinka spielte nur die treusorgende Ehefrau und deckte in Wirklichkeit ihren heißblütigen Toyboy!

Höchst zufrieden mit mir und meiner Kombinationsgabe, fühlte ich mich inspiriert zur Vollendung meines Kapitels.

Unbestimmte Zeit später – ich hatte gerade eine höchst kniffflige, weil unvorhergesehene Wendung (so unvorhergesehen, dass selbst Markus überrascht sein würde) in unseren *Mord am Fjord*-Plot eingebaut, kam Markus nach Hause. Anstelle einer Begrüßung platzte er gleich mit einem Seufzer der Erleichterung heraus: »Er war's nicht!«, und fügte gleich anschließend nachdenklich hinzu: »Aber irgendwie doch.«

»Mhm?«, gab ich von mir, noch völlig vertieft in meine Arbeit.

»Na, Dennis, der kann's nicht gewesen sein. Der hat nämlich ein Alibi ... und zwar eins mit langen Haaren und Beinen.«

»Iiih, ist ja eklig!«, sagte ich und dachte dabei an meine ausgeprägte Vogelspinnen-Phobie.

Markus sah mich schräg von der Seite an.

»Was denn?«, fragte ich.

Da ging auch schon die Tirade los. »Typisch Malu – du hast meine Nachricht gar nicht gelesen! Wahrscheinlich ist dir noch nicht mal aufgefallen, dass ich weg war!«

Das konnte ich aber jetzt nicht auf mir sitzen lassen. Es entbrannte ein mittelschweres Wortgefecht, in dessen Verlauf ich kurzzeitig die Befürchtung hatte, es könnte zu einer mir verhassten Beziehungsgrundsatz-Diskussion ausarten, wofür es mir aber doch nach fast zwanzig gemeinsamen Jahren ein bisschen spät zu sein schien. Zum Glück beendete Markus sein Lamento jedoch ziemlich unvermittelt mit der knappen Aussage: »Jedenfalls ist Caspers jetzt tot.«

»Wie bitte?«

Schweigen. Markus sah mich an, und sagte erst mal nichts mehr. Und da begriff ich, was es mit dem ominösen Zettel auf sich hatte. Camparis sind rot – Caspers ist tot. Tennis – Dennis. Da musste man erst mal drauf kommen! Markus hatte wirklich eine schreckliche Sauklaue. Caspers war tot. Ich lehnte mich zurück und fasste mir an den Kopf.

Während ich diese Neuigkeit erst mal verdauen musste, schilderte Markus mir die Ereignisse des frühen Morgens in Kurzform. Den Anruf von Bäcker, den Besuch bei Trimborns. Ich hatte zwar immer schon ein tiefes Misstrauen gegenüber Krankenhäusern gehegt, aber dass Caspers dort nun anscheinend eines gewaltsamen Todes gestorben sein sollte, erschien mir doch sehr bedenklich. Warum sollte jemand die Gunst der Stunde genutzt haben, um den rekonvaleszenten Caspers in seinem Krankenbett zu erschießen? Und vor allem – wer machte so was? Und warum? Dennis war wohl allem Anschein nach und dank seiner neuesten Errungenschaft aus dem Schneider.

Obwohl er, genau genommen, eine gewisse Mitschuld an Caspers Tod trug, denn schließlich hatte er doch seinen Krankenhausaufenthalt erst verursacht. Und seine Tat dann auch noch eine ganze Woche lang geleugnet! Als ich meine Gedanken äußerte, winkte Markus ab: »Geschenkt Malu. Den Caspers hätte man auch sonst wo umbringen können – und Dennis tat es leid, wirklich, das war ein Unfall mit dem Flugzeug.«

»Ach, auf einmal?! Und wenn der Caspers noch putzmunter wäre, dann wäre Dennis heute Morgen auch reumütig zur Polizei und hätte den Gnumpf-Scheiß zugegeben, oder wie?«

»Na, das dann wohl eher doch nicht«, räumte Markus kleinlaut ein, bevor er umso forscher und mit erhobenem Zeigefinger fortfuhr: »Aber du solltest lieber mal überlegen, welche Rolle deine Mrs Robinson bei all dem spielt!«

»Wie jetzt? Wieso denn *meine* Mrs Robinson? Ich dachte, Dennis hat dir gesagt, dass er eifersüchtig war wegen Caspers und Sabrina?«

»Ja schon«, sagte Markus, verschränkte die Arme vor der Brust und schaute mich triumphierend an, »aber er hat auch gesagt, dass Kathinka ihn zum Einbruch und Diebstahl auf Gut Genfbach angestiftet hat.«

Spohr und Leininger hatten ihre schwierige Aufgabe im Rahmen ihrer Möglichkeiten hinter sich gebracht. Kathinka Caspers hatte gefasst reagiert, beinahe schon beängstigend gefasst, wie Spohr und Leininger sich auf dem Weg zum Wagen einig waren. Doch wer konnte schon in einen Menschen hineinsehen? Auch darin waren die beiden übereingekommen.

Kathinka Caspers, Mutter von drei kleinen Kindern und plötzlich Witwe eines ermordeten Ehemannes, hatte ihnen aufmerksam zugehört, einige Fragen gestellt und dann darum gebeten, allein sein zu dürfen. Das war keine ungewöhnliche Reaktion in einer solchen Ausnahmesituation, so was kam vor, wie die Beamten aus jahrelanger Erfahrung wussten.

Was sie nicht wussten, war, dass Kathinka Caspers in jenem Moment eine wachsende Unsicherheit in sich verspürt hatte, so als bewege sie sich auf dünnem Eis. Einige irritierende Augenblicke lang hatte sie das Gefühl, als Schauspielerin auf einer Bühne zu stehen und ihren Text vergessen zu haben, schlimmer noch, weder das Stück zu kennen noch dessen Sinn und Zweck begriffen zu haben.

Kathinka sah den beiden Beamten durch das kleine Fenster nach, lehnte sich dann mit dem Rücken gegen die Tür und ließ sich zu Boden gleiten. Sie verschränkte fest die Hände ineinander, streckte ihre Zeigefinger und rieb damit über ihre Stirn. Erst jetzt, am Boden sitzend mit der Tür im Rücken und ohne die mitfühlenden Blicke der Beamten, deren Leben keine unvorhergesehene Wendung erfahren hatte, verging der Eindruck des Schauspielens.

Sie dachte an den Abend vor zehn Tagen, als der Junge an eben diese Tür gehämmert und Sturm geläutet hatte.

Ihr Mann war natürlich nicht zu Hause gewesen. Nach einem längeren Telefonat mit Janosch Mandelbaum, bei dem Jean-Maries Stimme mal überlegen und selbstsicher, dann wieder leise gepresst geklungen hatte, hatte er noch einen politischen Termin wahrnehmen müssen. In den Kinderzimmern war erst kurz vorher Ruhe eingekehrt. Verärgert über diese rücksichtslose Störung hatte sie die Tür aufgerissen. Er hatte im Halbdunkel gestanden, hemdsärmelig und schlotternd vor Kälte und Wut. Ununterbrochen erging er sich in Schimpfkanonaden und Hasstiraden gegen Jean-Marie, und obwohl sie ihn vorher nie gesehen hatte, war ihr sofort klar, wer er war. Da sie den Unmut der Nachbarn befürchtete, ergriff sie wortlos sein Handgelenk, zog ihn energisch ins Haus und legte stumm den Zeigefinger an ihre Lippen. Verdutzt hatte er ihrer Geste Folge geleistet.

Später, als er am Küchentisch saß und sie ihm heiße Schokolade und gebutterten Rosinenstuten bereitete, war es wieder nur so aus ihm hervorgesprudelt. Seine unbeholfene Wut und Eifersucht hatten Kathinka gerührt und er – impulsiv und aufbrausend – hatte sich tatsächlich von Kakao und Stuten beruhigen lassen.

Für ihre beschwichtigenden Argumente zeigte er sich jedoch nicht zugänglich, im Gegenteil: Er versuchte, sie auf seine Seite zu ziehen, wollte in ihr Zweifel säen und sie gegen Jean-Marie aufstacheln. Kathinka sträubte sich. Ihr Mann hatte sicherlich eine ganze Menge seiner knapp bemessenen Zeit in seine Schülerin Sabrina Schneider investiert. Sie hatte ihn um Rat bei der Erstellung ihrer Bewerbungsmappe für die Alanus-Hochschule gebeten, und da er sie für äußerst begabt hielt, hatte er ihr gerne geholfen. Natürlich hatte Kathinka um die Gerüchte gewusst, die dieses Engagement ausgelöst hatte und die seinen politischen

Gegnern im Schulstreit sicher nicht ungelegen gekommen waren. Normalerweise hätte Kathinka hinsichtlich der Integrität ihres Mannes nicht die Hand ins Feuer gelegt, doch in diesem Fall stand für sie fest, dass ihm der Erfolg des Schulprojekts viel zu wichtig war, als dass er es für eine flüchtige Affäre mit einer Schülerin aufs Spiel gesetzt hätte. Alles sah nach einer Rufmordkampagne aus, nur Sabrinas ehemaliger Freund hatte sich offensichtlich in etwas verrannt und suchte einen Sündenbock für seine gekränkte, männliche Eitelkeit.

Kathinka hatte seinen Kummer über die zerbrochene Beziehung zwar nachvollziehen können, aber gleichzeitig bezweifelt, dass er schon bereit war, seine bornierte Sicht auf die Dinge zu überdenken. Stattdessen hatte während des Gesprächs mit dem Jungen eine plötzliche Idee in ihr Gestalt angenommen. Es war, als wären in ihr seine Gefühle der Enttäuschung und des Betrugs auf Resonanz gestoßen. Sie würde ihm zwar nicht helfen können, er ihr aber dafür umso mehr. Es war nicht nett von ihr, die Situation des Jungen auf diese Art auszunutzen, ihm falsche Versprechungen zu machen und unerfüllbare Erwartungen zu wecken.

Noch ein anderes Gefühl hatte sie mit dem Jungen gemein: Machtlosigkeit. Sie wollte dieses Gefühl abschütteln und handeln. Das Handeln um jeden Preis kam ihr jetzt albern und kindisch vor. Genau wie der Junge später war sie unüberlegt vorgegangen, nur um ein Stück Stärke und Überlegenheit zurückzuerlangen.

An jenem Abend, dem Vorabend der Flugzeugattacke, mit dem fremden Jungen am Esstisch ihrer Familie hatte sie keinerlei Skrupel verspürt. Jetzt schämte sie sich. Sämtliche Missstimmungen zwischen Jean-Marie und ihr würden nun für immer unausgesprochen und ungeklärt bleiben.

Es lag in Kathinkas Natur, dass sie genau um die Unabänderlichkeit jeglicher Vergangenheit wusste. Ebenso lag es in ihrer Natur, einen Fehler nicht zweimal zu begehen. Sie dachte an ihre Zukunft. Sie war zu jung und trug zu viel Verantwortung, um sich ihrer Zukunft berauben zu lassen. Schon gar nicht von jemandem wie Janosch Mandelbaum.

Als sie in diesem Moment das Klingeln des Telefons aus ihren Gedanken riss, befürchtete sie zunächst, es könnte Mandelbaum sein, der ihr sein geheucheltes Beileid aussprechen wollte. Erst wollte sie nicht abheben. Dann fiel ihr ein, dass es die Schule oder der Kindergarten sein könnte und sie eines der Kinder vielleicht wegen Fieber vorzeitig abholen musste. Die Kleine hatte am Morgen über Halsschmerzen geklagt. Sollte sie die Kinder nicht überhaupt angesichts der Umstände nach Hause holen?

Sie meldete sich und stellte fest, dass es jemand war, mit dem sie noch nie telefoniert hatte. Kathinka Caspers wusste selbst nicht warum, aber irgendwie vermittelte ihr der Klang dieser Stimme so etwas wie Trost und trotzige Zuversicht.

Malu

Natürlich hatte Markus das Platzenlassen seiner Bombe in vollen Zügen ausgekostet. Gut Genfbach war uns beiden ein Begriff, weil wir Janosch Mandelbaum vor einigen Jahren eine umfangreiche Sammlung von Kunstbüchern und Folianten verkauft und auch dorthin angeliefert hatten – ganz ohne Aufpreis selbstverständlich. Dennis hatte nun also ein Bild von Gut Genfbach mitgehen lassen sollen und das auch noch in Kathinkas Auftrag. Das wurde ja immer besser. Und das Allerbeste: Diese Info hatten wir – zumindest zu diesem Zeitpunkt – den Beamten Spohr und Leininger ganz bestimmt voraus! Denn Markus hatte Dennis eingeschärft, dieses prekäre Detail bei seinem Flugzeug-Geständnis bei der Polizei besser unerwähnt zu lassen.

»Was denn eigentlich für ein Bild?«, fragte ich leicht verwirrt und konsterniert von den Abgründen, die sich da vor mir auftaten.

Markus zuckte mit den Schultern: »Keine Ahnung. Irgend so ein Schinken eben. Kathinka hatte Dennis eine Reproduktion des Bildes im Postkartenformat gegeben, damit er nur ja nicht das Falsche klaut … Irgendwas mit blauen Blumen, glaub ich.«

»Was?!«, ruckartig hatte ich mich von meinem Schreibtisch erhoben und trat dicht vor Markus hin, »was für blaue Blumen?«

Markus war sichtlich erschrocken über meine heftige Reaktion einen Schritt zurückgewichen: »Weiß ich doch nicht, Malu. Bin ich Botaniker?«

Ich machte auf dem Absatz kehrt, verließ eilig mein Arbeitszimmer und wäre im Flur um ein Haar über Trollbekka gestolpert. Die Katze kauerte – vollkommen untypisch – mitten auf dem Läufer und hatte uns allem Anschein nach belauscht. Ich machte einen etwas ungelenken Satz über sie hinweg, wobei ihre langen Schurrbarthaare bebten, und schnappte mir meine Schlüssel vom Dielenschrank.

»Was ist denn los, Malu?«, rief Markus hinter mir her, kurz bevor ich aus der Haustür stürzte. »Dennis ist gar nicht bei Mandelbaum eingebrochen. Er hatte Muffensausen!«

Ja, das war mir klar. Dennis, dem liebestollen Jüngling und grobmotorischen Bruchpiloten traute ich ganz sicher keinen Kunstdiebstahl zu. Aber ...

Als ich wenige Minuten später aus dem Antiquariat zurückkehrte, saß Markus mit Croissants und Tageszeitung am Esstisch. Kommentarlos legte ich Kathinka Caspers' Dankeskarte vor ihn auf den Eifelteil der Zeitung. Überrascht musterte er erst das Motiv und dann mich. An seinen leicht zusammengekniffen Augen erkannte ich, dass er das Bild heute nicht zum ersten Mal sah.

»Blaue Blumen vor Stolzenfels«, sagte ich nur, »gemalt von Carl-Gustav Caspers.«

Markus

Zur bildenden Kunst hatte ich immer schon ein eher zwiespältiges Verhältnis gehabt. Getreu dem Grundsatz »Kunst kommt von Können« konnte ich zwar die Werke der »Alten Meister« im Museum bewundern, nicht jedoch das abstrakte Gekleckse von selbsternannten Koryphäen der modernen Kunst, die für mich vielfach nicht mehr als untalentierte Pinselquäler waren.

Während meiner eigenen Schulzeit hatte ich genau zwei Werke erschaffen, auf die ich stolz gewesen war: Neben einer modernen Version des Zyklopen aus den Irrfahrten des Odysseus, den ich mit einem royalblauen T-Shirt bekleidet und einem Tattoo auf dem muskulösen Oberarm dargestellt hatte, war dies eine Bleistift-Skizze zu dem Miró-Werk *Personen in der Nacht*. Beide Arbeiten waren von den verantwortlichen Kunstpädagogen weit unter ihrem tatsächlichen Wert benotet worden. Für den Zyklop bekam ich nur eine drei, weil mir »Kunst-Schmitt« ganz offenbar die frühreife Darstellung einer barbusigen Schönheit auf dem Oberarm der Sagengestalt in der siebten Klasse nicht durchgehen lassen wollte. Die Miró-Skizze blieb sogar gänzlich unbenotet, da ich sie auf der Rückseite eines Arbeitsblattes aus dem Englisch-Unterricht ausgeführt hatte, sie aber am Ende der Stunde nicht abgeben konnte, weil ich das Blatt noch für meine Hausaufgaben benötigte. Während der Verbleib des Wachsmalstift-Zyklops ungeklärt war, hing die Bleistift-Zeichnung immer noch an der Pinnwand in meinem Arbeitszimmer.

Dass die Eifel über eine rege Kunstszene verfügte, war mir zwar nicht komplett verborgen geblieben, interessierte mich aber eher weniger. Zumal die Blütezeit der Eifelmaler auch schon mehr als hundert Jahre zurücklag, wie Malu mir kurz dargelegt hatte. Viel wichtiger war doch die Frage, wer den Enkel des berühmten Malers, der ja noch zu Kaisers' Zeiten gewirkt hatte, mit einem Pistolenschuss ins Jenseits befördert hatte. Wer hatte einen Vorteil vom Tod des Kunstlehrers, Malers und Lokalpolitikers? Des Ehemanns und Nebenbuhlers?

Dennis schied aus, so viel war klar. Zwar würde er sich wahrscheinlich wegen gefährlicher Körperverletzung vor Gericht verantworten müssen. Eine Tötungsabsicht würde man ihm aber nur schwerlich nachweisen können. Und für den Mord hatte er ein Alibi.

Ich hatte Dennis heute noch einmal angerufen, um ihn zu fragen, wie es bei der Polizei gelaufen war. Im Großen und Ganzen war er erleichtert, dass er reinen Tisch gemacht hatte und jetzt nicht auch noch als Verdächtiger in einem Mordfall galt. »Die Bullen waren natürlich sauer, dass ich erst jetzt damit angekommen bin, und haben was von ›Behinderung der Ermittlungen‹ gesagt«, hatte Dennis mir berichtet. Sein Anwalt sei aber zuversichtlich, dass es für ihn glimpflich ausgehen werde. Warum er für Kathinka das Bild aus Mandelbaums Atelier stehlen sollte, konnte er mir nicht so genau darlegen. »Sie wollte es eben haben.«

Malu hatte sich von dieser entscheidenden Wendung im Fall des gemeuchelten Lokalpolitikers wenig beeindruckt gezeigt. Dass Dennis, den sie natürlich durch seine enge Freundschaft zu Jimi genauso gut kannte wie ich, zumindest was den feigen Mordanschlag im Krankenhaus betraf, unschuldig war, hatte sie mit einem beinahe beiläufigen Schulterzucken abgetan. »Dass er den Luftangriff auf Caspers geflogen hat, macht es nicht besser«, hatte sie nur gesagt, bevor sie sich wieder in ihr Arbeitszimmer zurückgezogen hatte.

Während ich Kartoffeln fürs Abendessen schälte, dachte ich weiter über die Frage nach, wer als Täter in Frage kam. Wer hatte ein Motiv? Wer hatte eine Gelegenheit? Und warum färbte sich das Wasser im Kochtopf auf einmal blassrot? Ich blickte auf meine rechte Hand und musste feststellen, dass ich mir beim Halbieren einer Kartoffel mit dem extrascharfen Kartoffelmesser in den Daumen geschnitten hatte. Autsch! Jetzt fing es auch noch an, weh zu tun.

Ich rief nach Malu, die wollte oder konnte mich aber nicht hören, weshalb ich mir im Bad selbst ein Pflaster suchen musste. Danach wechselte ich das Kartoffelwasser und entschied mich, die übrigen Kartoffeln mit Schale zu kochen.

Ich setzte mich an den Esstisch, wo immer noch die Postkarte mit dem alten Caspers-Schinken lag, die Kathinka mir geschenkt hatte.

Zwar hatte ich Kathinka persönlich noch nicht kennengelernt. Doch als Ehefrau schien sie mir prädestiniert für einen Gattenmord. Und überhaupt: Warum beauftragte sie Dennis, einen Kunstdiebstahl zu begehen? Das war doch mehr als verdächtig. Vielleicht war ja auch an Malus These was dran, und sie hatte was mit Dennis. Das Bild sollte vielleicht der Grundstein für ein sorgenfreies Leben des ungleichen Paares sein. Aber waren die beiden überhaupt ein Paar? Die junge Dame, die ich am Morgen kennen gelernt hatte, sprach jedenfalls gegen diese Vermutung. »Aber ganz sauber ist die Caspers jedenfalls nicht«, brabbelte ich vor mich her.

»Sag mal, Markus: Tickst du eigentlich noch ganz sauber?«

Ohne, dass ich es bemerkt hatte, war Malu in die Küche gegangen, um die Flamme unter dem sprudelndem Kochtopf kleiner zu drehen. »Hier sind ja geschälte und ungeschälte Kartoffeln drin«, stellte sie mit einem Kopfschütteln und angewidertem Blick fest.

»Jimi mag doch so gern Salzkartoffeln, und für dich wollte ich lieber Pellkartoffeln machen. Außerdem hab ich mich verletzt. Hier!« Ich reckte ihr meinen mit einem dicken Pflaster versehenen Daumen entgegen.

Malu schaute gar nicht richtig hin. Sie hatte begonnen, mit einem Schaumlöffel die geschälten Kartoffeln aus dem Topf zu fischen, um sie im Biomüll zu entsorgen. Bei einem flüchtigen Blick in die Küche stellte ich fest, dass die Kartoffelspalten ihre Farbe von einem appetitlichen Goldgelb in ein schmutziges Matschbraun geändert hatten.

Ich beschloss, das Thema zu wechseln. »Hast du schon kondoliert, Malu?«

»Wie bitte?«

»Na, hast du deiner Freundin Kathinka schon dein Beileid ausgesprochen?«

»Warum sollte ich? Und außerdem: Wieso Freundin?«

»Vielleicht, weil du gestern noch ihre Blagen gehütet hast? Ruf sie doch mal an.«

Malu schüttelte mit dem Kopf. »Ich kenn die doch kaum.«

»Dann lernst du sie eben besser kennen. Drei kleine Kinder, das ist bestimmt nicht einfach jetzt für sie. Da wäre es doch ein feiner Zug von dir, ihr in dieser schweren Stunde …«

»Was willst du, Markus?«, unterbrach sie mich. »Was soll das alles?«

Ich erklärte Malu, dass Kathinka für mich die Hauptverdächtige in dem Fall war und dass wir durch ihre Nähe zu

Frau Caspers vielleicht an ein paar zusätzliche Informationen kommen konnten, die zur Klärung beitragen würden. »Du musst doch zugeben, dass sie sich mit diesem Auftrag zum Kunstdiebstahl sehr verdächtig gemacht hat, oder?«

Malu funkelte mich giftig an. »Wann hast du eigentlich zuletzt was Neues für *Mord am Fjord* geschrieben?«

»Jetzt komm mir nicht so! Du brauchst mir gar kein schlechtes Gewissen zu machen. Ich werde meine Arbeit schon nicht vernachlässigen. Aber immerhin hat gerade das ganz reale Verbrechen Einzug in Nettersheim und Linkem gehalten.«

Von Malu war darauf nur ein »Pöhh!« zu hören.

»Wer weiß: Vielleicht können wir diesen Fall ja auch für unsere Arbeit nutzen«, machte ich einen neuen Versuch, Malu für die reale Ermittlertätigkeit zu begeistern. »Oder mal so ein True-Crime-Ding schreiben. Sehr gefragt, momentan …«

Malu, die gerade eine Pfanne auf den Herd gestellt und eine Packung vegetarische Fertig-Bratlinge aus dem Kühlschrank geholt hatte, hielt inne. »Du wirst also alles tun, um *Mord am Fjord* pünktlich abzuschließen?«

Heftiges Kopfnicken meinerseits.

»Und du putzt beide Badezimmer?«

Verhaltenes Kopfnicken meinerseits.

»Und du gehst alleine zum Geburtstagskaffee von Oma Klütte, wenn sie dieses Jahr 85 wird?«

»Malu, das ist wirklich zu viel verlangt!« Sie wusste genau, dass ich die Nachbarin von schräg gegenüber nicht leiden konnte. Zumal sie einen dünnen Kaffee kochte, eine lausige Bäckerin war und gelegentlich unter starken Blähungen litt.

»Tja, Sherlock Poschen. Dann wird wohl nichts aus deiner Detektiv-Laufbahn …«

Malu wusste genau, dass ich auf ihre Unterstützung und vor allem ihr Wohlwollen angewiesen war, wenn ich neben unserer normalen Arbeit noch ein anderes »Projekt« verfolgen wollte. Denn wenn ihr etwas gegen den Strich ging, konnte sie einem das Leben zur Hölle machen.

Ich seufzte. »Okay, Malu. Ich tu alles, was du willst«, gab ich schließlich klein bei.

Nach dem Abendessen schmiedeten wir gemeinsam einen Schlachtplan.

»Wir müssen unbedingt etwas über dieses Bild herausfinden«, begann Malu. »Das scheint ja doch irgendwie wichtig zu sein.«

»Noch ein Grund mehr, warum du dich morgen bei Kathinka melden solltest.«

Malu widersprach mir. Sie hielt nichts von meiner These, wonach Kathinka ihren Gatten gemeuchelt haben sollte und meinte, sie bräuchte bestimmt noch etwas Zeit, um den Schock zu verdauen und ihr Leben neu zu organisieren. »Morgen ruf ich sie auf keinen Fall an, das ist viel zu früh. Und außerdem wird ja auch die Polizei ein paar Fragen an sie haben.«

»Das ist bestimmt schon heute alles gelaufen«, sagte ich. »Ich rede morgen mal mit Bäcker. Der kann uns sicher was über die Ermittlungen der Polizei verraten.«

»Und wie kommen wir dann bei dem Bild weiter?«

»Dein Vater weiß doch von diesem Ferdi Linden, dass Manheller auch als Kunsthändler tätig ist«, überlegte ich. »Vielleicht kennt der sich ja aus. Ich werde den mal kontaktieren.«

Malu blickte mich skeptisch an. »Hast du schon vergessen, was du noch alles erledigen wolltest?«

Nein – hatte ich nicht. Ich seufzte theatralisch, wuchtete mich vom Sofa hoch und ging ins Bad, um dort eine erste von vielen noch folgenden Nachtschichten einzulegen.

Dienstag, 8. Februar

Malu

Am nächsten Vormittag machte ich mich auf den Weg in den kleinen Ort Dalbenden, der nicht viel mehr zu bieten hatte als das ehemalige Wohnhaus nebst Atelier von Carl-Gustav Caspers. Das Atelier beherbergte heute ein kleines Caspers-Museum, wie ich aus dem Internet erfahren hatte, und so war ich guter Dinge, dort etwas mehr über die *Blauen Blumen vor Stolzenfels* herauszufinden. Kathinkas Postkarte und mein zerfleddertes Notizbuch, das ich sonst nur für berufliche Recherchetouren benutzte, lagen neben mir auf dem Beifahrersitz.

Auf der gemütlichen Fahrt über kleine Eifelsträßchen bei strahlendem Sonnenschein, aber recht frischen Temperaturen beglückwünschte ich mich immer noch, dass es mir gelungen war, den übereifrigen Ermittlungsdrang meines Mannes für meine Zwecke zu nutzen: Ich hatte ihn zum Schreiben, zur gründlichen Bäderreinigung und nicht zuletzt zu »Oma Klütte« verdonnert. Dabei handelte es sich weder um Markus, noch um meine Oma, und Klütte war auch weder ihr Vor-, noch ihr Nachname. Lange Zeit hatten wir Ahnungslosen gerätselt, was es mit diesem merkwürdigen Namen auf sich hatte, bis Jimi irgendwann die Erklärung hatte: Oma Klütte hieß so, weil sie als einer der letzten Eifelbewohner alljährlich Klütten angeliefert bekam. Und eine ebensolche Klütte kredenzte sie uns auch bei einem ihrer regelmäßig stattfindenden Kaffeekränzchen. Es stellte sich dann aber heraus, dass es sich bei dem vermeintlichen Braunkohlen-Brikett um einen übergaren Kastenkuchen handelte – wobei eine einfache Klütte wahrscheinlich genießbarer gewesen wäre. Wir hatten erst gedacht, besagtes Backwerk wäre ein Ausrutscher gewesen, mussten uns dann aber im Laufe der Jahre eines Besseren belehren lassen: Oma Klütte war ein herzensguter Mensch, aber ihre Backkünste waren wirklich unterirdisch und die Resultate grenzten an Körperverletzung. Zum Glück gab es bei ihren geselligen Zusammenkünften stets reichlich selbst aufgesetzten Mirabellenlikör zum Runterspülen. Das musste man Oma Klütte lassen – Mirabellenlikör hatte sie voll drauf. Äußerst erfrischend fand ich auch, dass die erlaubte Zeit zum Erörtern der neusten Krankheiten und Gebrechen von ihr streng reglementiert und mittels Stoppuhr überwacht wurde. Genau fünfzehn Minuten hatte Oma Klütte dafür vorgesehen, und keine Sekunde länger. Wer sich nicht dran hielt flog raus. Die anderen durften dann zum angenehmen Teil übergehen mit Scherzen, Schunkeln und Mirabellenlikörschlabbern. Dennoch musste ich zugeben, dass mir oft sowohl die Ausdauer, als auch die Zeit für solche Gelage fehlten. Da war Markus doch viel besser geeignet: Er verfügte über die notwendige pyknische Konstitution und hatte eh nichts Besseres zu tun, als Pseudo-Ermittlungen durchzuführen und einen großen Bogen um seine Autorentätigkeit zu machen. Dabei gäbe es in unserem Plot nach mittlerweile drei Leichen auch eine ganze Menge zu ermitteln.

Abgesehen davon hatte er mich den ganzen Montag penetrant zum Kondolieren gedrängt. Obwohl Markus in seiner Jugend Messdiener gewesen war, schien er keine Ahnung von der Schwierigkeit der Kondolenz zu haben. Selbst in unseren Krimis, in denen Mord und Totschlag an der Tagesordnung waren, hatte das Thema nie viel Raum eingenommen. Ich sah mich erschreckend unvorbereitet einer heiklen Situation gegenüber. Schließlich kannte ich die Familie Caspers doch kaum. Ich fragte mich, ob es eine Art Kondolenz-Knigge gab mit dem Unterpunkt »Kondolieren, wenn ein Mensch erschossen wurde und Ihr Mann rausfinden will, ob's die Ehefrau war«.

Seufzend hatte ich Kathinkas Nummer gewählt, die Augen während des Klingeltons fest zusammengekniffen und gehofft, dass sie nicht dran ging. Nach dem dritten Kingeln meldete sie sich. Trotz der Umstände war sie mir richtiggehend gesprächig und mitteilungsbedürftig erschienen, fast schon dankbar dafür, dass jemand anrief, wenn es auch nur ich war. Vielleicht hatte sie aber nur unter Schock gestanden. Die Polizei hatte noch keine Anhaltspunkte, würde nun aber in alle Richtungen ermitteln, hatte sie gesagt. Wovon man ausgehen konnte, dachte ich, wenn Dennis als Verdächtiger ausschied. Kathinka hatte ihre Bekanntschaft mit Dennis nicht erwähnt, und obwohl ich neugierig war, hatte ich sie nicht dazu befragen wollen. In der jetzigen Situation wäre mir das irgendwie plump vorgekommen. Stattdessen hatte ich ihr meine Hilfe für die Betreuung der Kinder und der anstehenden Aufgaben angeboten. Sie hatte sich bedankt und gesagt, sie habe immer versucht, in Deutschland ohne Familie und enge Freunde klarzukommen, aber leichter sei es natürlich mit Unterstützung, und sie werde sich gerne melden, wenn sie diese bräuchte.

So hatte dann das Telefonat geendet, und ich war froh gewesen, dass ich getan hatte, was ich tun konnte, sah aber keinen Grund, meine Freude mit Markus zu teilen. Ich hatte mich darüber geärgert, dass Kathinka für ihn per se zum Kreis der Verdächtigen zählte. Das war typisch für ihn: Auch in unseren Plots sollte auf sein Drängen hin immer irgendein raffgieriges, gewissenloses, männermordendes Weib auftauchen, das alles schuld war. Meistens hatte ich das zu verhindern gewusst, aber es wurde doch von Mal zu Mal schwieriger, ihn von seinen klischeebeladenen Vorstellungen abzubringen.

Als ich das Ortsschild von Dalbenden passierte, stand ich auch schon kurz darauf vor dem ehemaligen Wohn- und Arbeitshaus des Eifelmalers Carl-Gustav Caspers – nur leider vor verschlossener Tür. Ein Blick auf die in Sichthöhe angebrachten Öffnungszeiten verriet mir, dass ich, wenn überhaupt, erst am Wochenende wiederzukommen brauchte. Im Internet musste ich dieses Detail wohl überlesen haben. Sehr ärgerlich. Ich wollte schon wieder die Heimfahrt antreten, als ich auf der anderen Seite der Tür Aktivität bemerkte. Begleitet von geräuschvoller Atmung hantierte jemand mit Schlüsseln in Schlössern. Schließlich wurde die Tür geöffnet und gab den Blick frei auf eine fast den Rahmen ausfüllende, resolut wirkende Frau in den Siebzigern mit rosa Kittelschürze und strenger, pechschwarzer Duttfrisur. Sie betrachtete mich mit scharfen Habichtaugen.

»Wollen Se etwa in die Ausstellung?«

»Äh … ja.«

»Warum kommen Se dann net, wenn wir auf haben, Frollein? Öffnungszeiten stehen doch auf unserer Hoompeitsch.«

»Ach ja?«, sagte ich leicht angesäuert. Jetzt belehrten mich schon Eifeler Matronennachbildungen über den korrekten Gebrauch des Internets!

»Genau genommen«, setzte ich zu einer würdevollen Erwiderung an, »hatte ich gehofft, Herrn Professor Langmuth hier anzutreffen. Wir waren nämlich verabredet.«

Stimmte zwar gar nicht, aber wenigstens hatte ich das alte Schlachtschiff in seine Schranken gewiesen. Wenn ich mir auch nicht die Öffnungszeiten gemerkt hatte, dann doch wenigstens den Namen des Museumsleiters.

Jetzt guckte die Matrone betreten. »Ach nää, hat der Dussel schon widder ne Termin verbummelt! Passiert dem öfter in letzter Zigg …«, sie tippte sich an die Stirn, »dabei ist der jünger als wie ich.«

Ich nickte verständnisvoll und überlegte, ob ich auf dem Rückweg noch für ein oder zwei Stündchen im Café Milz in Marmagen einkehren und dort ein wenig schreiben sollte.

Da quatschte die Matrone weiter:

»Am besten fahren Se direktemang nach Heimbach. Da ist der Professor immer dienstags bis donnerstags.«

»In Heimbach?«

»Janz jenau. An der Kunstakademie auf der Bursch Hengebach.«

Ich bedankte mich für die Auskunft und wandte mich zum Gehen.

Da hatte die Matrone noch einen im Köcher: »Hören Se mal, ich tu den Professor anrufen und sach, dat Sie unterwegs sind. Dann fällt ihm auch der Termin widder ein.«

»Neinnein, nicht nötig«, beeilte ich mich beim Einsteigen ins Auto zu sagen, bezweifelte aber gleichzeitig, dass die Frau sich jemals von einem Vorhaben hatte abbringen lassen.

Markus

Der Mord im Krankenhaus hatte am Dienstag natürlich die Schlagzeilen der Zeitungen beherrscht. Beim Frühstück hatte ich den *Boten* gelesen und mir danach im Internet angeschaut, was die anderen regionalen Blätter über den Mord in Erfahrung gebracht hatten. Viel Neues hatten die Journalisten nicht zu berichten – allgemein wurde die zurückhaltende Informationspolitik der zuständigen Staatsanwaltschaft in Aachen kritisiert.

Es gab natürlich einiges an Archivmaterial über Caspers. Wenn er auch erst seit relativ kurzer Zeit in der Kommunalpolitik aktiv gewesen war, so hatte er in dieser Zeit doch wiederholt für Schlagzeilen gesorgt. Einige Blätter hatten eine fast lückenlose Chronologie veröffentlicht, von Caspers' einstiger Karriere als freischaffender Künstler über sein Engagement für die neue Gesamtschule in Linkem bis hin zum Angriff, der ihn am Sonntag der vergangenen Woche ins Krankenhaus gebracht hatte. Dabei tauchten immer wieder die gleichen Formulierungen auf, woraus ich schloss, dass es sich wohl um Agenturmaterial handelte.

In den Boulevard-Blättern wurde auch der angebliche »Sex-Skandal mit der schönen Schülerin« noch einmal aufgerollt. Es gab sogar ein verpixeltes Bikini-Foto von Sabrina mit der Überschrift: »Musste der Lehrer seine Liebe zu der schönen Schülerin (18) mit dem Leben bezahlen?«

Wie üblich genügten Gerüchte und Vermutungen, um die dürftigen Informationen, die Polizei und Staatsanwaltschaft an die Presse weitergegeben hatten, zu einem bitteren Brei der Desinformation zu quirlen.

Dass Dennis die Attacke mit dem Modellflugzeug gestanden hatte, fand ebenfalls Erwähnung in den Veröffentlichungen. Es gehörte nicht viel Fantasie dazu, sich vorzustellen, wie gerne die Ermittler und die Schreiberlinge der Revolverblätter dem »liebeskranken Attentäter« auch den Mord an Caspers angehängt hätten. Der ungenannte Kommentator eines Käseblättchens aus der Vulkaneifel hatte sich sogar zu der abstrusen These verstiegen, die »Auswüchse der Gewalt in der NRW-Nordeifel« seien auf die »ausufernde Nutzung der sozialen Netzwerke« zurückzuführen, welche die Jugend im Laufe der Zeit »zwangsläufig zu Soziopathen« machen werde. Von den Behörden forderte der Autor die »schnelle und allumfassende Aufklärung« dieser »ungeheuerlichen Vorkommnisse«. Ich konnte nur mit dem Kopf schütteln und beendete meine Online-Presseschau.

In der Nacht hatte es wieder stark gefroren, die Thermometer waren nach dem kurzen Zwischenhoch schon wieder gefallen. Der Radiosprecher aus dem fernen Köln berichtete, dass Nettersheim wieder einmal der kälteste Ort Nordrhein-Westfalens gewesen sei. Malu hatte die beiden Kaminöfen bereits in der Frühe angefeuert, und im Haus hatte sich eine wohlige Wärme verbreitet. Das rund dreihundert Jahre alte Eifeler Fachwerkhaus, in dem wir nun seit mehreren Jahren wohnten, war zwar ein malerisches Kleinod und ein Baudenkmal, energetisch jedoch eine absolute Katastrophe. Seufzend zog ich Jacke, Mütze und Handschuhe an, um in den unterhalb der Scheune gelegenen Schuppen zu gehen und unsere Holzvorräte aufzufrischen. Als ich mir danach in der Küche gerade meinen dritten Kaffee aufbrühte, klingelte das Telefon.

»Morjen Markus, hier is Ruddi!«, brüllte mir Bäcker entgegen. Die Verbindung war schlecht – offenbar rief er aus dem Auto an. In knappen Sätzen teilte mir der Lokalchef des *Eifeler Boten* mit, dass er auf dem Weg zu einem Termin nach Linkem sei und mich danach unbedingt noch sprechen müsse. »Um halb elf beim Hesse Bäcker. Bis gleich!«

Die Möglichkeit, dass ich etwas anderes vorhaben oder einfach keine Lust oder Zeit haben könnte, mich mit ihm zu treffen, zog Bäcker noch nicht einmal in Betracht, denn er hatte die Verbindung bereits wieder unterbrochen.

»Pass auf, Markus: Mir bringen morgen einen großen Hintergrundbericht zur Causa Caspers, und da brauche ich deine Unterstützung. Wir haben zwar zur Verstärkung einen Mann aus der Kölner Mantelredaktion bekommen, dat is aber eine Vollpfeife, sach ich dir, der steht mit Vorliebe nur im Weg rum.« Bäcker stand unter sichtlicher Anspannung. Zwanzig Minuten später als angekündigt und mit wehenden Mantelschößen hatte er das Café *Zur Römerquelle* fast im Laufschritt betreten. Den doppelten Espresso, den er lautstark an der Theke bestellt hatte, versuchte er sich nun schwungvoll in den Rachen zu kippen. Da er zuvor etliche Löffel Zucker in dem pechschwarzen Gebräu aufgelöst hatte, war aus dem Kaffee jedoch eine zähflüssige Masse geworden, die nur widerstrebend den Gesetzen der Schwerkraft gehorchte: Erst nach sieben Sekunden hatte sich der gesamte Inhalt des Tässchens in seine Mundhöhle ergossen. »Du hast doch jestern mit dem jungen Trimborn gesprochen. Wir kommen nich an den ran. Wenn du was für uns machst, haben wir das exklusiv.« Bäcker schaute mich erwartungsvoll an.

»Rudi, du weißt, dass ich dir und dem Boten immer noch sehr verbunden bin, aber das passt jetzt zeitlich überhaupt nicht. Tut mir leid.« Ich dachte mit Schrecken daran, was Malu zu einer zwischenzeitlichen Rückkehr zum Lokaljournalismus sagen würde. Ich hatte wahrlich schon genug zu tun.

Bäcker musterte mich skeptisch. »Also, dat glaub ich dir nich, dat dich dat jetzt nit interessieren würde.«

»Interessieren tut mich das alles natürlich brennend. Aber ich hab einfach keine Zeit, weißt du. Unser Buch muss fertig werden, und dann auch noch die Ermittlungen ... das ist einfach zu viel.« – Mist: Hatte ich gerade Ermittlungen gesagt?

»Ermittlungen?«, echote Bäcker auch schon. »Wat denn für Ermittlungen?«

»Äh – nix. Hast du eigentlich gelesen, was für einen Mist der Herausgeber dieser Dauner Zeitung ...«

»Ahh, so kenn ich dich, Markus«, unterbrach mich Bäcker mit einem anerkennenden Kopfnicken. »Du bist also schon längst richtig eingestiegen in die Sache. Wunderbar!«

»Gar nix wunderbar, Rudi. Wenn Malu mitkriegt, dass ich nebenbei noch was für euch mache, bin ich erledigt.«

»Also von mir wird sie nix erfahren. Da kannst du dich drauf verlassen. Und dein Kürzel lassen wir einfach weg ...«

Unter dem Tisch hatte Gandhi damit begonnen, seine Eier zu lecken, was mich kurz von meinem Gesprächspartner ablenkte. Ich blickte mich im Café um, aber niemand schien Anstoß an diesem Akt der Hundekörperhygiene zu nehmen.

»Nur was Kleines, Markus. Das schreibst du doch aus der Lamäng. Du willst doch nich, dass so ein dahergelaufener Fatzke aus Köln irgendeinen Scheiß über den Dennis schreibt, oder?«

Nein, dass wollte ich natürlich nicht. Ich seufzte. »Bis wann brauchst du den Text?«

Auf dem Rückweg nach Hause versuchte ich, einen Zeitplan für die noch anstehenden Aufgaben zum machen. Wenn ich heute auch noch mein *Mord am Fjord*-Kapitel abschließen wollte, würde ich mich ranhalten müssen. Redaktionsschluss beim *Boten* war zwar erst am späten Nachmittag, ich wollte aber mit dem Beitrag über den aufgeklärten Luftangriff beginnen, solange Malu noch unterwegs war. Dennis hatte mir etliche technische Details verraten, die ich in dem Bericht unterbringen wollte. So könnte ich vielleicht auch dazu beitragen, den Angriff auf Caspers und vor allem die daraus resultierenden Verletzungen als tragischen Unfall darzustellen.

Bevor ich mich im Café von Bäcker verabschiedet hatte, hatte der mir noch etwas über den eigentlichen Grund seines Besuchs in Nettersheim verraten. Am Vorabend hatte nämlich turnusgemäß eine Ratssitzung in Linkem stattgefunden, die natürlich von der Nachricht des Mordes an Caspers überschattet worden war. Nach einer Gedenkminute für das verstorbene Ratsmitglied hatte Horst Blumenthal, der Fraktions-Chef der Konservativen, den überraschenden Vorschlag gemacht, den Streit über die Neugründung der Gesamtschule endlich beizulegen und angekündigt, das Projekt in Zukunft voll und ganz unterstützen zu wollen. Dafür wolle er sich auch bei den konservativen Bürgermeistern der Nachbar-Gemeinden stark machen. Bäcker hatte sich am Morgen mit Blumenthal zum Interview getroffen, um mehr über die Hintergründe dieses Meinungsumschwungs zu erfahren.

»Blumenthal is 'ne große Nummer bei der CDU, auch auf Kreisebene. Wenn der jetzt Unterstützung für die Gesamtschule signalisiert, dann tut sich in der Sache wirklich was«, hatte mir Bäcker erklärt. »Is ja fast schon pervers: Jetzt is der größte Verfechter der Gesamtschule tot, und auf einmal sind se alle dafür.«

Malu

Obwohl ich mich schon im Café Milz hatte sitzen sehen, war ich nun doch verhexterweise in Heimbach gelandet. Nachdem ich problemlos einen Parkplatz in unmittelbarer Nähe der Burg gefunden hatte, durchquerte ich schnurstracks den Burghof mit seinen Ateliers und Werkräumen und betrat die Empfangshalle. Zum Umsehen fehlte mir leider die Gelegenheit, denn wie aus dem Nichts tauchte ein für die Jahreszeit gut gebräunter Herr mit aerodynamischer Frisur auf – auch Pläät genannt.

»Meine Dame«, begrüßte er mich forsch und ohne stehen zu bleiben, »ich hoffe für Sie, dass Sie nicht von der Presse sind! Folgen Sie mir unauffällig!«

Ich ging davon aus, dass es sich um Professor Langmuth handeln musste, der da so ein beachtliches Tempo durch die verwirrenden Gänge und Winkel der Burg vorlegte, dass ich kaum mit ihm Schritt halten konnte. Während er wortlos vorneweg eilte, besah ich mir seine Rückseite und überlegte, wie es zu der gewagten Kombination von senfgelber Breitcordhose und fliederfarbenem Rollkragenpulli gekommen sein könnte. Irgendwann endete unser Gewaltmarsch vor einer Tür mit der Aufschrift *Z.X. Langmuth, Kunsthistoriker und Privatdozent*. Also handelte es sich wenigstens nicht um das geheime Burgverlies, wie ich erleichtert feststellte.

Er bat mich einzutreten und Platz zu nehmen, während er sich seinerseits auf einen Lederstuhl hinter einem wuchtigen Eichentisch warf, die Beine übereinanderschlug und mich über seine Brille hinweg, die bedenklich am Ende seiner Nasenspitze balancierte, musterte. »Frau Poensgen, die Sie ja bereits in Dalbenden kennen gelernt haben, hat mich über ihr Kommen informiert.« Kurze Pause, dann ein unerwartet süffisantes Lächeln: »Wir waren nicht verabredet. Eine Verabredung mit einer jungen, hübschen Frau würde ich nicht einfach vergessen.«

Ich hüllte mich in Schweigen angesichts dieser Flirtoffensive, während er begann, mit den Fingern auf der Lehne seines Stuhls zu trommeln.

»Also«, fuhr er nun in viel barscherem Ton fort, »was soll diese hanebüchene Geschichte, wenn Sie nicht von der Presse sind? Sie sind doch sicher hinter irgendeiner Exklusiv-Story über Jean-Marie Caspers her, nicht wahr? Die Zeitungen heute Morgen waren voll von seinem Tod ... eine unfassbare Geschichte. Also, von welchem Revolverblatt kommen Sie?«

Jetzt war ich froh, auch mal zu Wort zu kommen. »Da liegt ein Missverständnis vor«, klärte ich ihn auf, »ich bin nicht wegen Jean-Marie Caspers hier, sondern wegen seines Großvaters, für dessen Werk Sie doch als der führende Experte gelten«, schmeichelte ich ihm unverfroren. »Ich recherchiere im Auftrag meines Verlages, der eine umfassende Monographie über Carl-Gustav Caspers herausbringen möchte.« Das klang doch gut, fand ich.

»Monographie. Was denn für ein Verlag?«, kam die prompte Nachfrage.

In meinem Kopf rotierten mehr oder weniger absurde Verlagsnamen, ich musste mich schnell für einen entscheiden.

»Der Kunst-und-Krempel-Verlag«, antwortete ich, ohne mit der Wimper zu zucken.

Professor Langmuths rechte Augenbraue wurde daraufhin in einem eleganten Bogen nach oben gezogen, was seinem Gesicht einen mehr als skeptischen Ausdruck verlieh. Oh mein Gott, dachte ich, das ließe sich doch alles in Bruchteilen von Sekunden im Internet nachprüfen.

»Der Kunst-und Krempel-Verlag? Nie gehört. Wo soll der sein?«

Konnte der nicht mal einfach aufhören mit der Fragerei? Es half alles nichts, da musste ich jetzt durch. »Ein ganz neuer, kleiner Verlag mit ausgesuchtem Programm«, log ich munter weiter, »ansässig in der Nähe von Mayen ... in Reudelsterz, um genau zu sein.« Reudelsterz? Das durfte doch nicht wahr sein: Hatte ich das gerade wirklich gesagt? Ich rechnete damit, der Professor würde mich jeden Augenblick hochkant in den nicht vorhandenen Burggraben befördern.

Er sah mich weiterhin unverwandt und durchdringend an, während er mit der Hand über seinen grauen Kinnbart schabte und kein bisschen überzeugt wirkte. Plötzlich jedoch, vollkommen unerwartet, hellte seine Miene sich auf. Er zeigte mit dem Finger auf mich und frohlockte erfreut: »Ich kenne Sie doch!«

Oh nein! Nicht auch das noch! Innerlich sackte ich zusammen und betete inständig, dass der verehrte Herr Professor sich doch bitteschön Zeit seines Lebens ausschließlich mit Stilkunde, dem Anrühren von Öl-Ei-Farben und Urlauben in der Provence beschäftigt haben sollte – und nicht mit etwas so Profanem wie Krimis. Er zeigte immer noch mit dem Finger auf mich und überlegte sichtlich angestrengt: »Sind Sie nicht ... Porschen ... Broschen ... es liegt mir auf der Zunge ...«

»Poschen«, trat ich die Flucht nach vorne an, weil er wahrscheinlich eh nicht locker gelassen hätte.

»Ja genau!«, bestätigte er mich und schlug sich lachend aufs Knie, »warum haben Sie das denn nicht gleich gesagt! Ich habe all Ihre Bücher gelesen!«

»Sie Ärmster!«

Er lachte noch mehr. »Sie sind gut!«, stieß er zwischen zwei Lachern hervor, »schreiben Sie doch mal einen Krimi, der in der Eifel spielt. Die sind doch gerade so populär!«

Da war endlich das richtige Stichwort gefallen. »Ja, jetzt wo Sie's sagen ... Das werde ich mir mal mit meinem Mann zusammen überlegen. Aber, wo Sie gerade die Eifel erwähnten und wir uns nun so gut kennen ... Würden Sie mir jetzt was über Carl-Gustav Caspers und *Die blauen Blumen vor Stolzenfels* erzählen?«

Gute zwei Stunden später stand ich wieder auf dem Parkplatz vor der Burg. Obwohl ich Markus einiges zu erzählen gehabt hätte, hatte ich noch keine Lust nach Hause zu fahren. Ich sah keinen Grund zu übertriebener Eile: Der Triumph über Markus war mir sicher, und er erzählte mir schließlich auch nicht immer alles sofort. Ich ließ das Auto stehen und schlenderte auf gut Glück in Richtung Hohe Hangstraße.

Backpulver. Wo war denn nur dieses blöde Backpulver? Ich kramte im Schrank mit den Backzutaten herum, konnte aber nicht das kleinste Krümelchen finden, geschweige denn ein Tütchen. Auf seinem Weg zur Toilette schluffte Jimi nebenan durchs Esszimmer. »Sag mal, hast du das letzte Backpulver gebraucht?«, rief ich ihm hinterher.

»Backpulver? Backen ist jetzt nicht so meine Lieblingsbeschäftigung, Papa.« Jimi stand jetzt in der Tür zur Küche und besah sich das Chaos, das ich dort angerichtet hatte. »Und Crack hab ich schon länger nicht mehr gebacken.«

»Crack?«, fragte ich erschrocken. War Rockmusikern in Sachen Drogenmissbrauch nicht alles zuzutrauen?

»Das war ein Witz.«

»Ach so, dann ist ja gut.« Ich atmete kurz durch. »Jimi, kannst du bitte gerade bei Elke nach einem Tütchen Backpulver fragen?«

»Was machst du da eigentlich? Pfannkuchen?«

»Ist das jetzt davon abhängig, ob dir gefällt, was ich backe, damit du einmal für mich bei den Nachbarn nach einem Tütchen Backpulver fragst?«

»Ich muss andauernd für dich zu Elke rüber und nach irgendwas fragen.«

»Jetzt übertreibst du aber, mein Sohn! Außerdem soll es nicht zu deinem Schaden sein. Du isst doch auch gerne Waffeln.«

»Du backst Waffeln? Jetzt?« Jimi schüttelte den Kopf. »Ich dachte, es gibt bald mal Abendessen.«

Ich schaute auf die Küchenuhr. »Na und? Darf man um halb acht keine Waffeln mehr essen, oder was?« Ich war viel lauter geworden, als ich eigentlich sein wollte. Aber auf diese ewigen Diskussionen hatte ich heute überhaupt keine Lust. Er hörte sich ja fast schon an wie seine Mutter!

»Ey, jetzt chill mal fünf Meter! Was bist'n so kribitzig? Du solltest vielleicht nicht so viel Kaffee trinken.«

Jimi wandte sich von mir ab und setzte seinen Weg ins Bad fort. Er hatte sich ein Buch unter den Arm geklemmt, es würde also länger dauern. Wenn das mit dem Waffelteig vor Beginn der Tagesschau noch was werden sollte, musste ich wohl selbst zu den Nachbarn gehen. Dann könnte ich gleich auch noch fragen, ob mir Elke eine Portion – oder besser zwei – von Peters Espresso-Pulver leihen könnte. Irgendwie waren heute meine gesamten Kaffeevorräte draufgegangen.

Eine gute Stunde später hörte ich draußen Malus Fiat auf dem Hof. Ich hatte mich zwischenzeitlich wieder an den Rechner in meinem Arbeitszimmer verkrümelt, wo ich endlich auch etwas für mein aktuelles Krimi-Kapitel geschrieben hatte. Der Beitrag für den morgigen *Boten* hatte länger gedauert als geplant, und zwischendurch musste ich auch noch Trollbekkas Katzen-Kotze vom Duschvorleger im Bad entfernen. Auch der kleine Abstecher zum Rewe hatte ein bisschen Zeit gekostet, aber nach dem fünften Latte-Macchiato hatten wir auch keine Milch mehr im Haus gehabt, und zu diesem Zeitpunkt war das nachbarliche Anwesen verwaist gewesen.

Das Waffeleisen stand immer noch zum Abkühlen auf der Glasplatte des Wohnzimmertischs. Dort hatte ich während der Abendnachrichten mein Backwerk verrichtet. Malu hasste es, wenn ich meinen Kram nicht wegräumte. Zum Glück war noch ein bisschen Waffelteig übrig. Ich konnte also guten Gewissens argumentieren, dass ich gleich noch weiterbacken würde und deshalb meine Utensilien noch nicht in die Küche zurückgebracht hatte. Ha!

Da klopfte es auch schon an der Tür des Arbeitszimmers, und Malu trat ein. »Hi, tut mir leid, ist ein bisschen später geworden ...«

Malu war hinter mich getreten, hatte ihre Arme um meinen Hals gelegt und drückte mir einen Kuss auf die Wange. Sie roch nach frischer, kalter Luft und noch ein ganz kleines bisschen nach dem Maiglöckchen-Parfüm, das sie wahrscheinlich am Morgen aufgelegt hatte. Stimmt: Sie war schon den ganzen Tag unterwegs gewesen, fiel mir plötzlich auf.

»Sag mal, wo warst du eigentlich so lange? Du hättest dich ruhig mal melden können!«

»In Heimbach, hab ich doch gesagt.«

»Wem hast du das gesagt, und was hast du in Heimbach gemacht?«

»Ich sollte doch was über das Bild rausfinden. Hast du das schon vergessen?«

»Um etwas vergessen zu können, müsste ich es ja erst mal gewusst haben.«

»Jetzt weißt du es ja. Ich hatte heute ein längeres Gespräch mit Zacharias Xaver Langmuth.«

»Mit wem?«

»Na, mit meinem neuen Freund ZX. Für dich aber immer noch Professor Dr. Langmuth, seines Zeichens *der* Experte für das Werk von Carl-Gustav Caspers, und darüber hinaus auch noch einer unserer größten Fans – verrückt, oder? Er hat mich erst für eine sensationsgeile Reporterin gehalten und ein bisschen rumgezickt. Dann ist er aber meinem berüchtigten Charme erlegen und doch noch mit Infos rausgerückt.«

Malu berichtete, dass es sich bei dem Postkartenmotiv um die Abbildung einer der drei bekannten Repliken des Caspers-Gemäldes handelte. Alle befanden sich im Besitz des Museums in Dalbenden.

»Replik? Was heißt das denn eigentlich?«, fragte ich.

»Das ist eine vom Künstler selbst ausgeführte Wiederholung oder Variation eines Werks – weil es ihm so gut gefallen hat«, erklärte Malu.

»Oder seinen Abnehmern?«, fragte ich.

»Oder seinen Abnehmern«, bestätigte sie, denn die *Blaue Blume* sei zu Beginn des vergangenen Jahrhunderts ein beliebtes Motiv gewesen. »Sogar der Kaiser hat sich drum bemüht.«

»Der Kaiser? Unser alter Wilhelm Zwo?«

»Ja genau. Der hat ja schließlich, bevor es die Repliken gab, das Original erstanden. Für den alten Caspers war das ein echter Karriere-Schub. Da hatte der erst mal ausgesorgt und konnte, wenn er Bock hatte, für den damaligen Jet-Set gleich eine Replik pinseln.«

»Also eine Ausdrucksweise hast du, Malu. Und Jet-Set gab es damals auch noch nicht. Das hat dein Professor bestimmt alles ganz anders ausgedrückt.«

»Ja, das hat er in der Tat. Ich übersetze es ja nur, damit auch du es verstehst, du schlichtes Gemüt.«

»Und in welchem Museum hängt jetzt das Kaiser-Bild?«

»Nirgendwo.«

»Wie, nirgendwo?«

»Der Kaiser hat's verschlampt.«

Ich schaute fragend: »Wie das?«

»Na, wenn du in Geschi besser aufgepasst hättest, dann wüsstest du, dass der Kaiser neunzehnhundertirgendwas ins Exil ...«

»Wenn *du* besser aufgepasst hättest« , unterbrach ich Malu, »dann wüsstest du, dass ich Geschichte-Leistung hatte und sogar weiß, dass es am 10. November 1918 war, als der Kaiser ins holländische Exil gehen musste.« So. Der hatte ich es aber jetzt mal gegeben.

»Ja ja, du Streber«, erwiderte Malu unbeeindruckt, »Wenn du jetzt auch noch wüsstest, wo genau das Caspers-Bild abgeblieben ist, dann wärst du richtig gut.«

»Meinst du mit ›verschlampt‹ etwa, dass es verschollen ist?«

»So hat's ZX gesagt, und der scheint sich ja auszukennen.«

Ich ließ mir das Ganze kurz durch den Kopf gehen.

»Dann hat Mandelbaum also auch so eine Kopie bei sich hängen ...«

»Doch keine Kopie, du Dödel. Ich hab's dir doch eben erklärt: Ein vom Künstler selbst angefertigtes Bild eines früheren Werkes wird Replik genannt. Also, wenn der Mandelbaum die *Blauen Blumen vor Stolzenfels* hat, dann als Replik. Vom Format her sind die kleiner als das Original, hat ZX gesagt.«

Langsam fing dieser ZX an, mich zu nerven.

»Hat dein ZX denn auch gesagt, ob diese Repliken wertvoll sind? Oder warum sollte Dennis das Bild bei Mandelbaum klauen?«

»Natürlich hat so ein Caspers seinen Wert ... je nach Zustand liegt der im niedrigen oder sogar mittleren fünfstelligen Bereich.«

»Also, richtig reich wird man davon nicht. Es muss also noch etwas anderes dahinterstecken.« Ich rieb mir die Augen und reckte mich auf meinem Schreibtischstuhl. »Ich glaube, es hilft alles nichts: Wir müssen Kathinka schon selbst fragen, warum sie Dennis mit dem Einbruch beauftragt hat. Apropos: Die hat übrigens heute Nachmittag angerufen und gefragt, ob du sie morgen begleiten kannst.«

Mittwoch, 9. Februar

Malu

Markus hatte Kathinka natürlich gesagt, dass ich sie sehr gerne ins Krankenhaus begleiten würde, um die persönlichen Dinge ihres Mannes abzuholen. Gegen zehn wollte sie bei uns sein.

Mein Zeitplan an diesem Morgen hatte sich durch diverse Unwägbarkeiten erheblich verzögert: Markus hatte mir eindeutige Avancen gemacht, denen ich durchaus nicht abgeneigt gewesen war, obwohl Gandhi leicht unruhig um unser Bett getingelt war, weil er ordentlich Druck auf der Blase gehabt hatte. Jedenfalls endete unser morgendliches Techtelmechtel beinahe in der chirurgischen Notfallambulanz, da Markus' schon ziemlich alte und poröse Kniescheibe den Belastungen nicht standgehalten und einen Ermüdungsbruch erlitten hatte. So hätte man zumindest annehmen müssen hinsichtlich seiner vollkommen übertriebenen Reaktion: Er hatte mit plötzlich schmerzverzerrtem Gesicht von mir abgelassen, sich dem Tode nahe auf der Matratze gewälzt und äußerst undeutlich artikulierend seinen Unterschenkel umklammert. So was pflegten Fußballer sonst nur nach sehr, sehr leichten Fouls zu tun, um das Spiel zu verzögern. Ähnliches vermutete ich auch bei Markus.

Gandhi hatte anscheinend seine eigene Pein aufgrund der seines Herrchens kurzzeitig vergessen, sprang aufs Bett und besah und beschnüffelte den mutmaßlich Schwerverletzten aus nächster Nähe, was diesen wiederum ob der nassen Hundeschnauze zu derben Unmutsbekundungen veranlasste.

Das ausufernde Spektakel im ehelichen Schlafgemach war mir schnell zu blöd geworden. Als Gandhi sah, wie ich mich outdoormäßig anzog, spiegelte sich in seinem Hundegesicht ein kurzer Anflug von Zerrissenheit. Aber wirklich nur ein kurzer, denn er ließ unversehens von Markus ab und raste mit schlackernden Ohren zur Haustür. Trotz seines dringenden Bedürfnisses ließ der Hund sich dann doch alle Zeit der Welt, bis er die geeignete Stelle für seine Notdurft gefunden hatte.

Als ich endlich nach Hause zurückkam, hatte Markus sich äußerlich wieder gefangen, blaffte mich aber – kaum, dass ich die Tür hinter mir geschlossen hatte – total an, warf mir fehlendes Einfühlungsvermögen vor und dass meine Grundschullehrerin wohl doch recht gehabt hätte mit ihrer Einschätzung.

Das hatte ja jetzt kommen müssen: Immer wenn ihm an meinem Verhalten etwas nicht passte, dann packte er die Story aus, die ihm meine Mutter – wie zur Warnung – ganz am Anfang unser Liaison gesteckt hatte.

Soweit ich mich daran erinnern konnte, musste es der Elternsprechtag in der dritten Klasse gewesen sein, bei dem meine junge, überaus motivierte und engagierte Klassenlehrerin den leisen Verdacht geäußert hatte, ich leide womöglich unter einer leichten Form von Autismus. Nach solch neumodischem Kram hatte meiner Mutter Mitte der Siebziger ganz gewiss nicht der Sinn gestanden. Google gab's noch nicht, aber wen es sehr wohl gab, war Doktor Plötzner – unser saufnasiger, rotwangiger, stets etwas verwahrlost wirkender Kinderarzt mit dröhnender Stimme, den ich nicht nur seines Namens wegen viele Jahre lang für den Räuber Hotzenplotz gehalten hatte. Jener Doktor Plötzner also hatte bei meinem Bruder und mir bis dahin mit beeindruckend schlafwandlerischer Sicherheit Magenverstimmung (bei mir), eine Warze unter der Fußsohle (bei meinem Bruder), eitrige Angina (bei mir), Masern und Windpocken (jeweils gleichzeitig bei uns beiden) und ein ausgekugeltes Schultergelenk (bei mir – wegen meines Bruders) diagnostiziert. Außerdem nannte er mich bei fast all meinen – zugegebenermaßen widerwilligen – Besuchen in seiner Praxis verstockt und bockig. Aber von Autismus war nie die Rede gewesen, und deswegen konnte es so was auch gar nicht geben. Denn meine Mutter hielt Doktor Plötzner, trotz seines zweifelhaften Äußeren, für eine Koryphäe auf dem Gebiet der Kinderheilkunde.

Als sie meinem Vater, der immer schon eher der Mann fürs Grobe gewesen war, beim Abendbrot von dem Gespräch mit meiner Lehrerin berichtet hatte, hatte der mich mit seinem strengsten Blick taxiert und nur gesagt: »Schick dich bloß, Malu!«

Damals wurde eben noch nicht so viel Gewese um die Blagen gemacht wie heutzutage. Und jetzt – gut dreißig Jahre später – fing Markus schon wieder mit diesen ollen Kamellen an.

Ich verschanzte mich mit meinem MP3-Player im Bad und hörte laut Musik, um sein Palaver zu übertönen. Bei der Gelegenheit kontrollierte ich auch gleich mal die Sauberkeit unserer sanitären Einrichtung. Markus hatte mir erst vorgestern vollmundig eine hygienisch einwandfreie Reinigung versprochen, aber das, was ich sah, ließ mich doch sehr an seinen Worten zweifeln. Auf dem Warmwasserboiler lag eine fingerdicke Staubschicht, der Mülleimer quoll über und auf dem Badvorleger entdeckte ich etwas, das mich an eingetrocknete Katzenkotze erinnerte. Was hatte der Kerl eigentlich gestern den ganzen Tag gemacht – außer zu nachtschlafender Zeit Waffeln zu backen? Ich riss mir die Stöpsel aus den Ohren und wollte ihn zur Rede stellen, doch die plötzliche Stille, sowohl in meinen Ohren als auch jenseits der Badezimmertür, irritierte mich.

Ich warf einen Blick durchs Fenster und sah vor unserem Haus einen parkenden Volvo mit dem Kennzeichen EU-KC. Mist, das konnte nur Kathinka Caspers sein, die Markus hereingebeten und in Beschlag genommen hatte, um sie dilettantisch über irgendwelche Ungereimtheiten zu befragen. Ich eilte schleunigst ins Esszimmer, um Schlimmeres zu vermeiden.

Kathinka hatte bereits auf einem der Stühle Platz genommen, während mein Mann in der Küche rumwerkelte. Ich begrüßte sie und Markus sagte: »Ich mache Kathinka und mir gerade einen Kaffee. Möchtest du auch einen, Liebling?«

Fuck! Gleich zwei Erkenntnisse in einer einzigen, scheinbar harmlosen Frage: Erstens waren die beiden sofort zum Du übergegangen, und zweitens signalisierte Markus mir durch seine Wortwahl, dass er wieder mal vorhatte, die Farce vom glücklich-harmonischen Schriftstellerpaar aufzuführen.

Ich ignorierte ihn einfach und fragte stattdessen Kathinka nach den Kindern. »Die habe ich heute wieder in die Schule beziehungsweise in den Kindergarten geschickt,« antwortete sie mit einem leichten Schulterzucken, »ich weiß auch nicht, ob das richtig war, aber es ist auch so schon schwer genug für sie. Ich will ihnen nicht auch noch ihre gewohnten Rituale und Abläufe nehmen. Sie verstehen das alles ja auch gar nicht ...«

Ich nickte verständnisvoll, und Markus gab von der Küche aus seinen pädagogisch wertvollen Senf dazu: »Du, das hast du vollkommen richtig gemacht, Kathinka. Rituale und feste Gewohnheiten sind doch unheimlich wichtig für so kleine Kinder, ne. Das gibt ihnen Halt und Geborgenheit.«

Ich musste ein Aufstöhnen und Augenverdrehen unterdrücken. Hoffentlich brachte er nicht noch mehr so Klöpse. Ich versuchte, Kathinka aufmunternd und nicht gequält zuzulächeln. Während Markus weitere Weisheiten die kindliche

Seele betreffend vor sich hinschwadronierte, konnte ich sie unauffällig in Augenschein nehmen.

Sie sah gut aus … in Anbetracht der Umstände vielleicht zu gut? Sie wirkte etwas müde, und auch eine kleine, senkrechte Falte in Verlängerung der Nasenwurzel trat etwas deutlicher hervor. Aber ihre Augen waren weder verquollen, noch mit dunklen Ringen unterlegt. Sie war nicht als mondäner Witwen-Vamp erschienen (was ihr sicherlich sehr gut gestanden hätte) und auch nicht als gramgebeugte Schicksalsgebeutelte. Sie trug ihre gewohnte, biologisch abbaubare Kleidung und machte einen aufgeräumten, wenn auch nachdenklichen Eindruck.

»Jean-Marie mochte kein Schwarz«, erklärte sie unvermittelt, als ob sie meine Gedanken erraten hätte. »Er hätte nicht von mir erwartet, dass ich in Schwarz herumlaufe. Er legte keinen Wert auf Konventionen ...« Sie dachte kurz nach und fügte dann hinzu: »Er war überhaupt ein recht unkonventioneller Mensch. Vielleicht ist das der Preis für sein unkonventionelles Leben … ein unkonventioneller Tod.«

Markus setzte sich zu uns mit zwei Kaffeebechern und reichte einen davon an Kathinka weiter. »Wie ist denn der Stand der Ermittlungen?«, fragte er, »hat die Polizei schon eine Spur?«

»Sie ermitteln in alle Richtungen, überprüfen Alibis.«

Markus nickte wissend: »Also haben sie noch keinen konkreten Verdacht.« Er pustete in seinen Kaffee. »Und Dennis kann's nicht gewesen sein«, setzte er hinzu.

Kathinka zeigte keine Reaktion.

Markus fuhr unbeirrt fort: »Dennis ist der beste Freund unseres Sohnes und hat ein Alibi. Sie spielen in der gleichen Band, aber das weißt du bestimmt ... ihr kennt euch ja.«

Mir fiel die Kinnlade runter. Musste er denn so mit der Tür ins Haus fallen? Trotzdem interessierte mich ihre Antwort.

Sie zögerte kurz und blickte Markus einige Sekunden lang ohne ein Wimpernzucken in die Augen: »Ja, den Dennis kenne ich«, gab sie unumwunden zu.

Langsam und ihre Worte mit Bedacht wählend, erzählte sie uns von einem Abend knapp zwei Wochen zuvor, als der liebeskranke Dennis bei ihr aufgetaucht war.

»Wusstet du denn da schon, dass er den verrückten Plan mit dem Flugzeug hatte?«

»Nein, natürlich nicht«, sie schien ehrlich entrüstet, »ich habe das erst gestern erfahren. Die Polizei war bei mir und hat mir einerseits von seinem Geständnis, andererseits von seinem Alibi berichtet. Von Dennis selbst hab ich die ganze Zeit nichts gesehen und gehört. Er hat zwar an dem Abend einen impulsiven Eindruck auf mich gemacht, aber das hätte ich ihm dann doch nicht zugetraut, erst recht nicht, weil ich ihm doch meine Unterstützung zugesichert hatte.«

Ich hatte ihr aufmerksam zugehört und wollte nun auch etwas zum Gespräch beitragen. Ich wollte zu gern wissen, ob sie Dennis ihre Unterstützung völlig selbstlos zugesagt hatte, oder ob er im Gegenzug auch etwas für sie tun sollte.

Da kam Markus mir aber schon wieder zuvor: »Komisch ... Der Junge scheint im Moment echt durch den Wind zu sein. Erst der Angriff, dann sein beharrliches Leugnen der ganzen Sache. Und vorgestern hat er auch noch mir gegenüber behauptet, du hättest ihn zum Bilderklau bei Janosch Mandelbaum angestiftet.«

Donnerwetter! Da war Markus rhetorisch ausnahmsweise mal geschickt vorgegangen. Verhörtechnisch auf höchstem Niveau und fast so brillant wie unsere Kommissarin Solveig Konradsdottir, die zur Zeit in *Mord am Fjord* ermittelte und die es aus privaten Gründen von Island nach Norwegen verschlagen hatte. Gespannt beobachtete ich Kathinka.

Sie reagierte jedoch erst mal gar nicht auf diese indirekte Anschuldigung, sondern holte aus ihrer Tasche eine unscheinbare Tüte hervor, die offensichtlich mit allerlei Kleinkram gefüllt war. »Wie ich schon sagte, habe ich gestern mit der Polizei gesprochen. Das Zimmer, also der Tatort, ist gestern Abend von der Spurensicherung freigegeben worden«, sie wandte sich an mich, »deswegen hatte ich mich bei euch gemeldet ... Ich wollte nicht allein Jean-Maries persönliche Sachen abholen.« Sie schluckte und fuhr dann fort: »Aber heute Morgen, als die Kinder weg waren, wusste ich nicht, was ich machen sollte, und wollte es dann nur noch hinter mich bringen und bin doch allein hingefahren.«

Ja und, dachte ich, wann kam denn jetzt die Pointe dieser langatmigen Geschichte, und was hatte das mit ihrer vermeintlichen Anstiftung zum Einbruch und Diebstahl zu tun? Ich warf Markus einen verstohlenen Seitenblick zu, doch der hing plötzlich an Kathinkas Lippen, als würde sie das Evangelium verkünden.

»Jedenfalls«, fuhr Kathinka fort, »bin ich jetzt hier, weil ich mich gewundert habe.«

»Worüber denn?«, warf Markus ein.

»Über das hier«, sagte sie, kramte in der Tüte und fischte etwas heraus, was sie vor uns auf den Tisch legte.

Markus verstand nicht, was er da sah, aber ich erkannte den Gegenstand sofort wieder: Es war ein kleiner Lyrikband. Der Titel lautete *Blau, die himmlische Farbe*.

Gut Genfbach

Janosch Mandelbaum konnte sich nicht daran erinnern, sich jemals so am Ende gefühlt zu haben. Er hatte starke Beruhigungsmittel eingenommen und bewegte sich durch die Räume seines Hauses wie ein Schatten seiner selbst.

Seit er am Dienstagmorgen von Jean-Maries Tod aus der Zeitung erfahren hatte, hatte er keinen klaren Gedanken mehr fassen können. Er harrte der Dinge, die er auf sich zukommen spürte. Die Polizei. Wo war die Polizei? Sollten sie ihn nicht vernehmen? Ihn beschuldigen? Sein nicht vorhandenes Alibi überprüfen? Wäre es nicht gerecht, wenn er für etwas bestraft würde, was er gar nicht getan hatte?

Er sollte Kathinka anrufen.

Er tat es nicht.

Solange er mit niemandem über den Mord an Jean-Marie sprach, wäre er vielleicht gar nicht geschehen. Erst Worte verliehen den Dingen ihre Substanz. Dingen, die man besser nicht bei ihrem Namen nannte.

Er dachte daran, was Jean-Marie am Sonntag zu ihm gesagt, welche Dinge er leichtfertig ausgesprochen hatte. In der Zeit seiner Bettlägerigkeit war in ihm anscheinend die Vorstellung herangereift, dass Janosch ihn vorsätzlich mit dem Flugzeug attackiert hatte, mit dem Ziel, ihn zum Schweigen zu bringen. Um der anberaumten Aussprache zu entgehen und die Aufdeckung seines Betrugs zu vermeiden oder zumindest zu verzögern. Das alles hatte er in ruhigem, fast emotionslosen Ton gesagt, und Janosch hatte dagestanden mit dem Buch in der Hand und bebender Unterlippe. Sie hatten sich eine Weile schweigend angesehen; Janosch fassungslos, Jean-Marie ausdruckslos. »Menschen machen Fehler«, hatte Janosch gesagt, »ich bereue meinen zutiefst. Aber was hätte ich denn tun sollen?« Nachdem seine Bank ihn schon lange nicht mehr für kreditwürdig hielt, war er an einen dubiosen Finanzvermittler geraten. Und der hatte dann – für Janosch völlig überraschend – die Rückzahlung der gesamten Summe gefordert, innerhalb weniger Wochen und natürlich inklusive der horrenden Zinsen. Ersatzweise hatte er damit gedroht, ihm einige schlagfertige Kretins auf den Hals zu hetzen, um die Dringlichkeit seiner Forderung noch zu unterstreichen. Aber nie, niemals habe er Jean-Marie ernsthaft schaden wollen. Noch während er gesprochen hatte, hatte Janosch erkannt, dass seine Worte nicht zu seinem Freund durchdrangen. Sie waren an seiner ablehnenden Haltung wie Seifenblasen zerplatzt. Nur Jean-Maries Worte hatten immer noch den Raum zwischen ihnen gefüllt, hatten jedoch keine Brücken, sondern Mauern gebildet, unüberwindliche Hindernisse, abweisend und bedrohlich. Jean-Marie hatte ihn mit der Hand herangewunken, ihn zum Nähertreten aufgefordert. Janosch hatte dieser Geste Folge geleistet, eine leise Hoffnung war plötzlich in ihm aufgestiegen. Vielleicht würde Jean-Marie ihm verzeihen, ihn in den Arm nehmen. Janosch hatte sich zu ihm hinabgebeugt und dabei einen Hauch seines Rasierwassers bemerkt. Erst da waren ihm seine frisch rasierten Wangen aufgefallen, Kathinka hatte ihm bestimmt bei der Rasur geholfen. Janosch hätte gerne für einen Moment seine Hände an Jean-Maries Gesicht gelegt. Er sehnte sich nach einem kühlen, glatten, sauberen Gefühl an seinen klammen Fingern. Das Verlangen ihn zu berühren hatte abrupt geendet, als Janosch hörte, was Jean-Marie sagte, die Lippen dicht an seinem Ohr: »Das wirst du bereuen, Janosch. Die Polizei ist sicher schon gespannt auf meine Aussage.«

Entsetzt war er zurückgewichen. Jean-Maries Blick war ihm vollkommen klar erschienen, es lag keinerlei Verwirrtheit in seinen blauen Augen. Er hatte das Buch auf seiner Bettdecke zurückgelassen und das Krankenhaus Hals über Kopf verlassen. Er hatte sich in sein Auto gesetzt, war ziellos umhergefahren und hatte dabei unzählige Zigaretten geraucht. Ein stechender Schmerz hatte sich dabei über seine linke Körperhälfte ausgebreitet. Mehrmals hatte er die in sein Handy eingespeicherte Nummer angewählt, aufgelegt, um kurz darauf erneut die Wahlwiederholung zu betätigen. Schließlich hatte er doch noch telefoniert und sich danach langsam beruhigt. Die Schmerzen hatten nachgelassen.

Bis gestern.

Noch schlimmer als Jean-Maries Worte hatte ihn nur sein Tod treffen können. Ihm war, als wären seine Gedanken und Gefühle zu etwas Scharfkantigem geworden, woran er sich fortwährend verletzte. Er fand in sich selbst kein sicheres Terrain mehr. Er schleppte sich schwerfällig in sein Atelier, holte das Bild hervor und lehnte es an die Wand. Er setzte, legte und krümmte sich davor auf den Boden. Rollte sich fest zusammen, um nicht gänzlich seine Mitte zu verlieren. Das Bild war gut geworden, aber nicht so gut, dass es Jean-Marie hätte überzeugen können. Alles wäre anders gekommen. Die Schmerzen krochen über seine Brust, in den linken Arm hinab und hoch bis in den Unterkiefer.

Das Blau der Blumen verschwamm vor seinen Augen, verwässerte, die Konturen flossen ineinander. Seine Tränen sammelten sich auf den Holzdielen – erst letzten Sommer hatten sie gemeinsam die Bretter abgeschliffen, lasiert und gewachst.

Markus

Viele Männer meinen ja, Frauen seien die kompliziertesten Geschöpfe unter der Sonne. Malu war auf ihre ganz eigene Art natürlich auch kompliziert, tickte auf der anderen Seite aber auch ganz einfach: Immer, wenn es irgendeine Art von Streit oder Unstimmigkeit zwischen uns gab, konnte man sie mit der Ankündigung eines langen, ausgedehnten Spaziergangs wieder besänftigen.

Okay – der Ankündigung musste dann natürlich auch der lange, ausgedehnte Spaziergang folgen, sonst klappte das nicht. Früher war Sex auch noch ein ganz probates Mittel gewesen, aber ... na ja. Man wird eben nicht jünger, und die Tatsache, dass ich mir erst am Morgen das Knie verdreht hatte, sprach ebenfalls gegen einen neuen Anlauf in Richtung Schlafzimmer. Außerdem wäre das für meine wahren Absichten in dieser Situation auch kontraproduktiv gewesen.

Nachdem Kathinka Caspers uns wieder verlassen hatte, war ich Malu nach Möglickeit aus dem Weg gegangen und hatte einige Vorbereitungen getroffen. Den Lokalteil der Zeitung hatte ich vorsorglich verschwinden lassen, denn blöderweise und entgegen Bäckers Versprechen war mein Beitrag über Dennis und den aufgeklärten Flugzeugangriff unter meinem alten Kürzel erschienen. Das durfte Malu auf gar keinen Fall sehen.

Am frühen Nachmittag wagte ich dann einen Angriff: »Lust auf einen schönen Spaziergang?«

Ich sah ganz deutlich, wie Malu versuchte, ein Lächeln zu unterdrücken. Ich hatte sie schon im Sack!

»Nur ein langer Spaziergang ist ein schöner Spaziergang, Markus.«

Ich nickte nur zur Bestätigung und rief nach Gandhi.

»Ich weiß nicht, ob dein Knie den Belastungen eines *schönen* Spaziergangs schon wieder gewachsen ist?«

»Es wird schon gehen«, antwortete ich tapfer. Gandhi war bereits herbeigerannt, stand nun schwanzwedelnd und sabbernd neben mir und schaute mich mit seinen treuen Augen an.

Ich griff zu meinen Nordic-Walking-Stöcken, als Malu mir von der Tür zurief: »Was ist jetzt? Musst du doch ins Lazarett?«

An der Straßenecke kam es jetzt darauf an, den richtigen Weg einzuschlagen. Nach einem ungeschriebenen Gesetz wechselte das Routen-Vorschlagsrecht bei jeder unserer Touren. Nachdem ich am Freitag bei unserem letzten gemeinsamen Ausgang Malus Schritte in Richtung Polizeieinsatz nördlich von Nettersheim gelenkt hatte, kam es nun darauf an, in die entgegengesetzte Richtung zu kommen. Forschen Schrittes schloss ich zu Malu, die Gandhi an der Leine führte, auf und bog erneut in Richtung Ortsmitte und damit nach Norden ab.

»Momentmomentmoment!«, beschwerte sich Malu sofort lautstark hinter mir. »Wer sagt denn, dass du schon wieder bestimmst, wo wir langgehen?«

»Äh – ich dachte nur, wir könnten erst noch zur Bäckerei und ein Teilchen kaufen. Willst du auch eins?«

»Hallo? Ich hör immer nur Teilchen. Hast du in letzter Zeit mal in den Spiegel geguckt, Markus? Hier geht's lang!«

Wie gewünscht wandte sich Malu in Richtung Genfbachtal – und damit nach Süden. Ach, wäre der Umgang mit Frauen doch immer so einfach …

Auf dem Weg durch das winterlich kalte Genfbachtal musste ich zwar noch zwei kleinere Zugeständnisse machen, was die Länge unseres Spaziergangs betraf, letztlich aber schlug Malu auch noch den Weg bergauf zum Gut Genfbach ein, wie ich es mir insgeheim gewünscht hatte. Nach dem Besuch Kathinkas musste ich einfach hierhin und nach einer Möglichkeit suchen, mit Janosch Mandelbaum zu sprechen. Kathinka hatte uns am Vormittag berichtet, wie sie in den Besitz des dünnen Gedicht-Bandes gekommen war, den sie uns gezeigt hatte.

»Fassen wir also noch mal zusammen, was wir bis jetzt wissen«, wandte ich mich an Malu. »Das Buch mit den Gedichten muss Mandelbaum im Krankenhaus zurückgelassen haben. Er hat also mit hoher Wahrscheinlichkeit seinem Freund Caspers einen Besuch abgestattet.«

»Richtig«, bestätigte Malu. »Das Buch hat er am Samstag bei mir im Antiquariat gekauft. Am Sonntag hat eine Krankenschwester das Buch ins Regal gestellt, als sie Caspers das Abendessen serviert hat. Da war Mandelbaum also wieder weg, und Jean-Marie noch am Leben«, wiederholte sie die Informationen, die wir von Kathinka erhalten hatten.

»Auf den ersten Blick scheidet Mandelbaum dadurch als Täter aus, aber er kann ja noch mal ins Krankenhaus zurückgekehrt sein und seinen Freund dann erschossen haben«, überlegte ich. »Er ist ja schließlich auch bei seinem ersten Besuch unbemerkt in die Klinik und wieder nach draußen gekommen …«

»Ja, das stimmt. Der Todeszeitpunkt liegt laut Kathinka zwischen Mitternacht und drei Uhr in der Frühe.« Malu war stehen geblieben und ließ ihren Blick über das winterliche Genfbachtal und die verträumt auf einer kleinen Anhöhe stehende Ahekapelle auf der gegenüberliegenden Talseite schweifen. Die Äste der Bäume und Sträucher am Wegesrand waren mit einer dicken Raureifschicht bedeckt. Malu, Gandhi und ich ließen beim Atmen kleine Wölkchen aufsteigen.

»Da hatte er massig Zeit, um noch einmal nach Schleiden zu fahren«, bestätigte sie. »Aber das ist so ein feinfühliger, zurückhaltender Mensch – soweit ich ihn von seinen Besuchen bei uns in der Scheune kenne. Ein Künstler durch und durch. Ich kann mir nicht vorstellen, dass der eiskalt die Wumme auf seinen besten Freund richtet und abdrückt«, gab sie zu bedenken. »Und welches Motiv soll er außerdem gehabt haben?«

»Tja, das ist die Frage«, sagte ich. »Es muss was mit diesem Bild zu tun haben. Das taucht doch immer wieder auf.«

Kathinka hatte uns berichtet, dass sie immer schon ein angespanntes Verhältnis zu dem Maler Janosch Mandelbaum gehabt hatte, der sich mit Jean-Marie das Atelier auf Gut Genfbach teilte, und der immer wieder versucht hatte, seinen alten Freund gegen »dieses junge Ding aus Russland« aufzubringen. »Darum habe ich doch auch Dennis dazu angestiftet, bei Mandelbaum einzubrechen und das Bild zu stehlen«, hatte Kathinka erklärt, als sie an unserem Esstisch gesessen hatte. »Ich habe diesem Mann einfach nicht getraut.«

In der Folge hatte Kathinka uns geschildert, warum sie das Bild unbedingt in ihren Besitz hatte bringen wollen: Bei dem Gemälde handelte es sich – wie wir bereits vermutet hatten – um eine Replik des berühmten Blaue-Blumen-Motivs von Jean-Maries Großvater. Es hatte sich wohl schon immer in Familienbesitz befunden und Jean-Marie hatte eine enge, emotionale Beziehung zu dem Bild aufgebaut, weil es ihn an seinen innig geliebten Opa erinnerte. »Jean-Maries Mutter hat uns das Gemälde schließlich zur Hochzeit geschenkt. Als er sich dann sein Atelier auf Gut Genfbach eingerichtet hat, hat er das Bild dorthin mitgenommen, weil er es beim Malen in seiner Nähe haben wollte«, hatte Kathinka erzählt. Sie habe zunächst nichts dagegen gehabt, doch in den vergangenen Wochen und Monaten waren wohl einige dunkle Wolken am Himmel ihrer Beziehung aufgezogen. Sie habe Angst gehabt, dass sich Jean-Marie von ihr trennen wollte, und deshalb habe sie das Bild unbedingt in ihrem unmittelbaren Einflussbereich haben wollen.

»Da trifft es sich doch ganz ausgezeichnet, dass wir praktisch schon im Vorgarten von Gut Genfbach stehen«, sagte ich und deutete mit einem meiner Nordic-Walking-Stöcke auf das großzügige, am Waldrand liegende Anwesen, das sich durch das vor uns stehenden Buschwerk bereits deutlich abzeichnete. Gandhi ging in Deckung – braves Hundi.

»Ach, und ich soll jetzt hier den Doktor Watson geben und mit dir an der Haustür klingeln? ›Guten Tag, haben Sie vielleicht Herrn Caspers erschossen?‹ Das kannst du vergessen, Markus!«, zischte mir Malu mit blitzenden Augen entgegen. »Jetzt versteh ich auch, warum du unbedingt mit mir spazieren gehen wolltest!«

»Aber du hast dich für den Weg Richtung Gut Genfbach entschieden, da hatte ich ja überhaupt keinen Einfluss drauf«, versuchte ich, meine Hände in Unschuld zu waschen.

Aber Malus Blick verriet, dass sie auch diesen Schachzug durchschaut hatte. »Du bist echt 'ne widderlije Möpp, Markus. Da hatte meine Mutter ausnahmsweise mal recht, als sie das gesagt hat.«

»Das hat deine Mutter ganz sicher nie über mich gesagt. Ich bin ja schließlich ihr Lieblingsschwiegersohn.«

»Du bist ihr einziger Schwiegersohn.« Malu verschränkte die Arme vor ihrer Brust und sah mich weiterhin ziemlich angesäuert an.

Aber da musste ich als Sherlock Poschen jetzt durch. »Hör mal, Malu«, machte ich einen neuen Anlauf. »Ich hab das Gefühl, dass wir ganz nah an der Aufklärung dieses Falles dran sind. Die Polizei hat keine Ahnung, um was es hier wirklich geht, und wenn wir mit unseren Recherchen zur Aufklärung beitragen können, ist es sogar unsere Pflicht, etwas zu tun.«

Malu schnaubte verächtlich.

»Und natürlich bin ich nicht so blöd, dem möglichen Täter gänzlich unvorbereitet entgegenzutreten«, erklärte ich. »Hier!«

Ich öffnete den Reißverschluss meiner Funktionsjacke und zog die zwei zusammengerollten DIN-A4-Blätter aus der Innentasche, die ich vor dem Start zu unserer Tour noch schnell am PC ausgedruckt hatte.

»Das hast du ja ganz toll ausbaldowert, Markus«, entgegnete Malu, und versuchte dabei ein gespieltes Gähnen zu unterdrücken. »Wenn uns Mandelbaum mit der Tatwaffe bedroht, ziehst du ihm eins mit deinem Papier-Knüppel über. Du weißt tatsächlich, dich mit der Kraft des gedruckten Wortes zu verteidigen.«

»Nein«, sagte ich, nun ebenfalls ein wenig genervt. Die Frau konnte einen wirklich zur Weißglut bringen. Ich faltete die beiden Blätter auseinander und hielt sie Malu unter die Nase. »Das ist ein Ausdruck deines Antiquariats-Newsletters, Malu. Wir klingeln einfach an seiner Tür und stellen den Newsletter persönlich zu«, erklärte ich meinen subtilen und ausgeklügelten Plan. Vor Weihnachten hatte Malu allen Stammkunden ihres Antiquariats zum ersten und bislang einzigen Male einen E-Mail-Newsletter zugeschickt. Wie ich richtig vermutet hatte, gehörte Mandelbaum zu den Kunden, die noch keine E-Mail-Adresse angegeben hatten.

»So kommen wir problemlos ins Haus, plaudern ein wenig mit ihm und kommen dann natürlich ganz automatisch auf das tragische Ereignis und auf das Bild zu sprechen. Ist doch genial, oder?«

Malu fand meinen Plan aber dann doch nicht so genial. Sie schaute mich nur kopfschüttelnd an und setzte sich dann mehr oder weniger wortlos mit Gandhi im Schlepptau wieder in Bewegung. Zusammenfassend könnte man sagen, dass sie mir viel Glück bei meinen Ermittlungen wünschte und es vorzog, jetzt schon einmal den Heimweg anzutreten.

Einige Minuten später stand ich am Zaun von Gut Genfbach, der die gesamte Anlage umgab. Trotz des herrschaftlich anmutenden Namens handelte es sich dabei weniger um einen klassischen Gutshof als vielmehr um eine – zugegebenermaßen idyllisch gelegene und großzügig geschnittene – Villa, die wohl eher aus der zweiten Hälfte des 20. Jahrhunderts zu stammen schien. Bis zur Haustür waren es noch etwa fünfzehn Meter. Mandelbaum musste zu Hause sein: Aus dem Kamin stieg Rauch auf, und sein Auto, ein betagtes, flaschengrünes Mercedes-Coupé, das aber noch gut in Schuss war, stand neben dem Haupthaus unter dem Dach eines hölzernen Carports.

»Ja bitte?« krächzte es wenige Sekunden nach meinem zweiten Klingeln mehr als zögerlich aus der Gegensprechanlage. »Wer ist da?«

Ich erklärte, wer ich war und was ich wollte. Doch entgegen meiner Vermutung ertönte daraufhin nicht sofort das Summen des elektrischen Türöffners am Gartentor.

»Das ist ja nett von Ihnen, Herr Poschen. Aber ich habe jetzt leider keine Zeit für Sie. Werfen Sie den Brief doch einfach in den Briefkasten. Auf Wiedersehen.«

»Ähm, da wäre noch was, Herr Mandelbaum«, setzte ich an, ohne genau zu wissen, wie ich fortfahren wollte. »Herr Mandelbaum? Hallo? Hören Sie noch?«

Ich musste mir schließlich nicht mehr mein Hirn zermartern, wie ich den alten Pinselschwinger zum Öffnen der Türe bewegen wollte, denn der Lautsprecher blieb stumm. Frustriert stopfte ich die beiden Blätter in den Briefkasten und trat den Heimweg nach Nettersheim an.

Gut Genfbach

Kathinka Caspers wusste mit Verlusten umzugehen – zumindest besaß sie die Fähigkeit, die unabänderlichen Verluste von den vermeidbaren zu unterscheiden. Am – zweifelsohne – tragischen Verlust ihres Ehemannes war nichts mehr zu ändern, aber den drohenden Verlust des Bildes sah sie noch als vermeidbar an. Deswegen hatte sie keine wertvolle Zeit vertrödelt und sich sofort nach dem Besuch bei den Poschens zu Gut Genfbach aufgemacht.

Obwohl das Autorenpaar sie zu ihrer großen Überraschung auf den Jungen angesprochen hatte, hatte sie es dennoch geschafft, so wenig wie möglich und so viel wie nötig preiszugeben. Sie hatte nicht direkt gelogen, aber auch nicht die ganze Wahrheit über ihre Beweggründe offenbart und letztendlich dann auch die Bestätigung hinsichtlich der Herkunft des Buches erhalten. Höchst zufrieden und selbstsicher war sie zu Mandelbaum gefahren, um ihn mit ihrem Wissen zu konfrontieren, ein wenig unter Druck zu setzen und ihn so zu der Herausgabe des Bildes, nunmehr ihres alleinigen Bildes, zu bewegen. Selbst wenn er ein Alibi für die Tatzeit haben sollte, war er nun mal nachweislich einer der letzten, die Jean-Marie lebend gesehen hatten.

Zu ihrer Verwunderung hatte Mandelbaum sofort den Türöffner betätigt und sie hereingelassen. Sie war ein wenig argwöhnisch gewesen, da ausgerechnet Mandelbaum sich in den vergangenen Tagen nicht bei ihr gemeldet hatte. Doch dann war sie bei seinem Anblick zutiefst erschrocken. Selbst jetzt, rückblickend, schauderte es sie immer noch, wenn sie daran dachte. Janosch Mandelbaum war bleich gewesen, hohlwangig, unrasiert, die Augen blutunterlaufen, die Haare filzig und ungewaschen. Tiefe Trauer hatte vollkommen Besitz von ihm ergriffen, Schmerz und Leid dünsteten förmlich aus jeder seiner Poren. Es war unschwer zu erkennen, dass Mandelbaum um mehr trauerte als um einen Freund. Nicht die Aura eines Mörders umgab ihn, sondern die eines gebrochenen Mannes.

Kathinka brauchte einen Atemzug, um ihre Erschütterung zu überwinden. Dann fiel ihr wieder der Zweck ihres Besuches ein. Besser hätte sie es gar nicht treffen können, dachte sie, während sie ihn unauffällig – teils mitleidig, teils voller Abscheu – musterte. Er stand kraftlos vor ihr, er schwankte leicht. Hatte er getrunken? Sie wollte sich nicht mit langem Geplänkel aufhalten, sondern ging zum Überraschungsangriff über und forderte unumwunden das Bild zurück.

»Ich habe das Bild nicht.« Seine Stimme klang zittrig.

Heiße Wut war in ihr hoch- und wieder zurückgeschnellt, einer Stichflamme gleich. Sie durfte jetzt nicht die Kontrolle verlieren.

»Es war mal hier, aber jetzt nicht mehr. Ich weiß nicht, was Jean-Marie damit gemacht hat.« Wie zum Beweis seiner Worte, führte er sie ins Atelier.

Obwohl draußen die Spätwintersonne schien, herrschte hier drinnen diffuses Dämmerlicht. Die Vorhänge ringsherum waren zugezogen, und weil Mandelbaum sich nicht rührte, ließ sie selbst Licht herein. Sie zog die Stoffbahnen mit energischen Bewegungen zur Seite, um sich anschließend umzusehen.

Mandelbaum beobachtete sie regungslos, mit hängenden Schultern. »Wie du siehst, siehst du jetzt auch nicht mehr als vorher. Licht kann nichts sichtbar machen, was nicht da ist«, sagte er ausdruckslos, fast gleichgültig.

Doch das reichte für ein erneutes Hochschnellen der Stichflamme in Kathinkas Innerem. Sie ließ eine wüste Kanonade aus Flüchen, Beschimpfungen und Beleidigungen auf ihn niederprasseln, und als ihr in der fremden Sprache die Worte ausgingen, machte sie in ihrer Muttersprache weiter. Mandelbaums klägliche Gestalt sackte zusehends, grotesk langsam wie in Zeitlupe in sich zusammen, bis er schließlich auf dem Boden kauerte, die Hände an die Ohren gepresst und wimmerte: »Gehgehgeh.«

Kathinka ging.

Ihr Puls hämmerte, das Blut rauschte in ihren Ohren.

Im Auto sitzend versuchte sie, sich zu beruhigen.

Entgegen ihrer festen Absicht war sie mit leeren Händen gegangen, und entgegen ihrer festen Absicht liefen ihr jetzt heiße Tränen über die Wangen. Sie weinte um ihre Verluste, vergangene und zukünftige, unabänderliche und vermeidbare.

Während sie zurück nach Linkem fuhr, gewann Kathinkas pragmatische Seite wieder die Oberhand. Systematisch ging sie im Geiste die Fakten durch:

Es gab kein Testament. Der Freigeist Jean-Marie hatte solch ein Dokument nie für nötig befunden – in seiner maßlosen Selbstüberschätzung hatte er sich wohl für unsterblich gehalten. Einzig die Expertise bezeugte die Existenz des Bildes, seine Provenienz und nicht zuletzt – und das war das Wichtigste – seinen Wert. Wenn Mandelbaum das Bild nicht hergab, müsste er ihr dann nicht wenigstens Schadenersatz leisten? Aber was, wenn er weiter dabei blieb, dass Jean-Marie das Bild seines Großvaters an sich genommen habe? Kathinka befiel das untrügliche Gefühl, dass sie Beistand gebrauchen könnte – weniger im religiös-spirituellen, als im rechtlichen Sinne. Vertrauenswürdig und diskret. Doch sie kannte niemanden.

In Gedanken versunken lenkte sie ihren Wagen in eine kleine Haltebucht und kam dort zum Stehen. Sie befand sich auf einer kleinen Landstraße in einem schmalen Seitental zwischen Nettersheim und Linkem. Starr blickte sie in die dichten Wälder, die sich zu beiden Seiten der Straße erhoben. Ihre Hände umklammerten immer noch das Lenkrad. Kannte sie wirklich niemanden?

Donnerstag, 10. Februar

Malu

Autorentreffen?«, echote Markus nun schon zum wiederholten Mal.

Meine Ankündigung, zum jährlichen Treffen der Vereinigung Deutscher Autorenpaare zu fahren, hatte ihn doch ziemlich aufgebracht.

»Aber wieso denn, Malu?«, fragte er nun, »was willst du denn bloß da?«

Markus hatte erst zweimal an einem solchen Treffen teilgenommen und es beide Male gähnend langweilig und uneffektiv gefunden.

»Na, mich vielleicht mal wieder mit anderen Menschen austauschen, die auch der schreibenden Zunft angehören und keine Umschulung zum Hobby-Ermittler gemacht haben.«

»Ach Malu«, flehte er schon fast, »was willst du denn noch? Ich hab mich doch schon entschuldigt. Ich hab eingesehen, dass es keine gute Idee war, Janosch Mandelbaum auf die Pelle zu rücken ...«

»... und die Bäder schlampig zu putzen und einen Artikel für den *Boten* zu schreiben, statt endlich an unserem Buch zu arbeiten! Du hast mich voll verarscht, mein Lieber!« Ich war ihm auf die Schliche gekommen – die Zeitung hatte er zwar verschwinden lassen können, nicht aber deren Seite im Internet. »Wir hatten eine Abmachung, an die du dich nicht gehalten hast«, fuhr ich in ärgerlichem Ton fort. »Du denkst doch nur noch an Caspers und irgendwelche Bilder und da *du* andauernd machst, was du willst, mach *ich* das jetzt auch und fahre von morgen bis Sonntag nach Köln!«

Markus guckte wie eine Kuh, wenn's donnert.

Jimi versuchte, möglichst unauffällig aus der Schusslinie seiner streitenden Eltern herauszukommen: Er schlich auf Zehenspitzen und mit auf Halbmast hängenden Jeans durch das Esszimmer, saugte jedoch dabei an einem fingerdicken Strohhalm, der in einem unserer größten Gläser (welches ich auch häufig als Blumenvase benutzte) steckte und erzeugte ein schlürfendes Geräusch, das mich kurz von Markus ablenkte.

»Und du«, richtete ich Pfeil und Bogen auf meinen Sohn, der erst ertappt zusammenzuckte und dann erstarrte, »du räumst gefälligst das Chaos in der Küche auf und zwar heute noch und rückstandslos! Auch wenn dir schlecht sein sollte von deiner ekelhaften Tee-Plörre!«

Jimi hatte einen Großteil des Nachmittags am Herd verbracht und dort unter Zuhilfenahme von diversen Zutaten, die er im Internet geordert hatte, literweise Bubble-Tea zusammengepantscht. Angeblich mochte er das süß-klebrige Zeug gar nicht, hatte sich jedoch im Rahmen einer schon seit Wochen andauernden Chemie-Hausarbeit zu umfangreichen Feldstudien bereiterklärt. Ich war schon mit nackten Füßen in Tapioka-Perlen gelatscht, die ungefähr die Konsistenz von Fischlaich hatten. Außerdem hatte ich den starken Verdacht, dass sowohl Trollbekkas Magenverstimmungen als auch Gandhis Obstipation von diesen gummiartigen Perlen herrührten.

Jimi trollte sich kleinlaut und unter obligatorischen Schlürfgeräuschen aus dem Zimmer.

»Aber Autorentreffen!«, fing Markus erneut an, kaum dass Jimi die Tür hinter sich geschlossen hatte. »Ausgerechnet! Nur weil du mit den Allgäuern Käse reden willst!«

»Also, wenn überhaupt rede ich mit den Allgäuern *über* Käse,« stellte ich seine unqualifizierte Bemerkung richtig.

Als »die Allgäuer« bezeichnete Markus das mit Abstand bekannteste deutsche Autorengespann Schlüpfel und Schobr aus Kempten. Auf die beiden war er aus mir unbekannten Gründen meistens nicht gut zu sprechen – sei's wegen deren seit Jahren ungebrochenen kommerziellen Erfolgen mit kultigen Allgäu-Krimis oder – und das erschien mir am wahrscheinlichsten – wegen des umfassenden und faszinierenden Wissens der beiden über Allgäuer Käsesorten. Da konnte Markus wirklich nicht mitreden, denn er war ein ausgesprochener Käsemuffel und akzeptierte zur Not allerhöchstens jungen Gouda auf seinem Brot. Schon beim Anblick und Geruch von Emmentaler oder Bergkäse konnte es bei ihm (angeblich) zu plötzlichem Blutdruckabfall und Drehschwindel kommen.

»Und dann erst Evi Zohr-Lenz«, lästerte er munter weiter, »unsere historisch ambitionierten Dauercamper!«

»Ja ja«, unterbrach ich ihn genervt und um weiteren Angriffen auf Kollegen zuvorzukommen, »damit die nicht aus ihrer gewohnten Umgebung rausgerissen werden, findet das Treffen auch gar nicht in Köln statt, sondern in der Villa Froschloch in Dortmund-Hombruch, direkt neben dem Campingplatz.« Manchmal kam ich gar nicht umhin, Markus einen Bären aufzubinden – *obwohl* das Ehepaar Zohr-Lenz tatsächlich größtenteils und aus freien Stücken im Wohnwagen lebte, womit sie offenbar auch prima zurechtkamen. Nur Markus besaß seit frühester Kindheit ein ausgeprägtes Camping-Trauma: Seine Eltern hatten ihn und seine zwei Geschwister in einen klapprigen VW-Bus gepackt und einen ausgedehnten Südeuropa-Trip unternommen. Bedingt durch schwere Regenfälle und Probleme mit der Kurbelwelle des betagten Gefährts hatte die Poschen'sche Sippe eine Art Zwangsaufenthalt auf einem abgelegenen Campingplatz in Italiens drittbester Gegend einlegen müssen. Selbst wenn es damals schon Qualitätsbeurteilungen in Form von Sterne-Vergabe gegeben hätte, dann hätte dieser – laut seiner Aussage – ganz bestimmt keinen einzigen bekommen. Auch seine rheumatischen Gelenke waren demnach Spätfolgen dieses verregneten Urlaubs und der damit einhergehenden feuchten Kälte.

Markus' Nörgeleien über meine Pläne für die nächsten Tage hatten noch eine Weile angehalten. Je mehr er mir das Treffen madig machen wollte, desto mehr hielt ich daran fest, und desto weniger Veranlassung sah ich, ihn über meine wahren Absichten in Kenntnis zu setzen. Markus war selber schuld, wenn ich ihn anlog! Er provozierte mich geradezu zu Halb- und Unwahrheiten. Irgendwann hatte ich die Faxen dicke gehabt und Leine gezogen – im wahrsten Sinne des Wortes, denn wozu hat man denn einen Hund? Wie hatte ich Konflikte bloß früher gelöst, als wir noch völlig hundlos waren? Ich konnte mich nicht erinnern.

Als ich nach circa zwei Stunden von unserem ausgiebigen Spaziergang zurückkehrte, war Markus weg. Diesmal ohne jegliche Erklärung, keine Nachricht in unleserlicher Markus-Klaue, nichts. Aber ich kannte ihn gut genug, um auch ohne Schriftverkehr zwischen den nicht vorhandenen Zeilen lesen zu können: Markus war sauer und beleidigt.

Jimi wusste auch nichts über seinen Verbleib.

Später ging ich mit einem Collegeblock ins Bett und schrieb halbherzig an meinem Kapitel. Dabei überlegte ich, warum wir es versäumt hatten, Beziehungsgrundsätze zu verfassen, beispielsweise, den Tag nie im Streit zu beenden. Andererseits hatte ich noch nie verstanden, wieso eine stundenlang bestehende Uneinigkeit plötzlich geklärt sein sollte, nur weil man müde war.

Irgendwann löschte ich das Licht und versuchte zu schlafen, obwohl Markus noch immer abgängig war. Ein bisschen regte mich das auf. Um mich abzulenken, dachte ich an die kommenden Tage und daran, wie herrlich diese werden würden: endlich würde ich in Ruhe arbeiten können und keine Ermittlungen durchführen müssen – außer die auf dem Papier. Voller Vorfreude schlief ich ein.

Anwaltskanzlei, Düsseldorf

Er legte den Telefonhörer auf und lehnte sich in seinem ledernen Schreibtischsessel zurück. Er musste nachdenken, die nächsten Schritte planen. Langsam stand er auf, ging zum Schrank neben der Sitzgruppe und öffnete das Barfach, um sich einen doppelten Cognac einzuschenken. Schon sein zweiter heute, aber es war gleich fünf, und Termine hatte er an diesem Tag nicht mehr. Er ging zurück zum Schreibtisch, stellte das Glas neben der Computertastatur ab, lockerte seine Krawatte und nahm erneut den Telefonhörer zur Hand. »Sie können für heute Schluss machen, Frau Richter. – Ja, danke. Ihnen auch.«

Mandelbaum war der Sache nicht gewachsen, das wurde immer deutlicher. Der Mann war ein nervliches Wrack. Er kam nicht damit klar, was er getan hatte, und vor allem nicht mit der Tatsache, dass ihm inzwischen die Polizei auf die Pelle gerückt war. Nach allem, was er wusste, war das aber bislang nur eine reine Routinebefragung gewesen: Die Ermittler hatten die Nachforschungen auf das Umfeld von Caspers ausgedehnt. Politische Freunde und Gegner rückten dabei ebenso ins Visier wie Kollegen aus der Schule und die eigene Familie, die allerdings nur aus der Witwe und den drei kleinen Kindern bestand.

Erneut setzte er das Glas an und ließ die goldene Flüssigkeit langsam seine Kehle hinabrinnen. Er spürte die Wärme und entspannte sich ein wenig. Es kam jetzt darauf an, die Nerven zu behalten. Aber ob Mandelbaum das gelingen würde, da hatte er inzwischen doch erhebliche Zweifel.

Mehr noch als der Besuch der Kripo schien Mandelbaum das Auftauchen dieser beiden Krimifuzzies aus Nettersheim beunruhigt zu haben. Vom Fenster im ersten Stock seines Hauses hatte der Maler das Schriftstellerpaar beobachtet, das sich jenseits der kahlen Buchenhecke offenbar ein Wortgefecht geliefert hatte. Dann hatten sie sich getrennt: Die Frau war mit dem Hund im Wald hinter Gut Genfbach verschwunden, während der Mann kurz darauf an der Haustür geklingelt hatte.

»Der Poschen hat nur einen Vorwand gesucht, ins Haus gelassen zu werden«, hatte Mandelbaum ihm am Telefon aufgeregt, ja fast atemlos berichtet. »Da bin ich mir sicher.«

Es war dem Maler zwar offenbar gelungen, den Schriftsteller rasch abzuwimmeln, gleichzeitig hatte er aber befürchtet, dass sich die Frau von der Waldseite heranschleichen würde, um ihn zu beobachten.

»Ich halte das nicht mehr aus hier. Die großen Panoramascheiben im Erdgeschoss: Ich fühle mich wie ein Fisch im Aquarium, der von allen Seiten beglotzt wird«, hatte Mandelbaum am Telefon geklagt.

Es hatte ihn ein gehöriges Maß an Zeit und Einfühlungsvermögen gekostet, Mandelbaum, die alte Schwuchtel, zu beruhigen und ihn davon abzubringen, Gut Genfbach Hals über Kopf zu verlassen.

»Ich komme morgen in die Eifel, dann reden wir in aller Ruhe, Herr Mandelbaum. Machen Sie jetzt bloß keinen Quatsch!« Dann hatte er das fast zwanzigminütige Telefonat beendet.

Merkwürdig war das ja schon, überlegte er jetzt. Bereits zum zweiten Mal war an diesem Tag der Name Poschen in einem Telefonat gefallen.

Nachdem er sich einen dritten Cognac genehmigt hatte, suchte er im Internet nach Informationen über die beiden Schriftsteller. Als er das Foto des Paares auf deren Homepage betrachtete, erkannte er den Mann wieder, der sich am vergangenen Wochenende beim Tag der offenen Tür in Stolzenfels nach der Modellfluggruppe erkundigt hatte: Markus Poschen.

Und auch Kathinka Caspers hatte bei ihrem Anruf davon gesprochen, dass sie sich mit den Poschens getroffen habe.

»Was haben die vor?«, fragte er sich selbst. Eins stand unterdessen fest: Die beiden durfte er nicht aus den Augen lassen. Und gegebenenfalls würde er sich um dieses Problem entsprechend kümmern müssen.

Freitag, 11. Februar

Markus

Seit ihrem Auftauchen auf diesem Planeten sind Frauen die kompliziertesten Geschöpfe unter der Sonne. Sie waren es immer und sie werden es immer sein, daran bestand mit Blick auf Malus Verhalten überhaupt kein Zweifel. Sollte ich jemals gesagt haben, dass ich Malus Kompliziertheiten nach fast zwanzig gemeinsamen Jahren ganz gut einschätzen, beurteilen oder gar manipulieren konnte, widerrufe ich diese Aussage unwiderruflich. Für immer.

Ihre Ankündigung, das Jahrestreffen der Bundesvereinigung Deutscher Autorenpaare (BuDA) besuchen zu wollen, hatte mich gänzlich unvorbereitet getroffen und mir die Sprache verschlagen. Schon vor Wochen, als die Einladung mit der Post gekommen war, hatten wir uns gegen eine Teilnahme entschieden und gemeinsam über die lieben Kollegen abgelästert, die das Jahrestreffen gerne nutzten, um ihre aktuellen Auflagenzahlen zu kolportieren, über das angebliche Interesse an den Filmrechten ihres letzten Romans zu berichten oder einfach nur irgendwelchen Käse – das war bei einigen Teilnehmern sogar wörtlich zu nehmen – zu erzählen.

Was wollte so eine tolle Frau wie Malu in dieser Runde? – Gut, wir waren Mitglied in diesem Verband. Eigentlich hielt ich es aber eher mit Groucho Marx, der ja bekanntlich einmal gesagt haben soll, dass er einem Club, der ihn selbst als Mitglied akzeptiere, gar nicht angehören wolle. Wahrscheinlich hatten diese blöden Allgäuer eine Kaffeemaschine als Prämie bekommen, als sie uns damals in die BuDA hineingequatscht hatten.

Ich hatte bereits zweimal an einem BuDA-Treffen teilgenommen: Zuletzt 2006 im Ostseebad Heringsdorf. Ich hatte mich tatsächlich gefreut und die achthundert Kilometer Autobahn, die zwischen Nettersheim und der Insel Usedom lagen, gerne in Kauf genommen. Die Bäderarchitektur, feinste Sandstrände, der Austausch mit den Kollegen, laue Nächte am Ostseestrand: So hatte ich mir das vorgestellt. Bekommen hatte ich ein verregnetes Wochenende auf dem Campingplatz, wo die Organisatoren des damaligen Treffens für diejenigen Teilnehmer, die ohne eigenes Wohnmobil angereist waren, eine Gemeinschaftsunterkunft aus DDR-Restbeständen angemietet hatten. Mein Bedarf an Veranstaltungen der BuDA war seitdem auf Jahre hinaus gedeckt.

Mir war absolut schleierhaft, warum Malu ausgerechnet jetzt, nach mehrjähriger Abstinenz, wieder an einem solchen Jahrestreffen teilnehmen wollte. Und das, wo wir neben der Arbeit an *Mord am Fjord* doch auch noch diesen echten Fall zu lösen hatten. Ich konnte den leisen Verdacht nicht loswerden, dass Malu an der Auflösung gar nicht so sehr interessiert war. Jedenfalls engagierte sie sich viel zu wenig, fand ich.

Ihr Entschluss schien hingegen festzustehen: Am Vorabend hatte sie ihre Sachen gepackt und war mit dem Hinweis darauf, dass es in den kommenden Tagen sicher immer recht spät werden würde, zeitig zu Bett gegangen, wie mir Jimi bei meiner Rückkehr berichtet hatte. Gefrühstückt hatte sie heute früh alleine; ich war etwas später aufgestanden und hatte sogar noch den Schlafanzug an, als sie sich kurz und knapp und mit einem Küsschen von mir verabschiedet, ihre Tasche auf die Rückbank des kanariengelben Fiats geschmissen hatte und losgebraust war.

»Aber du hast doch gar keine Umweltplakette!«, rief ich ihr noch hinterher, aber da war sie auch schon fort.

Jetzt erst recht, sagte ich mir und fühlte die enorme Portion Trotz in mir als erfrischend positive Motivation. Vielleicht würde ich später am Abend noch dazu kommen, mich um *Mord am Fjord* zu kümmern – aber hier und jetzt galt es einen Fall zu lösen, einen echten Fall. Und wenn Malu es für nötig befand, aus unserer Vereinbarung auszuscheren, dann würde ich die Sache eben allein zu Ende bringen.

Ich machte mir einen extra großen, extra milchschaumigen Milchkaffee und setzte mich ins Wohnzimmer, um in Ruhe nachzudenken. Ich vertrieb die blöde Katze vom Sofa, die während der Wintermonate ihre Aufgabe als Hauskatze für meinen Geschmack etwas zu wörtlich nahm. »Wann warst du eigentlich zum letzten Mal draußen?«, fragte ich sie, als sie wenige Sekunden später schon wieder auf dem völlig vollgehaarten Polster Platz nehmen wollte. Da ich wusste, dass ich keine Antwort zu erwarten hatte, packte ich Trollbekka am Schlafittchen und trug sie zur Haustür. »Geh schön spielen!«, rief ich ihr hinterher, als ich sie im hohen Bogen an die frische Luft gesetzt hatte.

Nachdem ich es mir wieder auf dem Sofa gemütlich gemacht hatte, musste ich an meinen gestrigen Ausflug nach Heimbach denken. Nachdem Malu mit Gandhi losgezogen war, hatte ich auch keine Lust mehr gehabt, das Haus zu hüten. So hatte ich kurzerhand beschlossen, dem »Club Tropicana« in Heimbach einen Besuch abzustatten. Mein Schwiegervater hatte mir die Lage des Etablissements genau beschrieben, als er am vergangenen Sonntag erzählt hatte, wie er dort seinen Kumpel Trueba hatte abholen sollen. Seitdem Büb mir von dem Club und dieser merkwürdigen Verbindung nach Nettersheim erzählt hatte, stand ein Besuch dieses Sündenpfuhls auf der To-do-Liste meiner Ermittlungstätigkeit. Leider hatte ich gestern kein Glück gehabt, ausgerechnet der Donnerstag war im *Club Tropicana* ein Ruhetag, womit ich nie und nimmer gerechnet hätte. Aber am heutigen Freitag, so hatte ich mich gestern vor verschlossener Tür auf einem hübschen Schild am Eingang versichern können, heute war der Club bereits ab zehn Uhr am Vormittag geöffnet. Das erschien mir ideal für meine Recherchezwecke. Und damit konnte ich hoffen, bis zum Mittag wieder zurück zu sein, um als verantwortungsvoller Vater meinem Sohn Jimi ein reichhaltiges und vollwertiges Mittagessen herbeizaubern zu können.

Voller Tatendrang sprang ich auf, schrieb Jimi eine kurze Notiz und machte mich auf den Weg.

Obwohl ich ja gar nicht die Dienste der im *Club Tropicana* beschäftigten Damen in Anspruch nehmen wollte, hatte ich doch gewisse Hemmungen, den Club zu betreten. Wer würde mir schon glauben, dass ich nur in einem Kriminalfall ermitteln wollte, wenn er mich in diesem … nun ja … Puff antraf? Mein kriminalistischer Spürsinn gewann aber doch die Oberhand, und ich schob meine Zweifel beiseite. Außerdem war Heimbach weit genug entfernt von Nettersheim, da wäre es doch schon sehr unwahrscheinlich, einem bekannten Gesicht zu begegnen.

Der kleine, mit einem blickdichten Zaun abgeschirmte Parkplatz vor dem Club lag wie verlassen da: Kein einziges Auto war zu sehen. Zu solch früher Stunde hielt sich der Betrieb also noch in Grenzen – umso besser. Erleichtert parkte ich meinen Kleinwagen, stieg aus, schaute mich noch einmal gründlich nach allen Seiten um und eilte dann über den unter meinen Sohlen knirschenden Kies in Richtung Haustür. Ich hatte die Klingel noch nicht betätigt, da wurde die Tür auch schon von innen geöffnet. Mir gegenüber stand ein dicker Mann mit einer Augenklappe.

»Ah! Tach, Herr Poschen. Lang nich mehr jesehen!«

Der Dicke Jupp, das einäugige Nettersheimer Original, grinste mir breit entgegen, während er damit beschäftigt war, den Reißverschluss seiner C&A-Opajacke zu schließen.

»Ach – ähm, guten Tag ...«, stotterte ich. Wie hieß der Dicke Jupp jetzt eigentlich richtig? »Ähm, nicht dass Sie jetzt was Falsches denken. Ich recherchiere nämlich nur für unseren nächsten Roman, wissen Sie ...«

»Ja, sicher!«, nickte der Dicke Jupp. »Aber machen Sie sich keine Jedanken, Herr Poschen, von mir erfährt keiner wat! Viel Spaß auch!«

Wortlos schaute ich dem Dicken Jupp hinterher, der mir noch einmal zuwinkte, bevor er um die Hausecke bog und zu einem weiteren, hinter dem Club liegenden Parkplatz ging.

»So, langsam wird's aber jetzt ein bisschen kalt hier.«

Erschrocken fuhr ich herum: In der Tür stand nun eine zierliche Blondine, die eine tief dekolletierte, weiße Rüschenbluse über einer engen, schwarzen Hose trug. Ihre Füße steckten in hochhackigen Reitstiefeln – um das Bild komplett zu machen, fehlte eigentlich nur noch die Peitsche. Ich war jedoch sicher, dass sie diese auf Verlangen gerne zum Einsatz bringen würde.

»Ja, ähm, guten Tag. Ich würde mich gerne ein wenig umsehen, falls dies möglich wäre«, begann ich zögernd.

»Kein Problem – immer rein in die gute Stube.«

Ich folgte der Frau durch einen langen Flur, der zu einer stilvoll eingerichteten Bar führte.

»Sie sind ein bisschen früh dran«, erklärte sie, als wir auf zwei Sesseln an einem niedrigen Glastisch Platz genommen hatten. »Noch ist nicht so richtig was los hier. Deshalb ist außer mir momentan auch keine andere Dame im Haus.«

Ich nickte. »Und der Herr gerade eben ...?«

»Ein Stammgast.« Sie zuckte beiläufig mit den Schultern.

Ich erklärte, dass ich neu in der Gegend und im Internet auf die Homepage des Clubs gestoßen sei. Die Fotos hätten mich neugierig gemacht, jetzt wollte ich mir jedoch auch gerne selbst ein Bild von den Räumlichkeiten machen.

Lady Xenia, so hatte sich die junge Dame mir vorgestellt, bot mir eine Führung durch den Club an und fragte, ob ich besondere Vorlieben hätte.

Mist – auf diese Frage war ich nicht vorbereitet. »Ich mag alles, was Spaß macht«, antwortete ich ausweichend, aber offenbar ausreichend präzise.

»Gut, dann zeige ich Ihnen am besten alles.«

Was ich zu sehen bekam, war in der Tat beeindruckend. Nach einigen mit jeder Menge Plüsch und rotem Samt ausstaffierten »Spielzimmern« im ersten Stock des Gebäudes, führte mich Xenia ins Kellergeschoss. Der Flur war mit Bruchsteinen zu einem richtigen Kellerverlies umgestaltet worden. An den Wänden waren elektrische Fackeln angebracht, die mit ihrem flackernden Licht für authentische Mittelalter-Atmosphäre sorgen sollten. Hinter den schweren Massivholztüren, die aus rohen, ungehobelten Holzbrettern gefertigt waren, gab es verschiedene Gemächer, die unter anderem mit einer Streckbank, einem Pranger und verschiedenen anderen Folterinstrumenten ausgestattet waren, von denen ich noch nicht einmal den Namen wusste. Von den Decken baumelten Ketten, Seile und sogar ein eiserner Käfig herunter. Aber all das hatte mich natürlich nur am Rande zu interessieren. Ich rief mir den Grund meines Besuchs ins Gedächtnis. Insgeheim hoffte ich natürlich, mit Ferdi Linden sprechen und ihm einige Infos über den zwielichtigen Rechtsanwalt und Jäger Manheller entlocken zu können. Bei meiner Führung durch den Club sah ich Linden sogar: Als mir Lady Xenia zum Abschluss der Besichtigung auch noch den komplett mit weißen Kacheln gefliesten, sogenannten Klinikbereich zeigte, kamen wir an der offen stehenden Tür eines Badezimmers vorbei. Dort war ein auffallend großer, kräftiger Mann, der in einem blauen Arbeitsoverall steckte, mit der Reparatur eines sanitären Problems beschäftigt. Dabei telefonierte er lautstark mit einem Fachhandel, um sich nach der Lieferbarkeit einer speziellen Ablauf-Sifonrosette zu erkundigen. Für den Fall, dass er das Teil nicht am nächsten Tag in dem Laden abholen könne, drohte er die Deformierung der Inneneinrichtung und der ausgestellten Waren mittels eines hölzernen Sportgeräts an. Trotz der Ernsthaftigkeit seiner Drohung – ich zweifelte nicht daran, dass Linden das auch in die Tat umsetzen würde – musste ich mich doch schwer zusammenreißen, um nicht lauthals loszuprusten. Der Hüne war zwar mit einem gestählten Body und reichlich Muckis ausgestattet, hatte jedoch eine im Gegensatz dazu fast schon lächerlich hohe Stimme und lispelte auch noch: »Iff fflaag dir der janffe Laden zffu Brei!«

Ich war an der offenen Badezimmertür stehen geblieben und wollte warten, bis Linden sein Telefonat beendet hatte, um mit ihm ins Gespräch zu kommen, als mich Lady Xenia mit einem Hüsteln aus meinen Gedanken riss. »Hier geht's weiter – oder haben Sie vielleicht eher Interesse an unserem Hausmeister?«, fragte sie mit einem spöttischen Lächeln, wobei ein auf ihren Eckzahn aufgeklebter Strassstein aufblitzte.

»Äh – nein, nicht doch. Ich bin ganz normal! Aber ... ich hab zu Haus auch schon mal Probleme mit dem Abfluss, und vielleicht könnte der Herr mir da behilflich sein ...«

Das Lächeln auf Lady Xenias Gesicht wich einem skeptischen Ausdruck. »Ich glaube, da wenden Sie sich besser an einen richtigen Klempner.« Sie war zwei Schritte auf mich zugekommen und zog mich am Ärmel meiner Jacke weiter. »Kommen Sie, jetzt haben Sie ja alles gesehen!«

Mist – fluchte ich innerlich, während sie mich mit sanftem Druck zur Haustür komplimentierte. Das war ja gründlich daneben gegangen: Nicht nur, dass ich keine Chance mehr hatte, an Linden ranzukommen, jetzt dachte diese Schmalspur-Gutsherrin auch noch, dass ich mit Hinterradantrieb unterwegs war!

Das war für mich einigermaßen enttäuschend, wie es schien, sollte mein Ausflug zum *Club Tropicana* umsonst gewesen sein. Außer der Angst, der Dicke Jupp würde sich den Spaß nicht verkneifen können, mich in delikate Nettersheimer Pfannen zu hauen, hatte ich eigentlich nichts Verwertbares errungen.

Ich war gerade fünf Minuten zu Hause und hatte die Fressnäpfe der beiden Haustiere mit den übelriechenden Erzeugnissen der deutschen Tiernassfutterindustrie gefüllt, da stand plötzlich auch schon Jimi hinter mir. Ich fragte ihn, warum er schon so früh aus der Schule zurück sei.

»Was heißt früh? Ist doch gleich halb zwei«, entgegnete er kopfschüttelnd. »Samma – hast du eigentlich schon wieder nix gekocht? Ich hab voll Kohldampf.«

»Samma – wie redest du mit deinem Vater? Ich hatte sehr viel zu tun. Heute gibt's Pizza.«

»Supi! Selbstgemacht? Alla casa?«

»Nee, alla Dottore.«

»Hä? Welcher Dottore?«

»Oetker.«

Nach meinem mehr als verdienten Mittagsschlaf, als es draußen bereits wieder zu dämmern begann, musste ich auch noch mit Gandhi vor die Tür. Ich zog Jacke, Mütze und Schuhe an, griff zur Leine und ging los. Wie von selbst schlug

Gandhi den Weg zu seiner gewöhnlichen Runde rund ums Dorf ein. Ich trottete gähnend und lustlos hinter ihm her.

Es war schon fast dunkel, als wir über einen Abschnitt des Eifelsteigs, am Römerweiher und am Abenteuerspielplatz vorbei, wieder dem Ort zustrebten. Gandhi und ich näherten uns gerade der Grillhütte, als sich plötzlich eine dunkle Gestalt aus dem Schatten löste. Es handelte sich um einen großen, kräftigen Mann, der dunkle Kleidung, schwarze Gummistiefel und eine Sturmhaube trug, die sein Gesicht bis auf einen schmalen Schlitz für die Augen verhüllte.

Was sollte das jetzt? Ich hatte sofort ein komisches Gefühl im Magen und schaltete wie automatisch in den Aufpassen-Modus. Gandhi begann mit einem sehr verhaltenen Knurren, das selbst mich nicht weiter beunruhigt hätte, wenn ich der Angreifer gewesen wäre.

Der Mann trat vor uns auf den Weg, bedeute uns mit einer Geste, anzuhalten, und hielt mir einen zusammengefalteten Zettel entgegen. Er wedelte damit vor meiner Brust herum und forderte mich wortlos auf, ihn entgegenzunehmen.

Ein Zeuge Jehovas? Ein Taubstummer, der sich verirrt hatte? Wohl kaum. Ich tat wie mir geheißen und nahm den Zettel entgegen.

Manchmal sind es die kleinen Fehler, die große Wirkungen zeitigen.

In dem Moment, als ich den Zettel in der Hand hielt, landete die behandschuhte Faust des Mannes in meinem Gesicht. Beim Auftreffen auf meine Nase gab es ein ziemlich unangenehmes Geräusch. Noch unangenehmer war der Schmerz, der von meinem zerschmetterten Nasenbein ausging. Ich begann zu schreien und ließ die Leine los, um mein Gesicht in meinen Händen zu bergen. Das Ganze ging so schnell, ich war total überrumpelt.

Für Gandhi war mein Schrei das Signal zum Angriff: Bellend setzte er dem flüchtenden Mann hinterher, um ihn bereits nach wenigen Metern einzuholen. Als ich kurz aufschaute, sah ich, dass Gandhi den Mann zu Fall gebracht hatte, der sich nun mit Tritten gegen den Hund wehrte.

»Hau ab, du blöde Töle!«, schrie er mit einer auffallend hohen Stimme. »Verdammte Ffeißffe, laff endlif lof!«

Mit einem heftigen Tritt in die Flanke gelang es ihm, sich von Gandhi zu befreien, der daraufhin erschrocken winselnd zurückwich. Der Mann rappelte sich auf und setzte seine Flucht an der Grillhütte vorbei fort. Er watete durch die an dieser Stelle recht flache Urft, überquerte die Bahngleise und lief weiter zu einem Geländewagen, der auf der anderen Talseite geparkt war. Er stieg ein und preschte mit hohem Tempo Richtung Ortsmitte davon.

Gandhi war aufgeregt fiepend zu mir zurückgekehrt. Ich lobte den Hund für seinen selbstlosen Einsatz und streichelte ihn. Aus meiner Nase tropfte Blut auf das helle Fell. Mein Schädel dröhnte.

Das musste Ferdi Linden gewesen sein, daran bestand überhaupt kein Zweifel. Seine Stimme und sein Sprachfehler hatten ihn eindeutig verraten.

Ich stand auf und ging mit Gandhi, der seine Leine neben sich herzog, aber ganz dicht an meiner Seite blieb, weiter in Richtung Dorf. An der ersten Straßenlaterne blieb ich stehen. Ich faltete das Papier auseinander, um den Zettel zu lesen, den mir Linden in die Hand gedrückt hatte.

Was ich dort las, ließ mich den Schmerz in meiner Nase wenigstens für einen kurzen Moment vergessen: *Steck deine Nase nicht in Sachen, die dich nichts angehen!*

Also, dass Markus mich irgendwann im Laufe des Wochenendes unter irgendeinem Vorwand anrufen würde, war ja klar gewesen. Die Überraschung war somit nicht sein Anruf, sondern der verfrühte Zeitpunkt – nämlich Freitagabend, und damit erst sage und schreibe zwölf Stunden nach unserem unterkühlten Abschied. Und obwohl ich mir derlei Anrufe nur für den Notfall auserbeten hatte, schien dieser Begriff für Markus ein dehnbarer zu sein: Während ich dabei beispielsweise an Windhosen dachte, die in Nullkommanix ganze Dächer abdeckten, oder an Jimi, der mit sofortiger Wirkung seine Schullaufbahn beendete, um mit Linkem Park auf Welttournee zu gehen, genügte Markus zur Feststellung eines Notfalls … Nasenbluten. Aber heftiges! Und aus beiden Löchern!!

Nun ja, zugute halten musste ich ihm, dass Markus jemand war, der »nicht gut Blut sehen konnte«, bei anderen nicht und erst recht nicht bei sich selbst. Schon beim Auffinden des blutenden Caspers war er diesbezüglich in nahezu heroischer Weise über sich hinausgewachsen. Und jetzt also heftiges Nasenbluten aus beiden Löchern.

»Tut mir leid, Markus, aber stell dich nicht so an, du wirst schon nicht verbluten«, versuchte ich das Problem einühlsam zu relativieren, »steck dir Tampons in die Nase und leg dir einen kalten Waschlappen in den Nacken oder ruf meine Mutter an, die wird dir das Gleiche sagen.«

Unklar blieb zunächst die Ursache seiner Bluterei. Er faselte irgendwas von Gandhi und einem gewissen Ferdi Linden.

Die Erwähnung meines Hundes alarmierte mich dann doch. »Ist mit Gandhi alles okay?«

»Ja doch«, erwiderte Markus etwas unwirsch, »aber mit mir nicht! Meine Nase ist am Arsch! Ge-bro-chen!«, artikulierte er übertrieben deutlich.

Aber ich hatte auch so schon verstanden: Ich sollte jetzt das Autorentreffen knicken und unverzüglich nach Hause kommen.

»Kannst du nach Hause kommen?« Sein Stimme war ein Wimmern.

Kann schon, will aber nicht, hätte ich fast gesagt, wurde jedoch abgelenkt von unappetitlichen Geräuschen ... etwas, das nach Röcheln, Würgen und Spucken von Blutansammlungen klang.

»Hör zu, Markus, lass Jimi mal draufgucken, der ist immerhin im Schulsanitätsdienst. Und wenn's gar nicht anders geht, dann lässt du dich eben von Peter oder Elke in die Ambulanz fahren. Wozu hat man denn Nachbarn. Ich muss jetzt aber Schluss machen ... Die anderen warten schon und mein Akku ...« Um Markus keine Gelegenheit zu weiteren Einwänden zu geben, unterbrach ich kurzerhand die Verbindung und atmete seufzend auf.

Shakti, die das Gespräch verfolgt hatte, kräuselte die Lippen zu einem süffisanten Lächeln und drückte mir eine Flasche Bier in die Hand. »Klarer Fall von emotionaler Erpressung«, sagte sie, »hast du gut abgewehrt.«

Klirrend stieß ihre Flasche gegen meine.

»Prost Malu! Auf dein markusfreies Wochenende!«

Samstag, 12. Februar

Malu

Am Samstagvormittag war Shakti zu einer Schwitzhüttenzeremonie ins Oberbergische aufgebrochen und überließ mir ihr gesamtes Heimbacher Refugium in der Hohen Hangstraße. Sie hatte zwar noch einige Anläufe unternommen, mich zum Mitkommen zu überreden, aber da ich bereits einmal das zweifelhafte Vergnügen gehabt und mir dabei unschöne, schmerzhafte Brandblasen an einer äußerst delikaten Stelle zugezogen hatte, stand mir nicht der Sinn nach einer Wiederholung. Außerdem war ich doch extra zum Arbeiten hierhin geflohen.

Shakti hatte mir vor ihrer Abreise aufgetragen, leere Sprudelkisten wegzubringen. Ich hatte – abgesehen von einem kleinen morgendlichen Lauf ums Staubecken – fast ununterbrochen und herrlich ungestört arbeiten können. Zwischendurch hatte ich Reste unserer selbstgemachten Pizza vom Vorabend gegessen, aber jetzt, am späten Samstagnachmittag, bekam ich langsam Hunger. Ich lud also das Leergut in mein Auto und machte mich auf zum Supermarkt.

Dort angekommen fielen mir gleich die neben der Eingangstür angeleinten Möpse auf, die mir distinguiert entgegensahen. Ich schnappte mir einen Einkaufswagen und steuerte damit recht ziellos durch die Gänge.

Plötzlich riss mich eine mir wohlbekannte Stimme aus meinen Überlegungen: »Nä, da leck mich doch in die Täsch! Wenn dat nit et Malu is!«

Ich wandte mich um und erblickte dort, zwischen Gewürzgurken und unaussprechlicher Würzsauce, die Frau, die mich immer an eine erfolgreiche rothaarige Lack-und-Leder-

Schlagersängerin erinnerte: Veronika Zopes, besser bekannt als Herrin Veronique.

Sie kam freudestrahlend auf mich zu, breitete ihre Arme aus und drückte mich herzlich an ihre zwei hervorstechendsten Körperteile, die notdürftig in einer Art Lederkorsage verschnürt waren. Darüber trug sie einen imposanten, fast bodenlangen Pelzmantel, von dem ich befürchtete, dass ziemlich viele Pelztierchen ihre Leben dafür hatten lassen müssen.

»Wat mähst du dann hier?«, schepperte Veronika drauflos.

»Dasselbe könnte ich dich fragen!«

Ich hatte Veronika vor Jahren im Zuge von Recherchen zu unserem Buch *Der Puszta-Pate* kennen gelernt, und mit ihr einige feucht-fröhliche Abende verbracht. Damals war sie federführend für eine Kölner Event-Agentur tätig gewesen, die eigentlich nichts anderes als ein Hostessen-Service war, und arbeitete außerdem für einen weit über die Stadtgrenzen hinaus bekannten Saunaclub.

»Ich bin hier, weil ich 'ne Pömpel suche«, war ihre unerwartete Antwort.

»Einen Pömpel? Dafür musst du extra bis nach Heimbach fahren? Gibt's in Köln keine mehr?«, scherzte ich.

»In Kölle wahrscheinlich schon, aber dat nützt mir hier ja nix. Da bin ich mal ein paar Tage auf Urlaub, komme wieder, und da haben die Mädels sämtliche Klos verstopft, aber frach nich nach Sonnenschein!«

»Wie? Welche Mädels denn und welche Klos?«

»Mein Jott, Malu! Wie lang han wir uns denn net mehr jesehen? Ich bin doch jetzt selbstständig – ich hab 'ne eijene Club in Heimbach! War 'ne echte Marktlücke hier in der Eifel«, verkündete sie mir stolz.

Veronika hatte aber auch alles, wie sie berichtete: einen eigenen Club, Mädels, einen Teilhaber, sogar einen Hausmeister (»Der Ferdi, der ahle Tütenüggel!«) und Christian-Loubouton-Schuhe, wie ich mit Kennerblick feststellte. Aber trotz dieses Überflusses fehlte ihr doch etwas Entscheidendes: ein Pömpel.

Wir machten uns gemeinsam in Heimbachs überschaubarem Supermarkt auf die Suche, aber schon nach zwei Minuten (großzügig geschätzt) war klar, dass es hier keine sanitären Saugglocken zu erwerben gab. Veronika fiel aus allen Wolken und nahm sich sogleich den Marktleiter zur Brust, der ihr jedoch nur knapp bis zum Bauchnabel reichte. Während sie ihn hinsichtlich des fehlenden Pömpel-Sortiments zur Rede stellte, überlegte ich, ob Shakti eventuell Einwände haben könnte, wenn ich ihren Pömpel mal kurz verlieh. Eigentlich sprach doch nichts dagegen. Klos sind Klos und Pömpel sind Pömpel.

»Wat mach ich denn jetzt?«, stöhnte Veronika gestresst, als sie endlich von dem armen Marktleiter abließ, der seine beschlagene Brille an seinem Marktleiter-Kittel trocknen musste. »Heute Abend hab ich volles Haus wegen dem erotischen Maskenball mit Dinner, da müssen die Klos in Ordnung sein! Für so 'ne blöde Pömpel muss ich jetzt noch nach Düren fahren!?«

»Ach was!«, erwiderte ich großherzig, »kriegst meinen!«

Markus

Malu war eine dämliche Kuh. Das konnte man gar nicht anders ausdrücken. Es mochte schon sein, dass ich manchmal vielleicht ein kleines bisschen wehleidig war. Also, wirklich nur ein bisschen, ich war ja schließlich keine Memme. Aber was sollte man von einer Frau halten, die ihrem schwer verletzten Mann den Ratschlag gab, er solle sich einen ihrer

Tampons in die blutende Nase stecken und sich ansonsten nicht so anstellen?

Verärgert hatte ich am Vorabend das Telefon auf den Tisch geknallt. Ich war allein zu Haus, nur die beiden Tiere wichen nicht von meiner Seite. Während ich Gandhi die ernsthafte Sorge um sein verletztes Herrchen abnahm, ging es Trollbekka eindeutig nur darum, etwas zu fressen zu bekommen, weshalb ich mir ihr Geplärre dreißig Sekunden angehört und sie dann vor die Tür gesetzt hatte. Ich googelte die Symptome einer Nasenbeinfraktur, stieß im Netz aber auf einige unschöne Fotos, las etwas von verschobenen Brüchen und beschloss, umgehend einen Arzt zu konsultieren.

Mein Nasenbein war gebrochen, das hatte meine Hausärztin Mechthild von Rehbein mit einem Blick in mein verunstaltetes Gesicht sofort festgestellt. »Aber da ist nichts verschoben, stellen Sie sich nicht so an. Das wächst auch ohne Behandlung wieder zusammen.«

Mit ein paar Schmerztabletten in der Tasche, die mir die Sehrgemeinmedizinerin in einem Anflug allumfassender Güte mit einem Lächeln in die Hand gedrückt hatte, trottete ich die wenigen hundert Meter von der Praxis, die sich glücklicherweise im Wohnhaus der Quacksalberin befand, nach Hause zurück. Hatte nur noch gefehlt, dass sie »Aber nicht alle auf einmal nehmen!« gesagt hätte. Ich nahm mir vor, bei nächster Gelegenheit nach einem neuen Hausarzt Ausschau zu halten.

Die Nacht hatte ich unter dem Einfluss von drei Vierteln der mir anvertrauten Analgetika verbracht. Zuerst hatte ich nicht einschlafen können, aber dann hatte ich mir einen wirklich nur winzigen Schluck Whiskey gegönnt. Im Zusammenspiel hatten die beiden Substanzen ihre volle Wirkung entfaltet, und ich hatte wie ein Stein geschlafen.

Beim Frühstück dachte ich über den feigen Anschlag auf meine Gesundheit nach. Warum hatte Linden mir aufgelauert? Im Zusammenhang mit der Botschaft, die er mir überreicht hatte, konnte das nur bedeuten, dass ich auf der richtigen Fährte war. Manheller musste dahinter stecken – ich konnte mir nicht vorstellen, dass der fistelstimmige Muskelprotz allein auf die Idee gekommen sein sollte, mir das Nasenbein zu zertrümmern. Ich musste Manheller also bedenklich nahe gekommen sein und eine Bedrohung für ihn darstellen. Allerdings wusste ich nicht, was dieser zwielichtige Rechtsverdreher zu verbergen hatte. Mit dem Gnumpf-Angriff hatte er – entgegen meiner früheren Vermutung – nach Dennis' Geständnis ja nichts zu tun, und eine Verbindung zu Caspers konnte ich nicht erkennen. Aber dass allein mein Auftauchen im *Club Tropicana* zu dieser Reaktion geführt haben sollte, hielt ich für unwahrscheinlich. Es musste Zusammenhänge geben, die mir bislang verborgen geblieben waren.

Mit dem von Frau Doktor von Rehbein ausgestellten Attest in der Tasche fuhr ich zur Polizeiwache nach Schleiden, um Anzeige wegen Körperverletzung zu erstatten. Auf dem Parkplatz begegnete ich Kommissar Spohr, der auf dem Weg zu seinem Auto war.

»Wie sehen Sie denn aus? Sind Sie gegen eine Tür gerannt?«, begrüßte mich der Polizist mit einem Grinsen im Gesicht.

»Nein, nur gegen einen Schrank«, entgegnete ich und versuchte es gleich mit einer Retourkutsche: »Haben Sie eigentlich noch mit den Ermittlungen im Fall Caspers zu tun, oder hat da die richtige Mordkommission jetzt das Sagen?«

»Ich wüsste zwar nicht, was Sie das angeht, Herr Poschen. Aber natürlich gehöre ich zum Team.« Das Grinsen war aus dem Gesicht des Ermittlers verschwunden. »Pfuschen Sie uns etwa schon wieder ins Handwerk?«

»Ich hätte da vielleicht ein paar Informationen für Sie. Oder soll ich mich besser an Ihre Kollegen aus Aachen wenden?«

Missmutig hatte mich Spohr in sein Büro gebeten, wo ich ihm von dem gestrigen Angriff durch Manhellers Muskelmann berichtete.

»Vielleicht hat ihm Ihr letztes Buch nicht gefallen?«, mutmaßte Spohr, jetzt schon wieder mit einem hämischen Grinsen.

»Ja, sehr witzig. Hat der Rechtsanwalt denn schon eine Rolle in Ihren Ermittlungen gespielt?«, erkundigte ich mich.

»Na, hören Sie mal – Doktor Manheller ist ein ehrenwertes Mitglied der Gesellschaft ...«, begann Spohr.

»Sie wussten gar nichts von seiner Verbindung ins Rotlicht-Millieu?«, fragte ich.

»Ich glaube, das ist für ihn einfach eine – zugegebenermaßen – extravagante Investition in den heimischen Mittelstand. Die Kollegen von der Steuerfahndung waren mal an ihm dran, konnten ihm aber keine Unregelmäßigkeiten nachweisen. Er ist stiller Teilhaber an diesem Puff in Heimbach, das ist alles«, berichtete Spohr auf einmal überraschend offen.

Mehr konnte ich aber nicht aus ihm herauskitzeln. Und dabei ließ ich es auch bewenden, denn ich war mir jetzt ziemlich sicher, dass die Polizei, wenn überhaupt auf irgendeinem, dann auf dem Holzweg war. Und ich hatte auch nicht den Eindruck, dass er sich für Denkanstöße meinerseits besonders empfänglich zeigte. Spohr nahm meine Anzeige entgegen und entließ mich ohne weitere Infos zu unserem gemeinsamen Fall, dafür aber mit dem Hinweis, mich gefälligst aus der Sache rauszuhalten, nach Hause.

Bis zum Nachmittag war ich mit der permanenten Kühlung meiner lädierten Nase beschäftigt. Dabei zermarterte ich mir das Hirn, in welcher Richtung die Lösung dieses vertrackten Falls zu finden war. Ob ich mich doch noch einmal eingehender um Dr. Altmeier kümmern musste? Immerhin war er derjenige, der im Schulstreit mit Caspers ein griffiges Motiv hatte. Motiv für einen Streit, ja, aber auch Motiv für einen Mord? Das konnte ich mir nicht vorstellen. Wie ich herausfinden sollte, was Manheller gegen mich hatte, so er tatsächlich hinter dem Anschlag auf meine Gesundheit stand, war mir schleierhaft.

Ich spielte schon mit dem tollkühnen Gedanken, einfach noch mal nach Heimbach zu fahren und den Mann offen zur Rede zu stellen, als mich gegen vier am Nachmittag ein Telefonanruf von dieser Dummheit abhielt.

Ich wollte zunächst gar nicht drangehen, weil Malu es bis jetzt ja auch nicht für notwendig erachtet hatte, sich nach meinem Gesundheitszustand zu erkundigen. Doch die Handynummer, die im Display angezeigt wurde, war mir unbekannt, und so nahm ich das Gespräch entgegen.

Kathinka Caspers klang niedergeschlagen. Mit matter Stimme fragte sie, ob Malu zu Hause sei.

»Die kommt erst morgen wieder. Soll ich ihr was ausrichten?«, fragte ich.

»Ach, mir geht's gerade nicht so gut. Ich wollte einfach nur ein bisschen reden, vielleicht einen Tee mit Malu trinken oder so.« Kathinka erzählte, dass sie allein zu Hause in Linkem sei, weil mitfühlende Freunde ihr Kinder fürs Wochenende abgenommen hatten. »Mir fällt die Decke auf den Kopf, sagt man das so? Ich kann mich ja morgen noch mal melden ...«

»Wenn du möchtest, kann ich gerne vorbeikommen«, beeilte ich mich zu sagen. »Gib mir nur die Adresse und ich bin in ein paar Minuten da. Dann setze ich Tee auf und wir können uns in Ruhe unterhalten. Ich hatte sowieso noch ein paar Fragen an dich.«

Malu

Kurze Zeit später – ich lud gerade meine frugalen Wochenendeinkäufe (zwei Packungen Autoreifenkekse, vier Bananen, vier Äpfel) und Veronikas Anstaltsflasche *Rohrfrei* in den Kofferraum – stieß meine Begleiterin einen spitzen Schrei der Entrüstung aus: »Und wo ist da Platz für meine Möpse?«

Also bitte, dachte ich. Natürlich war mein alter Fiat 500 (Baujahr '74) klein, aber nicht so klein, dass Veronikas – zugegebenermaßen – enorme Silikonoberweite darin nicht untergekommen wäre. Dass sie aber auch in jeder Hinsicht immer so übertreiben musste! Mit einer schnippischen Antwort auf den Lippen richtete ich mich aus meiner gebückten Kofferraumhaltung auf und sah, dass ihre Frage durchaus wörtlich gemeint war.

»Dat sind Franz und Sissi«, stellte sie mir die beiden vornehmen Möpse vor, die so durchlauchtig vor dem Supermarkt gewartet hatten. Franz und Sissi schienen jedoch nicht weiter am Austausch von Höflichkeiten interessiert zu sein; skeptisch spähten sie vom Arm ihrer Besitzerin in das Heck meines Autos.

»Nänä Malu … jut, dat du kein größeres Auto hast, sonst würdeste damit bestimp noch mehr Müll spazieren fahren.«

Das hatte ich dann wohl missverstanden: nicht die begrenzten räumlichen Verhältnisse bereiteten Veronika Sorgen, sondern der zunehmende Grad der Innenraum-Verwahrlosung. Ich sah mich zur Verteidigung gezwungen.

»Eben nicht!«, entgegnete ich, »die Vermüllung eines Fahrzeugs steigt nicht zwangsläufig proportional zu seiner Größe, sondern zu der Anzahl seiner Fahrer beziehungsweise Fahrgäste. Das ist wissenschaftlich erwiesen. Mit anderen Worten: Auch wenn ich einen Porsche Cayenne fahren würde, wäre das Müllaufkommen mit hoher Wahrscheinlichkeit dasselbe – es würde sich nur besser verteilen!«

Veronika und ihre Möpse schauten fragend.

»Und außerdem«, fuhr ich fort, »was heißt schon Müll?« Ich schnappte mir einen Karton vom Altpapierstapel, öffnete die Beifahrertür, befreite die Rückbank von allerlei Kram und behauptete dabei: »Das sind alles Sachen, die ich brauche … oder mal gebraucht habe … oder vielleicht mal brauchen werde, was ich jetzt aber noch nicht genau weiß.«

Nachdem nun die Rückbank, bis auf die wieder zum Vorschein gekommene Hundedecke (die Gandhi sowieso nie benutzte, weil er lieber vorne saß – hinten wurde ihm meistens schlecht) völlig kahl war, verstaute ich den hochvollen Karton im Kofferraum. Mit einer einladenden Geste bedeutete ich meinen Fahrgästen, doch bitte Platz zu nehmen.

»Wieso bist du eigentlich ohne Auto hier?«

Im Hinblick auf Veronikas wenig outdoortaugliches Outfit erschien mir das eine berechtigte Frage zu sein.

»Damit is der Ferdi mal widder op jöck. Und außerdem«, sie deutete mit dem Kopf in Richtung Rückbank, wo die Möpse zwar sorgenvoll, aber mit einer gewissen Würde, ihrem Schicksal entgegenblickten, »Franz und Sissi wollen doch auch mal Jassi jehen.«

Während ich mich bereits wendig und behände hinterm Steuer niedergelassen hatte, versuchte Veronika, ihre Zweimeter-Stelzen einigermaßen grazil in meinem Fiat unterzubringen, was ihr jedoch sichtlich misslang. Ihre Knie befanden sich in Höhe ihrer Nase, und auch sonst sah ihre Haltung alles andere als bequem aus. Zum ersten Mal sah ich einen gewissen Vorteil in meinen kurzen, knubbeligen Dackelbeinen.

Nachdem sie sich unter großem Geächze und Gestöhne endlich angeschnallt hatte und ich losfahren wollte, rief sie plötzlich: »Stopp! Da is wat an minger Fott!«

Sie lehnte sich so weit wie möglich zu mir rüber, stützte sich mit einer Hand am Fahrerfenster ab, während sie mit der anderen unter ihrem Hintern rumtastete. Schließlich zog sie dort mit so viel Schwung mein Notizbuch hervor, dass Kathinkas Postkarte im hohen Bogen gegen die Windschutzscheibe flog und anschließend irgendwo im Fußraum landete. Veronika warf mir einen säuerlichen Blick zu, die Möpse auf den billigen Plätzen enthielten sich jeglichen Kommentars, hechelten aber meiner Meinung nach vorwurfsvoll, und die Scheiben beschlugen auch schon.

»Billa, ming Droppe!« Veronika hatte erfolgreich nach der Karte geangelt, um sich damit theatralisch Luft zuzufächern. »Jevv Jas, Malu, bevor ich et mir anders überleje!«

Ohne weitere Zwischenfälle cruisten wir mit satten 18 PS zur Hohen Hangstraße, wo ich den Pömpel holte. Natürlich klärte ich Veronika auch über die wahren Besitzverhältnisse auf, die sie aber nicht sonderlich zu interessieren schienen. Der Pömpel würde ja ohnehin weit vor Shakti wieder in sein Heim zurückkehren.

Anschließend lotste mich Veronika zum *Club Tropicana*, der circa zwei Kilometer außerhalb von Heimbach halb im Wald lag. Ich wunderte mich, dass sie den Weg tatsächlich auf High-Heels zurückgelegt hatte. Ich wollte mich gerade nach dem Zustand ihrer Füße erkundigen, als sie unvermittelt und mit dem Blick auf die Karte in ihrer Hand sagte: »Den ollen

Schinken seh ich jetzt schon zum zweiten Mal ... wusste nit, dat du wat mit Kunst am Hut häss.«

Ich antwortete ausweichend, da ich keine große Lust verspürte, ihr die ganze Caspers-Geschichte auf die Nase zu binden.

»Jibt ja tatsächlich Jecke, die sich so ein Heimatjedönse an die Wand hängen«, sprach Veronika weiter, mehr zu sich selbst als zu mir und dann: »Die nächste links!«

Ich bog ab und sagte: »Die *Blauen Blumen* sind unter Sammlern sehr beliebt und begehrt. Zum Glück gibt's genügend Replikate. Das sind meist kleinere...«

»Jaja, ich weiß, wat Replikate sind … janz doof bin ich auch nit, Malu. Aber ich kenn einen, der hat jenau dat Bild in groß, aber richtisch groß! Dat hängt bei dem überm Doppelbett. Jetzt die nächste rechts!«

Fast hätte ich die unscheinbare Abzweigung verpasst. »Das kann eigentlich nicht sein, das mit dem großen Bild. Jedenfalls nicht im Original. Das wäre wahrscheinlich ...«, ich suchte nach den passenden Worten, »... das wäre wahrscheinlich sensationell und unbezahlbar. Da irrst du dich bestimmt.«

Jetzt wurde Veronika fast schon wütend: »Aber wenn ich et dir doch sage! Ich weiß doch, wat ich jesehen hab! Dat Bild war groß! So groß, dat der Schinken niemals in deine kleine Nuckelpinne jepasst hätte. Und der Typ, bei dem dat hängt, der hat richtisch Schotter. Der hat nur Originale und nix von Malen-nach-Zahlen oder so. Dat kannste mir glauben, Malu. Jetzt gleich simmer da.«

Am Ende des Weges gaben die Bäume den Blick frei auf ein weitläufiges Anwesen, das von außen den zweifelhaften, bautechnischen Charme der frühen Achtziger umwehte. Froh entwand sich Veronika ihrer beengten Verhältnisse, reckte und streckte sich und befreite danach auch die Möpse unter allerlei Getue und Babysprache aus ihrer misslichen Lage. Weil der

Kofferraum nämlich schon mit den Einkäufen und dem Krempel-Karton voll war, hatten Sissi und Franz Gesellschaft vom Pömpel bekommen, was ihnen wohl noch weniger standesgemäß erschienen war als mein fahrbarer Untersatz. Ich stieg ebenfalls aus, sah mich kurz um und fragte dann beiläufig: »Und bei wem hast du das Bild gesehen?«

Veronika schien überrascht, dass ich das Thema noch mal aufgriff. Diesmal antwortete sie ausweichend. »Ach, dat tut doch nix zur Sache. Ich hab et auf jeden Fall jesehen, so wie ich dich jetzt seh.«

»Na, komm schon ... So ganz sicher bist du dir jetzt nicht mehr, gib's zu. Sonst könntest du es mir doch sagen.«

Netter Versuch, aber ich bemerkte sofort an ihrem Blick, dass sie meine fadenscheinige Taktik durchschaute ... War ja auch nicht allzu schwer.

Dann eben nicht, dachte ich bei mir. Außerdem war ich sowieso überzeugt, dass Veronika irgendwas verwechselt haben musste. Das originale Caspers-Gemälde galt in der Kunstwelt schließlich seit fast hundert Jahren als verschollen, und selbst wenn irgendwo etwas Ähnliches existieren würde, dann wäre es wahrscheinlich eine Fälschung. Ich wollte aber jetzt nicht länger mit ihr diskutieren, sondern mich langsam verabschieden.

Veronika hatte ausgiebig ihre Möpse betüddelt, ließ aber nun von ihnen ab. »Nänä, Malu«, sagte sie mit einem undurchsichtigen Lächeln auf den Lippen, »wat bess du doch för e Leevje. Immer vorwitzig, aber nie aufdringlich. Dat mag ich an dir. Komm, lass dich noche mal drücken.«

Zum zweiten Mal an diesem Tag versank ich also in ihren zwei Airbags. Der Pelz juckte in meiner Nase. Kurzzeitig kämpfte ich mit einem Niesreiz, wurde jedoch durch Veronikas flüsternde Stimme an meinem Ohr abgelenkt.

»Dat Bild, dat mit den blauen Blumen, dat hängt in Düsseldorf. Bei meinem Jeschäftspartner Manni Manheller.«

Mit einer ruckartigen Bewegung löste ich mich aus ihrer Umarmung. »Was sagst du da? Manheller?« Ich dachte, ich hätte mich verhört.

»Ja nu! Wat glaubst du, wat dat alles hier kostet!?« Sie machte eine den halben Globus umfassende Handbewegung. »Für mich sind dat keine Peanuts. Aber der Manheller, der hat Jeld wie Heu, der weiß jar nit, wohin damit.«

Mir war ziemlich egal, von wem sich Veronika finanzieren ließ, aber meinte sie wirklich *den Manheller*, diesen Gnumpf-Typen von Stolzenfels? Aber wen sollte sie sonst meinen? So häufig war der Name nicht. Trotzdem fragte ich: »Ist der Rechtsanwalt, dieser Manheller?«

»Ja, janz jenau! Rechtsverdreher und auch sonst 'ne komische Kauz. Erzkatholisch. Bisschen spießig und konservativ nach außen ... Aber dat sind ja sowieso die Schlimmsten, dat weißte doch auch, Malu.«

Wusste ich das? In meinem Kopf ratterte es einmal hoch und wieder runter, so laut, dass Veronika mich besorgt musterte.

»Is wat, Malu?«

»Sorry, Veronika«, ich drückte ihr hastig den Pömpel und die Flasche *Rohrfrei* in die Arme, »schön dich getroffen zu haben, viel Glück mit den Klos, aber ich muss jetzt ganz schnell weg!«

Sie rief mir noch in pömpelschwingender Ermahnung »Dat bleibt aber alles unter uns« hinterher, da saß ich aber schon im Auto, drückte ordentlich auf die Tube und sah im Rückspiegel ihre Gestalt langsam aber stetig kleiner werden.

Jagdhaus Waidmannsglück, *Nettersheim*

Ferdi Linden war ein Idiot. Das wusste Manheller auch schon vorher, dafür hätte er nicht auch noch bei seinem gestrigen Auftrag patzen müssen, um dies noch einmal eindrucksvoll unter Beweis zu stellen. Er hatte gleich gemerkt, dass etwas schiefgelaufen war, als Linden am Abend zum Jagdhaus zurückgekehrt war. Er humpelte, leicht zwar nur, aber das war ihm nicht entgangen. Ob es ein Problem gegeben hätte, hatte er ihn gefragt. Nein nein, alles bestens, er habe den Brief wie gewünscht zugestellt. Alles kein Problem. Auf sein beharrliches Nachfragen hin war Linden dann aber doch mit der Sprache herausgerückt, Stückchen für Stückchen. Er hatte es vermasselt. Und dank seiner auffälligen Stimme würde er auch ganz leicht zu identifizieren sein.

Immerhin war Linden so schlau gewesen, ihm überhaupt vom Auftauchen des Schriftstellers im *Tropicana* zu berichten. »Heute war grofer Netterffheim-Tag im Club«, hatte Linden erzählt, als sie sich am späten Nachmittag im Jagdhaus getroffen hatten. »Zfuerft der Dicke mit der Augenklappe, und dann auch noch diefer Ffriftfteller, der jetzt immer mit den Nordic-Walking-Fftöcken durchf Revier rennt.«

Manheller war sofort hellwach gewesen und hatte die richtigen Schlüsse gezogen: Der Kerl spielte sich also weiter als Privatermittler auf, und dass er jetzt auch noch im *Tropicana* aufgetaucht war, brachte das Fass zum Überlaufen.

Als er das ganze Ausmaß von Lindens Versagen überblickt hatte, hatte er seinen Handlanger direkt aus der Schusslinie gebracht und ihn zu einem Kurzurlaub nach Belgien geschickt. Das fehlte jetzt noch, dass auch noch die Polizei auftauchte und Linden in die Mangel nahm. Dieser Schreiberling würde doch sofort Anzeige wegen Körperverletzung erstatten. Als wenn er nicht so schon genug Baustellen hätte. Die Situation war ernster als geplant.

Natürlich war es eine glückliche Fügung gewesen, dass sich Kathinka ausgerechnet an ihn gewandt hatte, so konnte er ganz gut den Überblick behalten. Und was sie ihm bei ihrem Telefonat am Vormittag anvertraut hatte, bot höchsten Grund zur Sorge. Er musste tatsächlich auf alles gefasst sein.

Mit einem Blick auf die Uhr stellte er fest, dass es Zeit war aufzubrechen. Er ging ins Schlafzimmer, zog sich um, holte danach die doppelläufige Schrotflinte aus dem Waffenschrank und trug sie zur Garage, wo er den Rucksack, die Waffe und alles, was er sonst noch brauchte, in den Geländewagen einlud.

Bevor er selbst in den Wagen stieg, drehte er sich noch einmal um: Vor dem Waldrand zeichnete sich der Giebel des Jagdhauses ab, von Westen zogen dunkle Wolken heran, die, so hatte es im Wetterbericht geheißen, Niederschlag bringen würden. In der Eifel, wo der Boden nach der Kälte der vergangenen Tage noch fest gefroren war, drohte gefährlicher Eisregen. Manheller schlug den Kragen seiner Jacke hoch, schloss die Heckklappe des Geländewagens und fuhr los. An der Gabelung hinter dem Friedhof bog er rechts auf den Feldweg ab, der zu seinem Revier führte. Von dort war es bis nach Linkem nur noch der berühmte Katzensprung.

Mit der Linken hielt er das Steuer, mit seiner Rechten tätschelte er die Schrotflinte auf dem Beifahrersitz wie ein Schoßhündchen und säuselte grimmig vor sich hin: »Alles wird gut …«

Markus

Kathinka versuchte sich an einem Lächeln, als wir uns an der Haustür begrüßten, scheiterte jedoch. Sie sah lange nicht mehr so strahlend aus wie am Mittwoch, als wir uns zuletzt gesehen hatten: Unter den Augen hatten sich dunkle Ringe gebildet, sie wirkte müde und gestresst. Ihre Haare hatte sie zu einem nachlässigen Pferdeschwanz zusammengefasst, aus dem sich einzelne Strähnen bereits wieder gelöst hatten. »Bitte entschuldige, ich weiß, ich sehe schrecklich aus«, sagte sie.

Mir wurde bewusst, dass ich sie angestarrt haben musste, und setzte schnell zu einem »Ach, was. Das ist doch nur zu verständlich bei all dem, was du gerade mitmachst« an. Mist – jetzt hatte ich ihr auch noch bestätigt, dass sie keinen allzu schönen Anblick bot. Wir gingen gemeinsam ins Wohnzimmer, wo der Tee bereits auf dem Tisch stand.

»Du wirkst heute aber auch nicht ganz taufrisch. Was ist passiert?«, begann Kathinka das Gespräch.

»Oh – tja. Ich hatte gestern einen kleinen Zusammenstoß.«

»Ein Unfall?«

Ich berichtete von meinem gestrigen Zusammentreffen mit Ferdi Linden und dass ich vermutete, dass ein Anwalt aus Düsseldorf namens Dr. Manheller dahinter steckte.

Als ich den Namen erwähnte, verdoppelte sich der Durchmesser ihrer Augen.

»Du kennst ihn?«, fragte ich.

Kathinka hielt ihre Teetasse mit beiden Händen umklammert. Sie saß auf dem Sofa, hatte die Beine angezogen und blies vorsichtig über die dampfende Flüssigkeit. Sie überlegte, nahm einen kleinen Schluck aus ihrer Tasse und sagte schließlich: »Ja. Den kenne ich. Ich habe Manheller beauftragt, mich bei der Wiederbeschaffung des Bildes zu vertreten.«

»Er ist dein Anwalt?«, fragte ich überflüssigerweise. Sie bestätigte, dass sie am Mittwoch Kontakt zur Kanzlei aufgenommen hatte, weil sie rechtlichen Beistand haben wollte.

Dann erzählte sie, wie sie unmittelbar nach dem Besuch bei uns zu Janosch Mandelbaum gefahren war, um von ihm die Herausgabe des Bildes zu fordern.

»Mandelbaum hat gesagt, dass er das Bild nicht hat, dass Jean-Marie es selbst weggebracht hat. Ich habe mich so machtlos gefühlt, so allein, ich wusste nicht, wer mir sonst hätte helfen sollen«, erklärte Kathinka.

»Aber wie bist du ausgerechnet auf Manheller als Anwalt gekommen? Die Kanzlei ist doch in Düsseldorf.«

»Ich kenne Manheller, seit ich hier in Deutschland bin. Bevor ich die Stelle als Pflegerin von Jean-Maries Mutter hatte, habe ich in Düsseldorf gearbeitet. In der Gastronomie. Dort habe ich Manheller kennen gelernt. Er hat mir damals sogar den Kontakt in die Eifel vermittelt. Er hat gesagt, er weiß von vielen jungen Frauen aus dem Osten, die als Pflegerin arbeiten. Und im Gegensatz zu den meisten von ihnen bin ich ja sogar gelernte Krankenschwester.«

Kathinka setzte sich aufrecht hin, stellte ihre Tasse auf dem Wohnzimmertisch ab und schaute mir direkt in die Augen. »Was hast du Manheller getan, dass er seinen Gorilla auf dich hetzt?«, fragte sie.

»Ich weiß nicht, warum er denkt, ich könnte ihm gefährlich werden. Hast du eine Idee?«

»Ich habe heute noch einmal mit Manheller telefoniert«, begann Kathinka nach einer kurzen Pause. »Wir haben über das Bild geredet. Die Lage ist nicht ganz einfach, hat er gesagt, weil ich die Existenz des Gemäldes gar nicht beweisen könne. Es gebe ja nichts Schriftliches, hat er gesagt. Da habe ich ihm von der Expertise erzählt.«

»Welche Expertise?«

Kathinka berichtete von den Unterlagen, die sie vor wenigen Wochen zwischen Jean-Maries Akten gefunden hatte.

»Das Bild ist echt, verstehst du, Markus, es ist sehr, sehr wertvoll.«

»Ja ja«, bestätigte ich, »es hat natürlich seinen Wert. Malu und ich haben uns da ein wenig kundig gemacht.«

»Du verstehst mich nicht, Markus. Es ist das echte Bild. Das Original! Das Bild, das einmal eurem Kaiser gehört hat!«

Als ich – wie viel Zeit später? – merkte, wie sich in meinem Mund ein trockenes Gefühl ausbreitete, wurde mir bewusst, dass ich mit heruntergeklapptem Kiefer dasaß. Mir fehlten im wahrsten Sinne des Wortes die Worte. Ich trank von dem inzwischen eiskalten Tee, verschluckte mich und musste fürchterlich husten. Dabei verteilte ich den Rest des Tasseninhalts auf meiner Hose. Mitten hinein in dieses Chaos begann auch noch mein Handy zu klingeln. Als ich das Gerät endlich aus meiner Hosentasche herausgefischt hatte, erkannte ich unsere Festnetz-Nummer auf dem Display.

»Das ist ja schön, dass du dich auch noch mal meldest, mein Sohn«, begann ich das Gespräch.

»Markus, wo bist du? Ich muss dir was Wichtiges sagen!«

»Malu? Was machst du denn zu Hause? Ich dachte, du kommst erst morgen aus Köln zurück ...«

»Ja, nein, jetzt bin ich eben heute schon da. Sag mal, wo bist du?«

»Ich bin bei Kathinka in Linkem. Wir reden gerade über den Fall«, erklärte ich. In einigen knappen Sätzen wiederholte ich, was Kathinka mir gerade erzählt hatte.

Das Gehörte verfehlte auch bei Malu nicht seine Wirkung, sie fand im Gegensatz zu mir aber schneller ihre Worte wieder. »Wow – kannst du dir vorstellen, was das für den Wert des Bildes bedeutet? Es muss echt ein Vermögen wert sein!« Und auf einmal klang sie regelrecht euphorisch. »Bleib, wo du bist! Ich bin sofort bei euch! Du wirst nicht glauben, was ich eben über das Caspers-Gemälde erfahren habe!« Sprach's und gab mir gar nicht mehr die Möglichkeit nachzufragen.

»Malu ist auf dem Weg hierher«, sagte ich zu Kathinka, die auf mich immer noch seltsam unbeteiligt wirkte. Ich trank einen Schluck vom Tee und fragte sie, ob sie schon wisse, wann die Beerdigung stattfände. »Nein, immer noch nicht«, antwortete Kathinka, die jetzt aus ihrer zwischenzeitlichen Lethargie zu erwachen schien. »Als ich zum Verhör auf der Polizeiwache war, habe ich mich auch schon bei Kommissar Spohr darüber beschwert, dass das so lange dauert.«

»Du bist auch vernommen worden?«, schob ich scheinheilig hinterher, denn das war ja eigentlich klar, dass auch sie zum Kreis der möglichen Täter zählen musste. »Hat die Polizei denn gar keine richtigen Verdächtigen?«

»Ob ich eine richtige Verdächtige bin, das haben sie mir nicht gesagt. In der Nacht, als Jean-Marie getötet wurde, war ich schließlich mit den Kindern allein hier im Haus. Ein gutes Alibi sieht wohl anders aus ...«

»Weißt du denn, wer sonst noch vernommen worden ist?«

»Weil sie mich auch nach Janosch Mandelbaum gefragt haben, nehme ich an, dass sie auch mit ihm gesprochen haben. Kollegen von Jean-Marie aus der Schule, Parteifreunde und die Chefs der anderen Parteien. Sogar mit einigen befreundeten Familien aus dem Kindergarten haben sie gesprochen.« Kathinka schüttelte den Kopf. »Der Kommissar von der Mordkommission, der jetzt zusammen mit Spohr und seinem Assistenten ermittelt, hat übrigens immer nur von Zeugenbefragungen gesprochen.«

»Zeugenbefragungen? Na, das hört sich ja nicht so an, als ob die Polizei kurz vor der Aufklärung des Falles stünde«, sagte ich und musste ein Lächeln unterdrücken. Für Kathinka war die ganze Geschichte sicherlich alles andere als lustig. »Aber einen besonders kompetenten Eindruck haben die Ermittler bis jetzt nicht auf mich gemacht. Wer ist denn dieser Mann von der Mordkommission?«

»Dettmann heißt der, ein ganz ruhiger, introvertierter Typ. Spohr und sein Assistent ...«

»Leininger.«

»Ja, genau. Die beiden waren jedenfalls immer mit dabei, als ich mit ihm geredet habe.«

»Einen richtigen Hauptverdächtigen gibt es also für die Polizei nicht«, fasste ich zusammen. Kathinka schaute mich wortlos an. Sie stand vom Sofa auf, ging zu einem Bücherregal an der Stirnseite des Zimmers und blieb mit dem Rücken zu mir stehen. »Ich weiß, dass ich verdächtig bin«, sagte sie tonlos. »Vor ein paar Jahren, als ich nach Deutschland kam, hatte ich nichts. Jetzt bekomme ich das Haus und alles. Jean-Marie hatte eine Lebensversicherung, und da ist ja auch noch das Bild von seinem Großvater. Natürlich bin ich die Hauptverdächtige für die Polizei. Aber ich war es nicht!«

Bei ihrem letzten Satz hatte sie sich wieder zu mir umgedreht und schaute mich eindringlich an. Ich nickte. »Und wie kommst du klar, mit dem Alltag und den Kindern? Hast du keine Familie, die dir jetzt helfen könnte?«, fragte ich möglichst einfühlsam.

»Nein, hier in Deutschland bin ich ganz allein auf mich gestellt. Und Jean-Marie hatte auch keine Geschwister. Zum Glück gibt es viele aus der Nachbarschaft, die mich unterstützen. Und die Kinder haben viele Freunde. Trotzdem: Für die Kinder ist es am schwierigsten.«

Ich nickte verständnisvoll. »Ja, da hast du wohl recht.«

Wir schraken beide zusammen, als es plötzlich an der Tür läutete. »Das wird Malu sein«, sagte ich mit einem Blick auf die Uhr.

Kathinka verließ den Raum, um die Tür zu öffnen. Als Malu hinter ihr das Wohnzimmer betrat, blieb sie wie angewurzelt im Türrahmen stehen und starrte mich an. »Wie siehst du denn aus?«, fragte sie mit einem Blick auf meine angeschwollene Nase.

Hatte sie denn bei unserem Telefonat gar nichts kapiert? Ich war doch zusammengeschlagen worden!

»Geschenkt, Markus. Dann musst du dich eben deutlicher ausdrücken. Aber was noch viel wichtiger ist«, wechselte sie nun schnell das Thema, »ich habe eben erfahren, dass Manheller im Besitz des Bildes sein muss.«

Kathinka und ich schauten uns überrascht an.

»Woher willst du das wissen?«, fragte Kathinka.

»Das hab ich aus sicherer Quelle. Eine Geschäftspartnerin Manhellers, die ganz offenbar einige sehr vertrauliche Transaktionen in seiner Düsseldorfer Villa mit ihm vollzogen hat, ist eine alte Bekannte von mir.«

»Das könnte auch erklären, warum Manheller mir gestern seinen Bodyguard auf den Hals gehetzt hat«, überlegte ich laut. »Er will nicht, dass wir in der Sache weiter ermitteln, damit nicht rauskommt, dass er das Bild hat.«

»Aber wie ist Manheller an das Bild gekommen?«, fragte Malu.

»Mandelbaum«, schlug ich vor. »Er muss es an Manheller verkauft haben.«

»Meine Informantin hat mir auch erzählt, dass Manheller sein ganzes Haus voller teurer Kunstgegenstände hat«, ergänzte Malu. »Er sammelt diesen ganzen romantischen Landschaftskitsch und hat mit einigen Sachen, die er günstig aufgekauft hat, bei Kunstauktionen riesige Gewinne erzielt!«

»Es könnte auch noch etwas anderes dahinterstecken«, schaltete sich nun auch Kathinka wieder in die Diskussion ein. »In der Woche, bevor Jean-Marie ins Krankenhaus gekommen ist, habe ich einen Streit zwischen ihm und Mandelbaum mitbekommen. Aus heutiger Sicht würde ich sagen, er hat einen Verdacht geäußert, dass mit dem Bild etwas nicht stimmt. Wäre das Bild da schon verschwunden gewesen, hätte er noch viel heftiger reagiert!«

»Du meinst, Mandelbaum hat eine Replik von dem Gemälde hergestellt?«, fragte ich.

»Doch keine Replik!«, rief Malu. »Er hat das Bild kopiert! Gefälscht!«

»Ja, mein ich doch auch«, verteidigte ich mich. »Mandelbaum hat also das Bild kopiert, um es für viel Geld an Manheller zu verkaufen.«

»Oh Mann – du raffst es immer noch nicht!«, ereiferte sich Malu erneut. »Mandelbaum hat natürlich das Original verkauft und hat versucht, Jean-Marie die Kopie unterzujubeln.«

»Ja, so muss es gewesen sein«, bestätigte Kathinka. »Von Jean-Marie weiß ich, dass Mandelbaum schon öfter Geldsorgen hatte. Er hat gesagt, Janosch konnte noch nie mit Geld umgehen und habe es immer mit vollen Händen ausgegeben. Aber einen Mord traue ich Mandelbaum nicht zu. Er hat seinen Freund verraten, indem er das Bild kopiert und verhökert hat. Und ich glaube, dass er gerade an diesem Verrat zerbricht. Aber dass er einen Mord begangen hat, das glaube ich nicht. Dafür ist er viel zu schwach.«

»Was hatten die beiden eigentlich genau für ein Verhältnis?«, fragte Malu. »Woher kannten sie sich?«

»Die beiden waren schon seit ihrer Schulzeit in Stolzenfels beste Freunde«, berichtete Kathinka. »Jean-Marie hat mir erzählt, dass Janosch wohl mal richtig in ihn verliebt gewesen sei ...«

»Mandelbaum ist schwul?«, ging ich dazwischen. »Das wusste ich ja gar nicht!«

»Ach Markus.« Malu verdrehte gekünstelt die Augen. »Du bekommst ja mal wieder überhaupt nichts mit!«

»Ja – und waren die beiden etwa mal ein Paar oder so etwas?«, fragte ich nach.

»Nein, das nicht. Die Freundschaft der beiden ist auch erst wieder intensiver geworden, als Jean-Marie in die Eifel zurückgekehrt ist«, verriet Kathinka.

»Hat dein Mann Mandelbaum auch selbst mit Geld ausgeholfen? Woher stammen denn Janoschs Schulden?«, bohrte Malu nach.

»Jean-Marie hat immer gesagt, bei Geld hört die Freundschaft auf. Deshalb hat er ihm nie was geliehen. Ich weiß aber, dass er immer auf großem Fuß gelebt hat, sich mit jüngeren Männern eingelassen hat und viel Geld für Reisen, Geschenke und so etwas ausgegeben hat. Er hat ja nicht schlecht verdient mit seiner Kunst ...«

»Für mich hört sich das alles sehr plausibel an«, fasste Malu zusammen. »Wenn er wirklich viel Kohle brauchte, hat er Manheller bestimmt das Original verkauft. Dafür konnte er ja viel mehr verlangen als für die Kopie!«

»Tja, dann bleibt ja eigentlich nur noch einer für den Mord übrig: Manheller. Er muss es gewesen sein«, kombinierte ich messerscharf weiter. »Er hat die Schwäche Mandelbaums erkannt und tut jetzt alles, damit nicht rauskommt, was da gelaufen ist und dass er im Besitz des Bildes ist.«

Während Malu zustimmend nickte, bemerkte ich, wie Kathinka, die die ganze Zeit über am Wohnzimmerfenster gestanden hatte, erschrocken einen Schritt zurück machte.

»Was ist los?«, fragten Malu und ich wie aus einem Munde.

»Ich glaube, ich habe gerade Manhellers Geländewagen draußen vorbeifahren sehen. Er kommt hierher!«

Markus griff sofort zum Handy und tat zur Abwechslung mal das Richtige: Er rief die Polizei. Aber es würde natürlich eine Zeit dauern, bis die aus Schleiden hier eintrafen. Hektisch sahen wir uns an und überlegten, was wir machen sollten. Markus war kreidebleich rund um seinen ramponierten Zinken geworden, der mich entfernt an eine überreife Tomate erinnerte, und hielt sich an seinem Handy fest.

»Los, stell die Aufnahmefunktion an dem Ding ein! Dann können wir alles aufzeichnen, was er sagt«, gab ich ihm klare Anweisungen. Dann schickte ich Markus ins benachbarte Esszimmer, wo er sich verstecken sollte. Als ich vorher mit meinem kleinen Fiat an Kathinkas Haus angekommen war, war mir aufgefallen, dass Markus in der Nebenstraße geparkt hatte. Mein auffälliges Auto stand hingegen direkt in der Einfahrt. Vielleicht konnte Markus im richtigen Augenblick für einen Überraschungsmoment sorgen, wenn Manheller nicht wusste, dass er ebenfalls anwesend war.

Da klingelte es auch schon an der Tür.

Kathinka atmete tief durch, bevor sie das Wohnzimmer verließ. Ich folgte ihr in den Hausflur.

»Ah – guten Abend die Damen!«, sagte Manheller, als Kathinka ihm die Tür geöffnet hatte. Er trug ein dunkelgrünes Loden-Outfit inklusive Hut, den er zum Gruß leicht lüftete. »Darf ich reinkommen?« Ohne eine Antwort abzuwarten, drängte er sich an Kathinka vorbei ins Haus. »Das ist wirklich ein Mistwetter da draußen«, plapperte er jovial drauf los. »Es hat gerade zu regnen angefangen, das könnte richtig glatt werden. Das ist ganz schön gefährlich ...«

Manheller sah sich um, warf einen Blick in die Küche, öffnete die Tür zum Gäste-WC und wandte sich dann an mich. »Frau Poschen – nehme ich an? Hätte Sie fast nicht erkannt.

Das Foto auf Ihrer Homepage ist ein wenig unvorteilhaft.« Er ging ins Wohnzimmer. »Sind Sie alleine hier? Wo ist denn Ihr Mann? Fühlt er sich heute nicht gut?«

»Ja, in der Tat«, entgegnete ich kühl. »Mein Mann ist unpässlich.«

Kathinka und ich waren ihm ins Wohnzimmer gefolgt.

»Schade«, sagte er mit einem breiten Grinsen im Gesicht. »Dann richten Sie ihm doch bitte gute Besserung aus.«

Manheller hatte seinen Kopf ins unbeleuchtete Esszimmer gesteckt – ich hielt den Atem an. Markus hatte sich offensichtlich aber gut versteckt, denn Manheller kam ins Wohnzimmer zurück und ließ sich auf einen Sessel fallen. »Nimm doch Platz!«, forderte er Kathinka mit einer Handbewegung auf. »Ich wollte mich eigentlich unter vier Augen mit meiner Mandantin unterhalten ...«

»Frau Poschen bleibt hier«, stieß Kathinka hervor.

Ich nickte zur Bestätigung.

»Kein Problem!«, verkündete Manheller, breitete die Arme aus, nahm sein albernes Jägerhütchen vom Kopf und drapierte es auf der Lehne des Sessels. Was war mit ihm los? Er machte auf mich einen total aufgeputschten Eindruck – hatte er etwa zu viele Tannenzapfen geraucht?

»Sind die Kinder schon im Bett? Man hört ja gar nichts ...«

»Wir sind allein, die Kinder sind das Wochenende über bei Freunden«, erklärte Kathinka.

Manheller forderte uns mit einer Geste erneut auf, gegenüber von ihm auf dem Sofa Platz zu nehmen, was wir nun auch taten.

»Tja, Kathinka«, setzte er an, »du hast am Telefon eine Expertise erwähnt, die würde ich mir doch zu gerne mal ansehen.«

Kathinka konnte ihre Aufregung nur schwer verbergen und starrte ihn hasserfüllt an. »Ich weiß nicht, ob du der Richtige bist, der mich in dieser Sache weiter vertreten soll«, sagte sie schließlich mit deutlicher Verachtung in der Stimme.

Manheller grinste uns breit entgegen. »Ach! Hat deine neue Freundin jetzt etwa deine Beratung übernommen? Ich wusste gar nicht, dass Sie sich als Schriftstellerin auch mit Kunst auskennen ...«

»Als Schriftsteller lernt man zumindest, bestimmte Fakten zu recherchieren«, setzte ich an und entschied mich, nun vollends in die Offensive zu gehen: »Deswegen weiß ich auch, dass Sie im Besitz des Bildes sind. Und ich weiß, dass Sie Jean-Marie getötet haben! Damit nicht herauskommt, dass Sie und Mandelbaum das Gemälde unterschlagen haben. Und das werde ich auch alles beweisen! Am besten, Sie stellen sich selbst der Polizei!« Ich atmete tief durch und spürte, wie mir das Herz bis zum Halse schlug. Kathinka starrte mich mit weit aufgerissenen Augen an. Hatte ich jetzt einen Fehler gemacht?

Aber falls diese Beschuldigungen irgendeinen Eindruck auf ihn machten, dann konnte er das zumindest geschickt verbergen: Wie in Stein gemeißelt grinste er uns weiterhin übertrieben breit entgegen. »Wie kommen Sie denn darauf, Frau Poschen?«, sagte er kopfschüttelnd. »Mir geht es einzig darum, meiner Mandantin zu ihrem Recht zu verhelfen.«

Er rutschte in seinem Sessel ein wenig nach vorne und öffnete die Hirschhornknöpfe seines schweren Lodenmantels. »Ich würde Ihnen gerne etwas zeigen«, sagte Manheller beiläufig und griff in die Innentasche seines Mantels. Plötzlich hielt er eine kleine, silberne Pistole in seiner Hand, die er auf uns richtete.

Kathinka stieß einen erschrockenen Schrei aus und schlug die Hände vor dem Mund zusammen. Auch ich hätte mich am liebsten in Luft aufgelöst, konnte aber stattdessen auch nur mit schreckgeweiteten Augen auf die Waffe starren.

»Sie müssen keine Angst haben, ich will gar nicht schießen«, verkündete Manheller. Er holte einige Kabelbinder aus seiner Manteltasche und forderte mich auf, Kathinkas Hände damit zu fesseln. Danach legte er auch mir die Plastikfesseln an. »Autsch! Nicht so fest!«, schrie ich. Warum tat Markus denn nichts, und wann kam endlich die Polizei?

Stattdessen setzte sich Manheller wieder gemütlich in seinen Sessel und fuhr fort: »Natürlich trifft es sich ausgesprochen gut, dass ich ein echter Experte auf dem Kunstsektor bin, da konnte unsere kleine, russische Bardame gar keine bessere Wahl treffen!«

»Ich muss doch sehr bitten, Herr Manheller!«, versuchte ich ihn zur Ordnung zu rufen.

»Ach ja, Sie wissen wahrscheinlich nicht alles von Kathinka, da haben Sie wohl ein wenig geschludert bei Ihren Ermittlungen.«

Manheller erzählte, dass er (so drückte er sich aus) Kathinka aus der Gosse geholt habe. Durch ihn sei sie erst in diese komfortable Position gekommen, in der sie sich heute befinde. »Ohne mich hätte diese kleine Nutte Caspers doch gar nicht kennen gelernt, denn ich habe ihr den Job bei einer Agentur für Pflegekräfte vermittelt!«

»Du hast mit dem, was ich heute bin, rein gar nichts zu tun. Mein altes Leben liegt so lange zurück, das hat alles keine Bedeutung mehr«, sagte Kathinka.

»Die Zeit vergeht hier langsamer als anderswo. Die Leute hier in der Eifel sind recht konservativ, Kathinka. Glaub mir, das wird deine Nachbarn und die anderen Eltern im Waldorfkindergarten brennend interessieren, was du für eine schmutzige Vergangenheit hast. Und dann sind sie auf einmal gar nicht mehr so nett zu dir ...«

»Was soll das, Herr Manheller?«, fragte ich. Die Schmerzen

an meinen Handgelenken versuchte ich zu ignorieren. »Hier geht es doch um etwas ganz anderes.«

»Ja, in der Tat. Es geht um das Bild, das haben Sie schon richtig erkannt.«

»Sie geben also zu, dass Sie im Besitz des Caspers-Gemäldes sind?«, fragte ich nach und hoffte inständig, dass Markus unser Gespräch tatsächlich vom Nebenzimmer aus aufzeichnen konnte, wenn er schon nichts dagegen tat, dass wir zwei Frauen hier mit einer Waffe bedroht wurden.

»Wie Sie vielleicht wissen, bin ich von Jugendtagen an eng mit der ehrwürdigen Abtei Stolzenfels und dem St.-Gertrudis-Gymnasium verbunden. Ja, man könnte fast sagen, dass die Schulgemeinschaft für mich eine Art Familienersatz darstellt. Ich habe mich inzwischen zum wichtigsten Förderer dieser Lehranstalt entwickelt. Das Gertrudis hat mir viel gegeben, und das möchte ich nun irgendwie zurückzahlen. Ich tue dies gern, und habe in den vergangenen Jahren einen beträchtlichen Teil meiner Einkünfte in den Ausbau der Schule und für die Förderung der erzieherischen Arbeit investiert.«

Was sollte das hier werden – eine Anlage zur letzten Steuererklärung des Rechtsanwalts? Ich versuchte, unauffällig an ihm vorbei in Richtung Esszimmer zu linsen, doch von Markus war nichts zu sehen.

»Wissen Sie, Frau Poschen, es geht hier eigentlich gar nicht darum, wer dieses Bild besitzt. Das Bild hat eine viel größere Bedeutung. Es ist ein nationales Kulturgut von allerhöchstem Rang.«

Die Fragezeichen schienen deutlich sichtbar auf meiner Stirn zu stehen, denn Manheller setzte bereitwillig zu einer Erklärung an: »Der Kaiser persönlich, Friedrich Wilhelm Viktor Albert von Preußen, hat das Bild vom Großvater des leider verstorbenen Jean-Marie Caspers erworben«, begann er. »Lange Zeit galt es als verschollen, doch durch einen glücklichen Umstand erfuhr ich, dass es hier, direkt vor meiner Haustüre, wieder aufgetaucht war, ja, dass es bereits sogar die letzten Jahrzehnte, unbemerkt von der Öffentlichkeit, hier verbracht hatte.« Manheller lehnte sich in seinem Sessel zurück und wirkte jetzt fast wie ein gutmütiger (allerdings bewaffneter) Märchenonkel, während er die Geschichte des Bildes referierte. »Der gute Janosch Mandelbaum, der hin und wieder einige kleinere Aufträge im Bereich der Restauration für mich übernommen hat, kam im vergangenen Jahr zu mir. Er hatte von seinem Freund Jean-Marie erfahren, dass dieser den starken Verdacht hegte, dass es sich bei dem Gemälde nicht bloß um eine weitere Replik des bekannten Motivs, sondern tatsächlich um das Original handelte. Das Problem an der Sache war, dass es keinerlei Belege für die Echtheit des Bildes gab. Kein Zertifikat, kein Inventar-Aufkleber auf der Rückseite, nichts! So sehr sich die beiden auch bemühten, konnten sie die Frage nicht klären, wie der Maler in den Wirren in der Zeit nach dem Ersten Weltkrieg wieder in den Besitz des Bildes gekommen sein sollte. An dieser Stelle kam ich erstmals ins Spiel.« Manheller machte eine Kunstpause, um sich unserer Aufmerksamkeit zu versichern. »Zusammen mit Mandelbaum entwarf ich einen Plan. Ich beauftragte ihn, selbstverständlich gegen die Zahlung eines angemessenen Honorars und die Übernahme einiger Altschulden, das Bild zu kopieren, was natürlich seine Zeit in Anspruch nahm. Und wie ich jetzt erfahren musste, kam dein Mann dann auch noch auf die glorreiche Idee, eine Expertise des Bildes in Auftrag zu geben.« Unvermittelt hatte er seinen letzten Satz Kathinka entgegengeschrien, die auch erschrocken zusammenzuckte. »Das darf nicht sein, Kathinka! Niemand darf irgendetwas Schriftliches über dieses Bild in der Hand haben!« Einige weißliche Spucketropfen aus seinem Mund beschrieben eine elliptische Bahn und landeten auf dem Wohnzimmertisch, der zwischen ihm und uns stand.

Völlig ruhig und in einem irritierend sachlichen Ton setzte er dann seine Erklärungen fort. »Mandelbaums Arbeit war gut, aber leider nicht perfekt. Kurz nachdem wir das Bild im Atelier ausgetauscht hatten, schöpfte Jean-Marie Verdacht. Er zog die richtigen Schlüsse, was schließlich die weiteren Ereignisse in Gang setzte. Sie sehen: Ich musste etwas tun, um nicht alles aufs Spiel zu setzten und das Bild wieder zu verlieren!«

»Warum erzählen Sie das alles?«, fragte ich. »Sie kommen doch nie und nimmer durch mit dieser Nummer hier. Ist das übrigens die Tatwaffe?«

»Ts-ts-ts, Frau Poschen, immer noch so neugierig. Warum sollte ich denn nicht durchkommen damit?«

»Es gibt einfach ein paar Zeugen zu viel, finden Sie nicht? Oder wollen Sie uns beide einfach umlegen?«

»Jetzt enttäuschen Sie mich aber wirklich! Ich bin als Jäger zwar an den Umgang mit Schusswaffen gewohnt, das heißt aber noch lange nicht, dass ich damit wild in der Gegend herumballere. Das war eine echte Ausnahme bei Jean-Marie, das müssen Sie mir glauben!«

Oh mein Gott, jetzt war es endlich raus – wir saßen tatsächlich einem eiskalten Mörder gegenüber. Ich presste die Beine fester zusammen, denn ich musste eigentlich ganz dringend aufs Klo.

»Für euch beide kommt mir gerade eine ganz andere Idee – quasi der Jahreszeit entsprechend. Wie gesagt, es ist sehr gefährlich auf den Straßen bei diesem schlimmen Eisregen ...«

Der Typ war echt durchgeknallt. Ich musste Zeit schinden, bis endlich die Polizei hier sein würde. »Dann bleibt immer noch Mandelbaum«, sagte ich so beherrscht wie möglich.

»Oh – das wissen Sie ja noch gar nicht!«, entgegnete er mit gespielter Überraschung. »Herr Mandelbaum hat sich bereits am frühen Abend etwas hingelegt, er hatte ja solche Schlafprobleme in letzter Zeit. Ich fürchte nur, dass er bei der Dosierung etwas zu leichtfertig mit den Schlaftabletten umgegangen ist, die ich ihm mitgebracht habe …«

»Kompliment!«, sagte ich, »Sie haben ja anscheinend wirklich an alles gedacht! Aber was soll dann dieser Überfall hier? Das verstehe ich nicht!«

»Das fragen ausgerechnet Sie, Frau Poschen?«, fuhr er mich an. »Ihr neugieriger Gatte musste ja unbedingt seine Nase in Sachen stecken, die ihn nichts angehen. Mir wird das jetzt zu heiß! Ich brauche die Expertise, und zwar schnell! Sonst wird der ganze Fall publik, und was meinen Sie, was passiert, wenn die Öffentlichkeit erfährt, dass es das Originalbild tatsächlich noch gibt? Dann bin ich es auf jeden Fall los, das Risiko kann ich nicht eingehen. Los, her jetzt mit dem Gutachten!«, sagte er und stand aus seinem Sessel auf. »Wir suchen jetzt hier im Haus nach diesem Wisch und dann unternehmen wir einen kleinen Ausflug!«

In diesem Moment sah ich plötzlich Markus hinter dem Rechtsanwalt auftauchen. Mit zwei großen Schritten überbrückte er den Weg vom Esszimmer zu Manheller, der sich erschrocken zu Markus umdrehte. Er hielt ein massives Holztablett mit erhobenen Armen über seinem Kopf und schmetterte es mit voller Wucht auf Manheller nieder. Wie in Zeitlupe ließ Manheller die Waffe sinken und brach endlich zusammen.

Atemlos standen wir drei um ihn herum. Jetzt merkte ich wieder, wie unangenehm mir der Kabelbinder in die Handgelenke schnitt und wie voll meine Blase war. Ich konnte nicht länger an mich halten und platzte heraus: »Ich muss mal ganz dringend!!!«

Epilog

Vier Monate später, am Eifelblick Königsberg *bei Urft*

»Natternköpfe! – Das wäre doch ein schöner Titel für unser neues Buch! Oder, Malu?«

Ich kraxelte gerade die letzten Meter zum Eifelblick empor. Markus, der seit dem Beginn seines Nordic-Walking-Trainings ausnahmsweise nicht an Gewicht, sondern an Kondition zugelegt hatte, war mit Gandhi vorneweg gestiefelt und blickte auf Stolzenfels. Die barocke Kirche nebst angrenzender St.-Gertrudis-Schule hoben sich strahlend weiß vom blauen Himmel ab. Eine stabile Hochdruckwetterlage hatte in den vergangenen Tagen Einzug gehalten und das Thermometer auf – für Eifeler Verhältnisse – superheiße 25 Grad Celsius ansteigen lassen. Hier im lichten Buchenwald spendeten wenigstens die Bäume etwas Schatten. Markus schien jedoch schon zu viel Sonne abbekommen zu haben – oder was faselte er jetzt?

»Was für Natternköpfe? Was für ein Buch? Wir haben doch gerade erst mit Hängen und Würgen *Mord am Fjord* abgegeben. Willst du das jetzt etwa noch umbenennen?«

»Nein, natürlich nicht. Aber wie sagt man so schön: Nach dem Spiel ist vor dem Spiel! Das müsstest du als Fußballfan doch wissen.«

Ich lächelte gequält und wischte mir den Schweiß ab.

»Und du müsstest auch wissen,« fuhr Markus in seinem belehrenden Tonfall fort, »dass Natternköpfe Blumen sind, die unser berühmter Eifelmaler Carl-Gustav Caspers auf seinem *Blaue Blumen vor Stolzenfels* verewigt hat. Das hab ich nämlich zwischenzeitlich noch recherchiert.«

Ich schaute zu der gegenüberliegenden Erhebung, und tatsächlich war der steile Wiesenhang unterhalb des alten

Gemäuers übersät mit blauen Blumen. Überhaupt ähnelte hier der gesamte Ausblick stark dem Caspers'schen Gemälde. Es war durchaus vorstellbar, dass der Maler just an dieser Stelle vor über hundert Jahren seine Staffelei aufgestellt und gemalt hatte. Dennoch zeigte ich mich unbeeindruckt von so viel kunsthistorisch-botanischem Fachwissen.

»Aha«, sagte ich deshalb nur, »und jetzt soll unser nächstes Buch also *Natternköpfe* heißen und womöglich auch noch in der Eifel spielen, oder wie?«

»Keine schlechte Idee, Malu, könnte glatt von mir sein.«

Oder von Professor Z.X. Langmuth, dachte ich bei mir, sagte stattdessen aber: »Nee danke, mir haben unsere eigenen realen Ermittlungen gereicht, da brauch ich nicht auch noch Eifel-Krimis zu erfinden.«

»Na komm, sooo schlecht haben wir uns dabei aber nicht geschlagen.«

»Ja, stimmt eigentlich«, gab ich zu, »denn die Bullen kamen ja auch erst, als du Manheller schachmatt gesetzt hattest. Angeblich wegen des Eisregens. Die Drecksarbeit haben wir für die erledigt.«

Wir ließen uns jeweils rechts und links von Gandhi nieder, der bereits auf der nahen Bank Platz genommen hatte, genossen gemeinsam die Panoramaaussicht und hingen unseren Gedanken nach.

Bis zum Prozessbeginn im Mordfall Caspers würde es nicht mehr lange dauern. Dank des umfassenden Geständnisses des Beschuldigten Manheller, das die ermittelnden Beamten nicht zuletzt aufgrund unseres todesmutigen Einsatzes vorlegen konnten, wurde von allen Seiten das übliche Strafmaß für vorsätzlichen Mord erwartet – ohne mildernde Umstände. Auch Mandelbaum würde sich vor Gericht für die Fälschung und Unterschlagung des Bildes verantworten müssen. Glücklicherweise hatte er an jenem Abend nur eine der von Manheller präparierten Kapseln, in der sich eine vielfache Menge der normalen Dosis befand, eingenommen und konnte dank unseres Notrufs gerettet werden. Die Staatsanwaltschaft wertete die Manipulation des Schlafmittels natürlich als versuchten Mord und würde dies Manheller ebenfalls ankreiden.

Eine mögliche Haftstrafe in seinem eigenen Prozess würde Mandelbaum aber wegen seines angegriffenen Gesundheitszustandes wahrscheinlich aber gar nicht antreten müssen. Er befand sich wegen seiner Depressionen noch in ärztlicher Behandlung.

Kathinka und die Kinder waren inzwischen aus Linkem weggezogen. Das Bild hatte sie zurückerhalten und dem Carl-Gustav-Caspers-Museum in Dalbenden als Dauerleihgabe zur Verfügung gestellt, worüber sich Professor Langmuth fast ein Loch in die Mütze gefreut hatte. Das versöhnte den Kunsthistoriker dann auch wieder mit der Tatsache, dass Jean-Marie Caspers ihn, als den führenden C.-G.-Caspers-Experten, übergangen hatte, als er die Expertise hatte anfertigen lassen. Und Markus' Nase war – entgegen seiner Befürchtung – komplikationslos ausgeheilt und sah – meiner Meinung nach – sogar besser aus als vorher.

Der Klingelton meines Handys (*Om mani padme hum* – ein Mantra, das Gandhi ganz besonders gerne mochte) schallte in den frühsommerlichen Wald. Ich hatte eine neue Kurznachricht erhalten und während ich las, sagte Markus mürrisch: »Ist bestimmt von Jimi. Übernachtet der schon wieder bei Sabrina?«

Unser Sohn und Dennis' Ex waren nun schon seit mehreren Wochen zusammen – niemand hatte damit ein Problem: Dennis nicht, weil er sowieso einen hohen Verschleiß hatte, ich nicht, weil Sabrina Jimi von der Schädlichkeit des Bubble-

Tea-Gesöffs überzeugt hatte – nur Markus, der nölte dauernd an dem jungen Glück herum. Er vertrat nämlich die hehre Ansicht, dass zwischen zwei wahren Freunden niemals eine Frau stehen sollte (was Sabrina ja gar nicht tat, aber das kapierte Markus nicht). Dafür hatte Kathinka irgendwie zwischen Caspers und Mandelbaum gestanden, sinnierte ich nun bei mir. Wenn die beiden Freunde ein Liebespaar gewesen wären, dann hätte sich Mandelbaum vielleicht niemals in diese kostspieligen, homoerotischen Abenteuer gestürzt, das Bild nicht gefälscht, das Original nicht an Manheller verkauft, keine Schulden gehabt und ...

»Hallo? Erde an Malu – was schreibt Jimi denn nun?«, unterbrach Markus meine Überlegungen.

»Nichts. Ist nicht von Jimi, sondern von Shakti.«

»Shakti? Komisch, die schreibt dir aber oft in letzter Zeit. Was will sie denn?«

»Ach, weiß auch nich ...«, antwortete ich ausweichend, »also, um noch mal auf unser neues Buch zurückzukommen – wenn du jetzt schon einen Titel hast, dann mache ich es diesmal wie Irving.«

Markus schaute gespannt-fragend.

»Na, unser Kollege weiß am Anfang eines Romans immer schon den letzten Satz, auf den alles hinauslaufen soll«, erklärte ich.

Wir schwiegen wieder eine Weile, blickten versonnen auf Stolzenfels und die blauen Blumen, und ich kraulte Gandhi hinter den Ohren.

»Und der wäre?«, fragte Markus plötzlich in die beschauliche Stille hinein.

Ich schaute auf mein Handy-Display, und bevor ich mir für Shakti eine Antwort überlegte, sagte ich zu Markus: »Was hältst du von: ›Wo ist eigentlich mein Pömpel?‹«

Schlussbemerkung

Einen Carl-Gustav Caspers wird man vergeblich googeln, wenn man etwas über die kunstgeschichtlichen Hintergründe unserer Geschichte erfahren will. Als Vorbild für unseren berühmten Eifelmaler diente der Künstler Fritz von Wille, der tatsächlich ein Bild mit blauen Blumen und einer Eifellandschaft gemalt hat, welches von Kaiser Wilhelm II. erworben wurde, aber nach wie vor als verschollen gilt. Eine wunderschöne Replik der »Blauen Blume« mit der Weinfelder Kapelle im Hintergrund ist in der Von-Wille-Ausstellung im Haus Beda in Bitburg zu sehen.

Auch sonst haben wir uns einige Freiheiten genommen: Die Gemeinde Linkem gibt es ebenso wenig wie das Kloster Stolzenfels oder das St.-Gertrudis-Gymnasium.

Und für den Rest gilt: Das ist ein Roman, und wer sich erkennt, ist selber schuld!

Dank

Zuerst einmal bedanken wir uns natürlich bei der Jury des Jacques-Berndorf-Förderpreises, die unser Roman-Exposé für preiswürdig erachtet hat und damit auch ein gewisses Risiko eingegangen ist.

Zur Jury gehörten auch KBV-Lektor Volker Maria Neumann und der Autor Andreas Izquierdo:

Volker, wir danken dir für deine Anregung und deine Kritik – wir werden selbstverständlich sämtliche Kartons Riesling bezahlen, die du wegen uns trinken musstest!

Und an Andreas: Wir warten immer noch auf den Workshop »Exposé-Schreiben für Dummies«.

Martin Rehbock sei an dieser Stelle für die überschwängliche Lobhudelei gedankt, die zumindest 50 Prozent der Autoren zu einer frühen Phase des Schreibprozesses beflügelten.

Dann natürlich ein herzliches Dankeschön an Angelika Mereien vom Haus Beda in Bitburg, die sich nach Dienstschluss noch Zeit für uns und eine private Führung durch die Fritz-von-Wille-Ausstellung genommen hat.

Und last but not least ein besonderes Dankeschön an Jonathan für seine Geduld und Nachsicht mit seinen schreibenden Eltern! Und um nun mit den Worten von Maulwurfn zum Schluss zu kommen:

»Tschüssn!«

Carola Clasen

NIRGENDWO IN DER EIFEL

Taschenbuch, 240 Seiten
ISBN 978-3-942446-74-7
9,50 EURO

»… die Rückseite zeigte eine Wandkarte. Hellenthal, die Staumauer, der See und seine Buchten, ein Rundweg, das Ganze in einem einzigen großen, dunklen Waldgebiet. Kein Dorf weit und breit, nur ein schmutziger Fleck in Ufernähe hinter einer der Landzungen. Er fuhr mit dem Finger darüber. Die Stelle war rau. Hier war etwas weggekratzt worden, vielleicht mit einem Taschenmesser. Vor langer, langer Zeit.«

Der Buchhändler Magnus Faber will sich aus dem Leben stehlen. Aber wie bringt man sich am besten um, wenn man den Zurückbleibenden möglichst jegliche Unannehmlichkeit ersparen will? Er macht sich auf die Suche nach einem kleinen Ort irgendwo in der Eifel. Ein altes Gemälde, das einst seiner Mutter gehörte, weist ihm dabei den Weg, der sich immer mehr im Nirgendwo zu verlieren scheint: »Die Staumauer der Oleftalsperre bei Mitteldorf«. Mitteldorf? Wie kommt es, dass niemand diesen Ort zu kennen scheint? Als seine Suche schließlich ihr Ende findet, muss er feststellen, dass er dennoch nicht am Ziel angelangt ist, denn in Mitteldorf herrschen andere Gesetze und andere Regeln. Und diese muss er erst kennenlernen, bevor er seinen letzten Schritt tun darf.

Carola Clasen, die »Queen of Eifel Crime«, geht neue Wege. In »Nirgendwo in der Eifel« verlässt sie ihr angestammtes Genre, den Krimi, und präsentiert eine herzerfrischend skurrile, streckenweise phantastische Erzählung, wie sie bisher in der Eifelliteratur nicht zu finden war.

KBV KRIMINALROMAN

Guido M. Breuer

NACH ALTER MÖRDER SITTE

Taschenbuch, 230 Seiten

ISBN 978-3-942446-45-7

9,50 EURO

Opa Bertold steht unter Hochspannung, denn ein lang gehegter Wunsch scheint sich endlich zu erfüllen. Ausgrabungen in der Nordeifel sollen das Schlachtfeld finden, auf dem Julius Cäsar seine bitterste Niederlage im gallischen Krieg hat einstecken müssen.
Zur gleichen Zeit taucht ein geheimnisvolles Bild auf, das aus der Kölner Schule des mittelalterlichen Meisters Stephan Lochner zu stammen scheint. Eine der dargestellten Personen weist eine beängstigende Ähnlichkeit mit dem alten Hobbykriminalisten auf. Als Opa Bertold beginnt, der Herkunft des Bildes hinterher zu forschen, weist eine erste Spur zu seiner Überraschung auf seine eigene, seit vielen Jahren vermisste Tochter hin. Und schließlich geschieht ein Mord – nach historischem Vorbild kopiert.
Lorenz Bertold wird mit einem Fall konfrontiert, wie er persönlicher nicht sein könnte. Die antike Geschichte der Eifel und die dunklen Flecken seiner eigenen Vita münden in eine Serie von rätselhaften Verbrechen. Historische Morde wiederholen sich plötzlich. Diese aufzuklären bedeutet für Lorenz gleichzeitig, die drängendste Frage seines Lebens endlich beantwortet zu bekommen. Aber wird ihm diese Antwort gefallen?

»Guido M. Breuer ist … ein Meisterwerk gelungen, das an Witz und Spannung kaum zu überbieten ist.« (media-mania zu »Altes Eisen«)

KBV KRIMINALROMAN

Klaus Stickelbroeck

AUF DIE HARTE TOUR

Taschenbuch, 268 Seiten
ISBN 978-3-942446-37-2
9,50 EURO

Hartmann steckt knietief in Schwierigkeiten. Der smarte Düsseldorfer Privatdetektiv muss diesmal einstecken. Aber so richtig! Eine von seinen raren Visitenkarten steckt in der Jackentasche der blonden Frau, die in einem Hinterhof erschossen aufgefunden wird. Hartmann kann sich vage erinnern, dass sie ihn in seinem Büro aufgesucht hat. An mehr kann er sich beim besten Willen nicht erinnern. Wer war die Frau? Hätte er ihr helfen können? Würde sie dann noch leben? Sein schlechtes Gewissen lässt ihm keine Ruhe, und als er sich auf die Suche nach den Hintergründen macht, ahnt er nicht, in was für ein Wespennest er dabei sticht. Dass ihm eine gemeinhin als recht gewalttätig bekannte Rockergruppe auf den Fersen ist, macht die Mörderjagd nicht einfacher.
Regenrinnen-Rita hält die Augen offen, der große, breite Jonny beweist sich wieder als schwarzer Fels in der Brandung, Drogenkumpel Angie steht kriminell-hilfreich zur Seite und zu Hartmanns Füßen knurrt ein Rottweiler namens Ozzy.
Hartmanns vierter Fall ist sein härtester. Und ob er ihn überlebt … ist noch nicht raus.

»Nach dem Muster der Screwball-Comedy Hollywoods hat Klaus Stickelbroeck mit »Fischfutter« einen turbulenten, witzigen und zugleich spannenden Kriminalroman geschaffen. … und mit seinem dritten Roman ein Meisterstück abgeliefert … Er schöpft aus dem prallen Leben und schreibt unter ständigem Augenzwinkern, ohne dem Humor die Spannung zu opfern. …«
(Focus-Online, Horst Eckert zu »Fischfutter«)